Chère Lectrice,

« Le bonheur, c'est l'attente, l'attente heureuse, la confiance, c'est un horizon plein d'espérance, c'est le rêve ! »

Cette belle maxime de M. de Maupassant aurait pu être écrite par les six héroïnes de Blanche, ce mois d'août.

Toutes attendent en effet le bonheur — consciemment ou inconsciemment et avec plus ou moins de joie, il est vrai —, un bonheur qui finit toujours par arriver alors que tout semblait perdu.

Pour ce qui est de la confiance, Abbey, l'héroïne de Sheila Danton dans *Une affaire de cœur*, n'en manque pas — ni en elle-même ni en ses capacités. Fort heureusement, sinon, elle aurait bien du mal à tenir tête à Frank Darby qui ne lui témoigne que du mépris...

Enfin, cet « horizon plein d'espérance » n'est-il pas celui qui s'ouvre devant Jessie, l'héroïne du roman intense et émouvant de Marion Lennox ? En effet, qui aurait pensé que celui qu'on surnommait « l'ogre de Barega » pourrait devenir le plus sensible et le plus attentionné des amoureux ?

Et puis bien sûr, le rêve... Précédé de quelques mois de cauchemar pour Francesca, dans *Mariage avec un inconnu*. Mais je vous rassure. Pour elle, comme pour Sophy, Leah et Maggie, les héroïnes des trois autres romans, tout se terminera bien et elle vivra enfin un véritable conte de fées.

Six histoires pour rêver, six histoires de bonheur... On en revient toujours là et c'est tant mieux !

Bonne lecture,

La Responsable de la série

Un chirurgien pas comme les autres

*

Une affaire de cœur

BETTY NEELS

Un chirurgien pas comme les autres

HARLEQUIN

SÉRIE BLANCHE

Si vous achetez ce livre privé de tout ou partie de sa couverture, nous vous signalons qu'il est en vente irrégulière. Il est considéré comme « invendu » et l'éditeur comme l'auteur n'ont reçu aucun paiement pour ce livre « détérioré ».

Cet ouvrage a été publié en langue anglaise
sous le titre :
BLOW HOT, BLOW COLD

Traduction française de
DOMINIQUE BOUDRY

Illustration de Sultana

83-85, boulevard Vincent-Auriol, 75013 Paris — Tél. : 42 16 63 63
ISBN 2-280-03256-2

1.

Sophy Greenslade plissa son petit nez sous le masque de gaze. Que n'aurait-elle donné pour une tasse de thé !

Sans la splénectomie arrivée des urgences au beau milieu de l'après-midi et qui les avait retardés, ils auraient déjà quitté la salle d'opération depuis plus d'une heure.

A présent, c'était la dernière intervention de la journée et Tom Carruthers, le chirurgien, recousait une appendicectomie. Dès qu'il avança sa main gantée de caoutchouc, Sophy présenta une aiguille enfilée avec du catgut. Plus que cinq minutes et elle passerait le relais à sa collègue, qui avait repris son service depuis une demi-heure.

Elle tendit les ciseaux à la seconde même où il le fallait, avec une précision experte, tout en ordonnant à son assistante, d'un signe de tête, de vérifier les tampons. Puis elle commença à placer les instruments dans une solution désinfectante.

Un simple haussement de sourcils lui suffit pour commander à la jeune stagiaire d'emporter la cuvette. Il ne restait plus qu'à poser un pansement sur la plaie habilement recousue. Ce qu'elle fit avec promptitude, avant d'appeler les brancardiers, de sa voix toujours très calme.

Puis, emboîtant le pas au Pr Carruthers, elle ramassa la blouse et le bonnet qu'il avait tout bonnement jetés à terre, et les déposa sans mot dire dans la corbeille prévue à cet effet. Habituée à la désinvolture un peu méprisante des chirurgiens, elle ne s'en formalisait plus depuis longtemps.

Son assistante l'aida à défaire les nœuds de sa propre blouse et elle ôta enfin son masque, révélant un visage qu'un observateur étranger aurait trouvé joli car éclairé de grands yeux noisette bordés de longs cils noirs. De même, son teint délicat, d'un blanc laiteux, contrastait magnifiquement avec ses cheveux châtains, généralement relevés en chignon strict.

Elle-même, avec une sévérité inexplicable, se jugeait physiquement dénuée d'attraits. Son nez, un peu retroussé, lui déplaisait, de même sa bouche beaucoup trop grande. De taille moyenne, elle enviait les femmes longilignes, sans se rendre compte qu'elle avait une silhouette charmante, aux courbes féminines délicieusement épanouies.

— Quelle heure est-il? demanda Tom tout en se brossant vigoureusement les mains.

— Presque 6 heures, répondit Sophy. En vous dépêchant, vous rejoindrez peut-être votre femme au théâtre avant que le rideau se lève.

— Et vous, vous sortez avec un petit ami?

— J'ai tellement d'admirateurs que je n'arrive pas à choisir! C'est sans doute ma beauté fatale qui les attire! ajouta-t-elle avec un rire léger en se penchant vers le lavabo.

Dix minutes plus tard, elle était dehors.

Il commençait à faire froid, en ce début d'octobre,

mais après l'atmosphère surchauffée de la salle d'opération, elle appréciait de faire un peu de marche à pied. L'hôpital, situé dans un quartier de Londres assez bourgeois, ne se trouvait pas loin de chez elle. Dans les vieilles demeures cossues, les lumières s'allumaient peu à peu et elle pressa le pas.

Elle était encore toute petite quand son père, médecin consultant à l'hôpital, avait acheté leur maison. A vingt et un ans, alors qu'elle venait d'obtenir son diplôme d'infirmière, un accident de voiture lui avait brutalement enlevé ses deux parents.

Profondément affectée par ce drame, elle avait dû cependant enfouir son chagrin au plus profond de son cœur pour endosser de lourdes responsabilités, car ses deux frères et sa sœur, encore très jeunes, avaient besoin d'elle. Sophy avait réussi à préserver une ambiance familiale chaleureuse, en menant de front les rôles exigeants de mère, gouvernante et infirmière, mais en renonçant du même coup aux agréments de toute vie sociale.

Heureusement, sa grand-mère l'avait beaucoup aidée, ainsi que Sinclair, qui avait servi comme ordonnance sous les ordres de son père pendant la guerre, et était resté à son service ensuite.

Un attachement très fort liait Sophy à Sinclair, quelle connaissait depuis toute petite. Plus qu'un domestique, il était devenu un ami fidèle et dévoué de la famille.

Sophy tourna le coin de la rue où elle habitait. Même dans la pénombre, elle distinguait nettement la maison maintenant. Benjamin, son plus jeune frère, était sur le trottoir, à côté d'un homme qui le tenait fermement par l'épaule.

Les sourcils froncés, Sophy avança plus vite. Ben

avait le don de s'attirer des ennuis. Qu'avait-il encore fait ?

Elle n'eut même pas le temps de poser la question.

— Ah, voilà Sophy, j'imagine ! lança l'inconnu d'un ton moqueur, au moment où elle les rejoignait.

Interdite, elle le considéra un instant. Il était immense, avec une carrure d'athlète, et il émanait de sa personne une confiance en soi qui confinait à l'arrogance, le faisant probablement paraître plus âgé qu'il n'était.

Sous le regard bleu et froid qui la toisait aussi, Sophy sentit les battements de son cœur s'accélérer.

— Oui, je m'appelle Sophy, répliqua-t-elle, agacée. Mais je trouve votre familiarité singulièrement mal élevée et déplacée...

L'homme inclina la tête sur le côté. A la lumière du réverbère, ses cheveux clairs se teintèrent d'argent.

— Ne vous vexez pas, chère madame, dit-il d'une voix suave. Je cherchais seulement à vous identifier. Loin de moi l'idée de paraître audacieux !

Réprimant une exclamation indignée, Sophy se tourna vers son frère.

— Qu'as-tu fait, Ben ? demanda-t-elle d'un air résigné.

Elle remarqua soudain sa pâleur et ajouta :

— Es-tu blessé ? Que s'est-il passé ?

Ben lui jeta un regard où se mêlaient la crainte et le soulagement.

— J'ai cogné dans la voiture de ce monsieur...

Ce dernier intervint, peu amène :

— Vous devriez enseigner à votre frère qu'il est très imprudent de traverser une rue sans s'assurer auparavant qu'il ne vient aucun véhicule à droite ou à gauche. A douze ans, il est en âge de comprendre une chose aussi élémentaire.

C'est à ce moment-là que Sophy aperçut la superbe Bentley garée le long du trottoir.

— Vous rouliez sans doute beaucoup trop vite, rétorqua-t-elle avec défi.

L'homme se mit à rire.

— Non, je ne pense pas. Je suis très respectueux du code de la route. Et je me permets de vous rappeler que c'est moi qui suis ennuyé, pas vous. Quand un jeune garçon et un mastodonte se précipitent sous vos roues...

— Brutus ! s'écria-t-elle, consternée.

Aussitôt, elle enleva un gant et porta deux doigts à sa bouche pour émettre un sifflet strident, ce qui fit sursauter son interlocuteur, puis elle se tourna vers son frère.

— Ben, je t'avais interdit de sortir Brutus sans sa laisse.

— Je n'ai pas désobéi, Sophy ! protesta le petit garçon vigoureusement. Mais Titus nous a accompagnés, et il est resté au parc. Alors, évidemment, dès que je lui ai enlevé sa laisse, Brutus est parti le chercher. J'ai bien été obligé de le suivre !

Fixant distraitement le veston de tweed à la coupe impeccable de l'inconnu, Sophy sembla considérer la question avec gravité.

— Sans doute..., dit-elle enfin.

Le chien apparut alors de l'autre côté de la rue et traversa avec d'infinies précautions, comme pour narguer le conducteur de la Bentley. A sa suite trottinait dignement un chat de gouttière.

Sophy poussa un soupir de soulagement.

— Les voilà ! Ils s'adorent et ne se quittent jamais, dit-elle comme si cela suffisait à justifier l'incident. Votre voiture n'a rien, j'espère ?

Comme l'homme ne répondait pas, elle en profita pour l'observer à la dérobée, s'avouant malgré elle qu'il était séduisant.

Il tapotait distraitement la tête de Brutus qui, dressé sur ses pattes arrière, quémandait une caresse, tout en considérant d'un air résigné Titus qui se frottait contre le bas de son pantalon.

— La carrosserie des Bentley est généralement assez résistante, dit-il enfin.

— Elle est vraiment à vous, monsieur? demanda Ben avec enthousiasme, toute peur oubliée.

— Parfaitement, jeune homme.

Le garçonnet émit un sifflement admiratif.

— En tout cas, quitte à avoir un accident, je préfère être renversé par une Bentley plutôt que n'importe quelle voiture. Sauf une Rolls-Royce, bien sûr.

— Si j'avais su, j'aurais fait de mon mieux pour t'offrir ce plaisir...

— Voyons, Ben..., intervint Sophy. Nous allons vous laisser maintenant si vous êtes certain que Ben n'a causé aucun mal..., ajouta-t-elle en se tournant vers l'inconnu. Ben, excuse-toi auprès de ce monsieur que tu as contrarié.

— Ai-je l'air contrarié? répliqua-t-il en lui souriant, ce qui eut pour effet de la faire rougir.

Quand Ben eut terminé, l'inconnu le tira gentiment par l'oreille.

— Tâche de faire davantage attention, la prochaine fois. Bonsoir!

Sophy referma la porte d'entrée, se débarrassa de son manteau et de son chapeau dans le vestibule, puis se dirigea vers la cuisine où Sinclair versait de l'eau bouillante dans une théière.

— Vous êtes très en retard, miss Sophy. Est-ce vous

que j'ai entendu parler dans la rue? demanda-t-il d'un air innocent.

La cuisine était située à l'arrière de la maison, mais Sophy ne releva pas le détail.

— Ben a failli provoquer un accident. Nous avons discuté quelques minutes avec le conducteur.

— Ah, les gens conduisent de plus en plus vite ! Les enfants ne sont plus en sécurité, de nos jours...

— Non, Sinclair. C'était la faute de Ben. Et ce monsieur était... très gentil.

En fait, bien d'autres adjectifs, beaucoup plus flatteurs, lui venaient à l'esprit pour le décrire. Il s'était pourtant moqué d'elle, mais devant lui, elle s'était sentie aussi timide et embarrassée qu'une adolescente...

Elle poussa un long soupir.

— Qu'y a-t-il pour le dîner, Sinclair?

— Un gratin de chou-fleur. Allez vous asseoir dans le salon, je vous apporte le thé.

Elle fut accueillie par une avalanche de questions.

— Sophy, que s'est-il passé exactement? demanda sa grand-mère.

— Il n'était pas anglais, Sophy, n'est-ce pas? dit Ben. Même s'il parlait très bien notre langue, il avait un accent...

— Il avait l'air superbe ! lança Penelope, la sœur de Sophy, avec des airs de grande tragédienne.

Sophy adressa un sourire à sa grand-mère, assise devant la cheminée, en train de faire tranquillement les mots croisés du *Telegraph*.

— Ben a failli être renversé par une voiture — par sa propre faute —, dit-elle. Nous nous sommes excusés auprès du conducteur, qui s'est montré très aimable et compréhensif.

La vieille dame la considéra avec des yeux pétillant de malice.

— Il était aussi extrêmement séduisant, si j'en crois Penny.

— C'est vrai... Et je crois que Benjamin a raison, c'était un étranger.

Penelope poussa un soupir exagéré. A quinze ans, elle ne rêvait qu'au prince charmant qui allait venir l'emporter sur son cheval blanc.

— Il avait un charme fou ! Sophy, pourquoi ne l'as-tu pas fait entrer ?

— Je n'y ai même pas songé... De toute façon, ce n'était pas un jeune homme...

— Je suis très mûre pour mon âge, insista Penny.

Cette remarque déclencha l'hilarité générale, à laquelle d'ailleurs prit part l'adolescente.

— Bon... Peut-être était-il en effet un peu trop vieux pour moi, admit-elle en riant. Mais il aurait été parfait pour toi, Sophy. Tu as toujours dit que tu souhaiterais rencontrer un homme beau et fort qui te couvrirait de fourrures et de bijoux, et t'emmènerait vivre dans son château.

— Vraiment ? Il doit y avoir des années de cela...

Inexplicablement, quelque chose vibra en elle, tout au fond de son cœur. La routine un peu terne de sa vie professionnelle avait depuis longtemps étouffé ces chimères de jeune fille...

Cette nuit-là, Sophy s'endormit beaucoup plus tard qu'à l'accoutumée. Le souvenir de l'inconnu occupait son esprit. Elle se rappela qu'il avait dit « bonsoir », et non « au revoir ».

Oh, bien sûr, cela ne signifiait absolument rien. Tout de même, elle ne pouvait s'empêcher d'y puiser un certain réconfort.

Le lendemain matin, tandis qu'elle se rendait à pied à l'hôpital, des pensées plus prosaïques la ramenèrent à la réalité. Luke, l'aîné de ses frères, qui avait vingt-deux ans, soit presque quatre ans de moins qu'elle, poursuivait des études de médecine à l'Académie Royale d'Edimbourg. Il était extrêmement brillant, et elle se montrait très généreuse envers lui. En fait, elle lui donnait tout ce qui restait de son salaire. Quand il serait tiré d'affaire, il lui faudrait aider Pénélope, puis Benjamin... A ce régime-là, elle ne serait pas libérée de ses charges avant quarante ans...

Mais comme elle n'était pas encline à s'apitoyer sur elle-même, c'est le sourire aux lèvres qu'elle pénétra dans la salle d'opération. Le premier cas promettait d'être difficile : une ablation partielle du duodénum et du pancréas.

Lorsque le Pr Giles Radcliffe et son assistant apparurent sur le seuil, Sophy s'immobilisa, interdite. A côté d'eux se tenait un troisième homme, qui n'était autre que le propriétaire de la Bentley.

Même revêtu d'un masque, il était impossible de ne pas reconnaître ses yeux d'un bleu si particulier. Et qui la fixaient avec une expression totalement indéchiffrable.

2.

Les trois chirurgiens avancèrent tranquillement, et le Pr Radcliffe jeta un coup d'œil au patient avant de faire les présentations.

— Sophy Greenslade, infirmière en chef. Voici le Pr Jonkheer Maximillan van Oosterwelde, qui nous prête son concours ce matin, Sophy.

Stupéfaite, celle-ci bredouilla quelque chose d'inaudible, tandis que Maximillan van Oosterwelde s'inclinait en prononçant les salutations d'usage.

— Je ne pensais pas vous revoir de si tôt ! ajouta-t-il.

— Vous vous êtes déjà rencontrés ? demanda le Pr Radcliffe. Où cela ?

— Hier soir, dans la rue... Mais nous n'avons pas fait réellement connaissance.

Le cœur battant la chamade, les joues brûlantes, Sophy n'eut toutefois pas le temps de s'appesantir sur les raisons de son trouble.

Rompue à la discipline du métier, elle donna à Bill Evans une éponge imbibée de désinfectant, et un linge stérile au Pr Radcliffe. Dès que l'anesthésiste eut donné le feu vert, elle lui tendit le bistouri et la pince hémostatique, puis les tampons.

Après avoir passé l'écarteur à Bill, elle s'assura d'un bref coup d'œil que toutes les infirmières de l'équipe étaient à leur poste, prêtes à intervenir. Elle fit à chacune un signe de tête et haussa les sourcils, fixant Mary qui comprit immédiatement et brancha la pompe à oxygène. Puis elle vérifia les pinces, sans cesser d'observer à la dérobée Maximillan van Oosterwelde qui était calme et concentré.

Les deux chirurgiens travaillaient de concert, sans répit, tout en discutant du cas qui les préoccupait. De temps à autre, ils s'adressaient à Bill, mais Sophy resta à l'écart.

Enfin l'intervention fut terminée et lorsqu'on emmena le patient, Maximillan van Oosterwelde se tourna vers Sophy.

— Merci pour votre aide compétente, mademoiselle. Vous êtes d'une efficacité exemplaire.

M. Radcliffe, qui se dirigeait vers la porte, jeta un regard en arrière.

— Oui, elle est parfaite. Sophy, viens prendre un café avec nous. J'ai à te parler.

Impossible de refuser... Après avoir laissé quelques instructions à son équipe, Sophy suivit les trois hommes dans le bureau du professeur. Comme la place manquait, Maximillan van Oosterwelde dut s'asseoir sur le rebord de la fenêtre.

Les manches retroussées, toujours revêtus de leurs blouses et de leurs bottes en caoutchouc, ils se mirent à parler boutique, et Sophy se mêla très naturellement à leur conversation.

A peine Bill eut-il reposé sa tasse que M. Radcliffe le chargea d'une course urgente dans un service voisin. Puis il réclama un second café.

— Je t'annonce que je pars en vacances, Sophy,

dit-il en prenant la tasse qu'elle lui tendait. Pour environ six semaines...

Sophy se contenta de hocher la tête, attendant la suite.

— On m'a conseillé un peu de repos, reprit-il, et Max a très gentiment accepté de me remplacer pendant mon absence, au moins pendant les premiers temps, car sa clinique d'Utrecht est en pleins travaux de rénovation ; cela ne pouvait pas tomber mieux pour nous.

— Tu es malade, n'est-ce pas, oncle Giles ? demanda-t-elle tranquillement.

Maximillan van Oosterwelde haussa les sourcils, mais elle fit mine de ne rien remarquer. Après tout, rien ne l'obligeait à lui fournir des explications.

Cependant, M. Radcliffe remarqua l'expression interrogative de son collègue et les joues rouges de Sophy.

— Bien qu'ils ne se soient jamais rencontrés, vos pères respectifs ont été mes deux meilleurs amis, dit-il doucement, ignorant la question de Sophy. Et je suis votre parrain à tous les deux. C'est vraiment étrange que vous fassiez connaissance de cette façon.

— En effet, intervint Max van Oosterwelde. Malgré tout, j'imagine qu'il s'est écoulé une bonne dizaine d'années entre nos deux baptêmes.

— Mais quelle importance ! s'écria Sophy. C'est tout de même un lien qui nous rapproche.

Elle regretta aussitôt d'avoir manifesté son intérêt avec autant de chaleur, car le Pr van Oosterwelde lui jeta un regard moqueur.

Heureusement, oncle Giles se leva à ce moment-là, mettant un terme à la réunion — et à son embarras.

Le travail les occupa sans répit pendant le reste de la matinée. Il était plus de 2 heures lorsque Sophy put enfin aller déjeuner, dans une salle à manger complètement déserte.

Sans même qu'elle s'en rende compte, le nouveau chirurgien occupait toutes ses pensées. Sur un plan purement professionnel, il n'était pas désagréable, mais il n'avait manifestement aucune intention de nouer des relations amicales.

En fait, elle ignorait tout de lui. Peut-être était-il marié ? Ou fiancé ? Curieusement, elle se sentit déprimée à cette idée et, repoussant son assiette, elle retourna prendre son service.

Les interventions se succédèrent sans relâche jusqu'à 5 heures. Quand Sophy regagna enfin le bureau de son oncle, après avoir consigné quelques directives par écrit pour le service de nuit, la petite pièce était noyée dans un nuage de fumée de cigarettes. Elle réprima un soupir et sourit à son oncle qui lui demanda de lui préparer une tasse de thé.

— D'accord, j'en ai pour une minute, répondit-elle.

Elle s'absenta dans la minuscule cuisine attenante pour mettre de l'eau à bouillir. Lorsqu'elle revint avec un plateau, Bill Evans les avait rejoints et la silhouette imposante de Maximillan van Oosterwelde s'encadrait dans l'embrasure de la porte.

— Laissez-moi faire le service, dit-il en s'avançant.

Sans savoir pourquoi, elle devint cramoisie, ce qui n'échappa pas à son oncle.

— Vous ne m'avez toujours pas dit comment vous vous étiez rencontrés, tous les deux, dit-il avec une curiosité non déguisée.

Comme Sophy demeurait obstinément silencieuse, Maximillan van Oosterwelde entreprit de faire un bref récit de l'épisode, endossant aimablement toute la responsabilité de l'affaire.

Loin de s'estomper, la gêne de Sophy augmenta et ses joues devinrent encore plus écarlates sous le regard visiblement amusé de Maximillan van Oosterwelde.

Son oncle, qui trouvait apparemment l'incident très divertissant, se mit à raconter une anecdote similaire qui lui était arrivée dans sa jeunesse. Pendant qu'il parlait, Bill se pencha vers la jeune femme.

— Sophy, tu n'as pas oublié que je viens dîner samedi soir? L'invitation tient toujours, j'espère?

Elle lui adressa un sourire chaleureux.

— Bien sûr! Viens de bonne heure; nous ferons une partie de canasta.

Elle se leva pour partir, et M. Radcliffe s'interrompit dans sa narration.

— Ta tante vous attend tous dimanche à midi, Sophy. Elle m'a demandé de te le rappeler.

Elle s'arrêta sur le seuil.

— Merci, oncle Giles, mais nous n'avions pas oublié car nous adorons ces déjeuners dominicaux. Ils nous manqueront beaucoup pendant tes vacances.

Puis elle murmura un « bonsoir » poli à la cantonade et referma doucement la porte.

Dix minutes plus tard, elle émergea du vestiaire revêtue d'un tailleur de tweed vert qui lui allait à ravir. C'est en tout cas ce que pensa l'homme qui la suivit dans l'escalier. Elle ne se rendit compte de sa présence que lorsqu'il lui adressa la parole.

— Puis-je vous raccompagner?

Elle sursauta vivement en reconnaissant la voix du Pr van Oosterwelde.

— Non merci. J'habite tout près. D'ailleurs, vous le savez bien.

— Permettez-moi d'insister.

Très sûr de lui, il la prit par le bras pour traverser le

hall. Elle n'avait qu'à rétorquer qu'elle préférait marcher, tout simplement, mais ne parvint pas à prononcer les mots. Si bien qu'elle se retrouva assise dans la Bentley, très raide, les yeux fixés droit devant elle.

— Vous n'avez pas besoin d'être constamment sur vos gardes, vous savez! lança Maximillan van Oosterwelde. Je n'ai encore mangé personne...

Le cœur de Sophy se mit à battre plus vite.

— Je ne vois pas ce que vous voulez dire, répliqua-t-elle un peu trop promptement.

— Mais si! Nous en reparlerons un de ces jours... Pour l'instant, détendez-vous, je vous en prie! Vous me surprenez; je vous croyais moins émotive.

Une vague de colère s'empara de Sophy. Pourquoi s'arrangeait-il toujours pour la ridiculiser?

— Je suis comme des milliers d'autres femmes, rétorqua-t-elle sèchement alors qu'ils arrivaient devant chez elle.

S'étant garé devant la maison, Maximillan van Oosterwelde se pencha pour ouvrir la portière.

— Non. Vous vous trompez. Vous ne ressemblez pas du tout aux autres femmes. A propos, Bill Evans n'est-il pas un peu trop jeune pour vous?

Au lieu de descendre, Sophy se tourna brusquement, et le regretta aussitôt en sentant le souffle du Pr van Oosterwelde sur sa joue. Malgré tout, elle parvint à maîtriser son trouble.

— Je connais Bill depuis beaucoup plus longtemps que vous, monsieur van Oosterwelde. Vous n'avez pas le droit de vous montrer aussi indiscret... Bonsoir.

— De cela aussi il nous faudra parler! lança-t-il comme elle gravissait les marches du perron.

Elle resta un instant interdite, tandis que la voiture s'éloignait dans le crépuscule. Puis elle ouvrit la porte.

Dieu merci, elle avait deux jours de congé et ne retournerait travailler que samedi. Et comme il ne se déroulait jamais aucune intervention ce jour-là, elle ne reverrait pas l'outrecuidant personnage avant lundi.

Ses livres de classe encore sous le bras, Penny attendait sa sœur dans le vestibule.

— J'ai entendu une voiture... Il t'a raccompagnée, Sophy ? Il t'a attendue ?

Après s'être débarrassée de sa veste, Sophy s'assit sur la dernière marche de l'escalier pour ôter ses chaussures.

— C'est lui qui va remplacer oncle Giles pendant ses congés, répondit-elle posément, sans la moindre émotion.

— Oh, quelle chance tu as ! s'exclama Penny, aux anges. C'est merveilleux ! Tu lui plais ? Oui, bien sûr, quelle question... Tout le monde t'adore.

Puis elle s'interrompit, arborant un air soucieux.

— Oncle Giles prend de nouveau des vacances ? Il est pourtant revenu il y a à peine un mois !

— Il est malade, répondit Sophy. Nous en saurons probablement davantage dimanche.

Penny prit le temps d'assimiler cette information avant de revenir à son premier sujet.

— Tu ne m'as encore rien dit de ton bel inconnu. Comment s'appelle-t-il ? Il est tombé amoureux de toi ?

Sophy se mit à rire.

— Oh, mais non, voyons ! Que vas-tu chercher là ! Le Pr Maximillan van Oosterwelde m'a à peine adressé la parole, si tu veux tout savoir. S'il m'a raccompagnée, c'est uniquement parce que nous sommes sortis ensemble de l'hôpital.

— Quel nom impossible ! Je l'imagine très vieux ! A-t-il des cheveux blancs ? Et des rides ?

— Il grisonne un peu sur les tempes et il y a quelques rides au coin de ses yeux qui sont d'un bleu très particulier...

Devant la lueur d'intérêt qui s'allumait dans le regard de sa sœur, elle s'interrompit brusquement.

— Bill vient dîner samedi soir, Penny... Arrange-toi pour avoir fini tous tes devoirs. Tu ne peux pas compter sur lui pour faire tes exercices de maths chaque fois qu'il est invité.

Penny éclata de rire.

— Non, je sais. Mais il est si gentil ! Et il m'aime beaucoup... J'ai bientôt seize ans, ajouta-t-elle pensivement.

— Oui. Et lui en a vingt-deux.

Un sourire complice éclaira le visage des deux sœurs.

« Quelle chose étrange ! songea Sophy. Penelope est de onze ans ma cadette et, pourtant, elle sait déjà ce qu'elle veut. J'espère seulement que Bill est assez sûr de lui pour l'attendre quelques années de plus. »

Elle serra tendrement Penelope dans ses bras.

— Allons dîner maintenant. Je suis de repos jusqu'à samedi. Demain, j'irai chez Harrods pour les soldes. Tu as besoin d'un manteau.

Le dimanche, Sophy était de garde jusqu'à 13 heures et la matinée s'écoula paisiblement, sans aucune urgence. A 13 h 30, la jeune femme sonnait à la porte de son oncle et Matty, la domestique qui était au service du chirurgien depuis plus de trente ans, l'accueillit avec la formule rituelle :

— Vous arrivez juste à temps, miss Sophy. Ils viennent de passer à table.

Sophy lui confia son manteau tout en lui demandant des nouvelles de ses rhumatismes. Restée seule, elle était en train de se remettre du rouge à lèvres devant la glace du vestibule quand la voix de Maximillan van Oosterwelde la fit sursauter.

— Vous vous refaites une beauté?

Elle dissimula tant bien que mal son émotion.

— Vous ne devriez pas surprendre ainsi les gens. C'est mauvais pour les nerfs.

Il la détailla lentement, de pied en cap.

— Vous êtes ravissante, murmura-t-il. Mais... Vous ne vous attendiez donc pas à me voir, n'est-ce pas? Non, c'est évident... Votre oncle m'a invité. Je suis aussi son neveu, rappelez-vous... D'ailleurs, pourquoi l'appelez-vous ainsi?

— Eh bien... Je ne sais pas... Nous l'avons toujours appelé ainsi, mes frères, ma sœur et moi...

Puis elle baissa les yeux sous son regard scrutateur.

— Votre tante m'a envoyé vous chercher, reprit-il d'un ton neutre après quelques secondes de silence. Etes-vous prête?

Toujours sans le regarder, elle hocha la tête et se dirigea vers la salle à manger.

— Pourquoi n'êtes-vous pas plus sûre de vous? ajouta-t-il à voix basse en ouvrant la porte. Au risque de me répéter, vous êtes ravissante...

Sophy se retrouva placée à côté de son oncle. Maximillan van Oosterwelde était assis à l'autre bout de la table d'acajou, entre sa tante Vera et Penelope, dont il avait déjà, de toute évidence, gagné l'amitié et la sympathie.

Tout en passant le plat de hors-d'œuvre, Sophy demanda à Giles où il comptait passer ses vacances.

— Dans le Dorset, répondit-il. Max y possède un petit cottage qu'il nous prête. Par la suite, nous le rejoindrons en Hollande, où il nous invite à séjourner quelque temps.

Apercevant le visage anxieux de sa nièce, il s'empressa d'ajouter :

— Ne t'inquiète pas. Je n'ai rien de grave. Un peu de surmenage, voilà tout. Avec du repos, mon cœur aura vite repris le dessus.

Après le déjeuner, tante Vera et grand-mère Greenslade se retirèrent dans le salon pour bavarder, et oncle Giles entraîna Max van Oosterwelde dans son bureau, en suggérant à ses neveu et nièces d'aller cueillir des pommes au fond du jardin pour faire une compote.

Penny et Benjamin ne se le firent pas dire deux fois et se précipitèrent, suivis plus lentement par Sophy.

Dix minutes plus tard, assise à califourchon sur une branche, celle-ci savourait la douceur de l'automne, tenant une pomme à moitié croquée dans une main, un panier presque plein accroché à son autre bras. Elle soupira, songeant que ce serait bien agréable de se promener sur les petites routes de campagne, confortablement installée dans la Bentley ! De la voiture, ses pensées dérivaient vers son propriétaire quand il surgit à cet instant précis, et elle s'empourpra violemment avec l'impression d'être prise en flagrant délit.

— Ces chaussures sont à vous ? demanda-t-il.

Elle recroquevilla ses doigts de pied.

— Oui. Je les ai enlevées pour ne pas les abîmer.

— Redescendez et rechaussez-vous. Je prends le relais dans le pommier.

Comme elle se laissait glisser le long du tronc, il la saisit par la taille pour la déposer à terre. Puis, en un rien de temps, il grimpa dans l'arbre et atteignit sans peine les beaux fruits rouges au-dessus de sa tête.

Une fois les paniers pleins, ils retournèrent dans le salon, où oncle Giles se passionnait pour un western à la télévision. Quand la sonnerie du téléphone retentit au milieu de hurlements d'Indiens, il baissa le son pour répondre et passa le récepteur à Sophy en fronçant les sourcils. C'était Fanny Cooper, l'infirmière de garde.

— Il y a eu un accident de la route, et le service est débordé, annonça-t-elle. M. Carruthers est avec nous. Une intervention en urgence est prévue pour 17 h 30.

Sophy jeta un coup d'œil à sa montre. Il était presque 16 h 30.

— Préparez tout. J'arrive le plus vite possible.

— M. Carruthers veut vous parler, reprit Fanny Cooper. Je vous le passe.

— Sophy, Max van Oosterwelde est avec vous? demanda Tom.

— Oui. Ne quittez pas.

Alors qu'elle allait s'esquiver, Max la retint par la main puis écouta Tom avec attention.

— Dans ce cas, il vaut mieux inverser l'ordre des opérations, répondit-il calmement. Nous serons à l'hôpital dans dix minutes... Non, vous ne me dérangez pas du tout. Je suis content de vous rendre service. A tout de suite.

Troublée par la pression de ses doigts, Sophy s'efforça de se concentrer pendant que Max lui expliquait la situation.

— Les pompiers viennent d'amener une fillette de douze ans, poignardée par un fou. Elle a au moins six coups de couteau dans le ventre. Il faudra d'abord s'occuper d'elle. Ce sera sûrement assez long.

Pendant qu'ils mettaient leurs manteaux, Max promit à Penny et à Ben de venir les chercher le mercredi suivant. Qu'avaient-ils donc projeté tous les trois?

Intriguée, Sophy aurait bien voulu en savoir plus, mais le moment était mal choisi pour ce genre de discussion...

Après avoir garé la Bentley devant l'hôpital, Max se dirigea en traumatologie, tandis que Sophy partait en salle d'opération pour veiller aux derniers préparatifs. Grace Vincent, une jeune infirmière, fraîchement émoulue de l'école, semblait un peu nerveuse.

Heureusement, Fanny Cooper possédait une solide expérience et on pouvait compter sur sa force de caractère. Tout en vérifiant appareils et instruments, Sophy se demanda qui assisterait Maximillan van Oosterwelde. Tom Carruthers avait fort à faire de son côté, et les deux autres internes étaient en week-end...

Les brancardiers amenèrent le chariot. Ils étaient en compagnie du Dr Walker, l'anesthésiste, qui salua gentiment Sophy avant de s'affairer autour de la patiente. Puis Max apparut, flanqué de Bill, assez fier mais visiblement un peu anxieux.

Sophy tenta de la rassurer avec un sourire, invisible sous le masque, mais que trahissaient les petites rides de rire autour de ses yeux.

L'intervention dura deux heures et demie, au cours desquelles Maximillan van Oosterwelde ne cessa de prodiguer conseils et explications, de sa voix confiante et apaisante. Ainsi guidé par son aîné, Bill se détendit peu à peu et joua son rôle à la perfection.

Sophy vérifiait le compte des tampons quand Max se tourna vers Walker.

— Tout va bien ?

— A merveille. Cette petite est très résistante. Mais elle aura besoin d'une transfusion supplémentaire. Combien de temps vous faut-il encore ?

— Cinq minutes, et j'en aurai terminé.

La deuxième intervention fut aussi longue que la première car ils durent procéder à une néphrectomie. Sophy était fatiguée car il était près de 23 heures lorsqu'on redescendit le patient en salle de réanimation, et elle était loin d'en avoir fini avec tous les rangements.

Vers minuit, elle put enfin quitter les lieux et enfila les couloirs déserts et calmes. Elle salua le concierge d'un « au revoir » plein de lassitude puis franchit la grande porte à battants.

Maximillan van Oosterwelde était là, adossé à la balustrade du perron. Il la prit par le coude pour descendre les marches et la guider vers sa voiture.

— Vous m'avez attendue tout ce temps ? dit-elle en rougissant. Comment vont nos patients ?

— Je ne peux me prononcer pour la petite fille, mais l'autre opéré a bien réagi. Pourquoi n'avez-vous pas passé le relais à l'équipe de nuit pour tout remettre en ordre ? Ce n'est pas à vous de le faire, surtout après une journée pareille.

— C'est dimanche ; le personnel est réduit, et mes collègues sont déjà surchargées de travail...

Le silence tomba jusqu'au moment où ils arrivèrent devant chez elle.

— Merci beaucoup, monsieur. C'est très aimable à vous de m'avoir raccompagnée. Mais d'ordinaire je rentre à pied, même la nuit. Je ne suis pas d'un naturel peureux.

— Y a-t-il quelqu'un à la maison pour vous préparer une boisson chaude ?

Elle émit un petit rire et s'interrompit en le voyant froncer les sourcils.

— Excusez-moi... Mais c'est bien la première fois que je vois un chirurgien s'inquiéter de ce genre de choses.

Il descendit de voiture pour lui ouvrir sa portière, lui prit sa clé des mains et la tourna dans la serrure. La lumière du vestibule était allumée.

— Bonsoir, monsieur.

— Bonne nuit, mademoiselle Greenslade. Même fatiguée, vous êtes charmante...

Sophy se réveilla de bonne heure, après avoir dormi d'un sommeil lourd, entrecoupé de rêves ridicules où elle ne cessait de rougir sous les compliments de Maximillan van Oosterwelde. Elle parcourut le trajet jusqu'à l'hôpital en s'exhortant à la raison. Elle n'était plus une gamine, mais une femme avec des responsabilités et n'avait plus le temps de rêvasser à des stupidités de ce genre...

Après s'être montrée d'une efficacité remarquable pendant la première partie de la matinée, elle s'inventa une excuse pour échapper à la pause-café, car désormais elle avait résolu d'éviter Maximillan van Oosterwelde. A midi, elle alla déjeuner tard, après tout le monde, et retourna à son poste aussitôt.

Vers le milieu de l'après-midi, quand Maximillan van Oosterwelde annonça qu'ils pouvaient s'octroyer un petit instant de repos, Sophy demeura de nouveau dans la salle, et envoya une aide-soignante préparer le thé dans son bureau. Mais cinq minutes plus tard, il paraissait sur le seuil, avec un sourire charmeur.

— Votre thé refroidit, mademoiselle.

Sur le point de refuser, elle changea d'avis en apercevant l'expression intéressée de ses collègues. Inutile de susciter des cancans superflus... Maximillan van Oosterwelde était devenu la coqueluche du service, et tout le monde était à l'affût de ses moindres faits et gestes. Cela ne manquerait pas de le conforter dans son arrogance... Lui qui était déjà si sûr de lui !

Bill et le Dr Walker étaient aussi dans son bureau, et elle se mêla sans peine à la conversation. Après tout, peut-être avait-elle tort de vouloir éviter le Pr van Oosterwelde — quand ils ne se retrouvaient pas seuls tous les deux.

Au bout d'un moment, Bill s'adressa discrètement à elle en aparté.

— J'espère que cela ne t'ennuie pas si j'emmène Penny à Hampton Court samedi. Je la raccompagnerai en début de soirée.

— Bien sûr que non, Bill ! Tu dîneras avec nous, si tu veux. Et tu aideras Penny avec son algèbre. Tu es le seul à pouvoir résoudre ses problèmes de maths !

Il lui lança un regard reconnaissant, et se leva pour emporter sa tasse vide et la poser sur le plateau.

Sophy avait conscience que Maximillan van Oosterwelde la fixait ostensiblement, mais elle fit mine de s'absorber dans la consultation d'un dossier posé sur sa table. Jusqu'au moment où elle fut obligée de lever la tête et croisa son regard. Quelque chose dans son expression lui fit redresser le menton d'un air de défi et il émit un petit rire.

Dieu merci, le Dr Walker la tira d'embarras.

— Ce garçon fera un très bon mari pour Penny, d'ici à quelques années, dit-il tranquillement. Car il n'est pas du genre à se décourager... Et vous, Sophy, pas encore fiancée ? Quel âge avez-vous ?

Ses questions ne l'importunaient pas car ils se connaissaient depuis de nombreuses années, et elle savait qu'il avait son franc-parler.

— Malgré mes vingt-six ans, je n'ai pas encore trouvé chaussure à mon pied, docteur Walker, répondit-elle avec un sourire, et en évitant soigneusement le regard du Pr van Oosterwelde.

— Vous ne paraissez pas votre âge, ma chère Sophy.

Plus tard, alors qu'elle consignait les événements de la journée dans un registre avant de rentrer chez elle, un bruit de pas résonna dans le couloir, et quelqu'un s'arrêta devant la porte de son bureau. Sans même lever les yeux, elle sut que c'était Maximillan van Oosterwelde.

— Encore au travail, mademoiselle ?

— Je n'en ai plus pour très longtemps.

— Je ne veux pas vous retarder. Je voulais simplement vous avertir que j'ai l'intention d'emmener Penny et Benjamin en promenade mercredi après-midi. J'aurais dû vous demander la permission... C'est en entendant le jeune Evans que j'ai pris conscience de mon incorrection.

Elle ignora résolument le léger sarcasme qu'elle crut détecter dans sa voix. Elle était de congé, ce jour-là, mais elle se jura bien d'être absente de la maison pour ne pas risquer de le croiser.

— Comme c'est gentil à vous ! répondit-elle. Ils seront ravis.

Puis, délibérément, elle avança la main vers le téléphone et il comprit aussitôt ce que cela signifiait. Alors il la salua plutôt sèchement et disparut.

3.

Le mercredi suivant, l'horloge sonnait 10 heures du soir lorsque Sophy franchit le seuil de la maison. Résolue à ne pas croiser Maximillan van Oosterwelde, elle était sortie juste avant le déjeuner pour passer l'après-midi avec la femme de Tom Carruthers, et avait prolongé sa visite le plus longtemps possible, bien au-delà de ce que permettaient les convenances.

Mais comme il était encore trop tôt pour rentrer, elle avait trouvé refuge dans un salon de thé, avant de revenir à pied, en méditant sur le gâchis de cette belle journée de repos.

La lumière du vestibule était éteinte, toutefois une délicieuse odeur de pain grillé flottait dans l'air, et Sophy, l'appétit aiguisé, se dirigea vers la cuisine. Elle savait que Sinclair se préparait toujours une tasse de thé avec un toast avant de monter se coucher. Elle grignoterait quelque chose avec lui.

— Bonsoir, miss Sophy ! lança-t-il en se levant. Je vous ai gardé une part de tarte au fromage. Cela vous tente ?

Jetant son chapeau et ses gants sur la table, elle accueillit sa proposition avec un sourire ravi.

— Vous avez l'air épuisée, miss Sophy.

Elle avala une gorgée de thé brûlant.

— Oui, Sinclair. Je pensais que je voudrais être plus jolie..., ajouta-t-elle d'un ton las.

Cette remarque tout à trac ne sembla pas surprendre le vieux majordome.

— Allons, miss Sophy. Vous êtes très jolie. Et vous avez un charme fou... Seulement vous doutez trop de vous-même, surtout lorsque vous êtes fatiguée, ou un peu déprimée.

Elle lui sourit.

— Merci, Sinclair. Heureusement que vous êtes là pour me réconforter. Au fait, les enfants ont-ils passé une bonne journée? demanda-t-elle sur un ton faussement désinvolte.

— Excellente. Ils sont allés à Canterbury.

— Canterbury? Mais c'est très loin!

— Pas en Bentley. Ils ont visité la cathédrale et pris le thé en se gavant de gâteaux à la crème. Ce monsieur est resté dîner. Il a même aidé Ben avec son latin.

— Je suis contente pour eux, dit-elle en se levant. Bonne nuit, Sinclair.

Sa grand-mère était en train de faire ses mots croisés dans le salon.

— Bonsoir, ma chérie. Tu t'es bien promenée? Penny et Ben sont ravis de leur après-midi avec Max, ajouta-t-elle sans même attendre la réponse de sa petite-fille.

— Sinclair m'a déjà tout raconté...

Il lui fallut néanmoins écouter les commentaires détaillés de sa grand-mère, manifestement conquise. Qu'avait donc Maximillan van Oosterwelde de si particulier pour exciter à ce point l'intérêt de son entourage? Sophy elle-même avait parfaitement conscience qu'il était loin de lui être indifférent... Depuis qu'ils s'étaient rencontrés, elle n'arrêtait pas de penser à lui...

— Je me demande quel âge il a, dit-elle, réfléchissant tout haut.

— Trente-neuf ans. Il est célibataire. Il habite en Hollande, près d'Utrecht, et il est chef de clinique, en même temps qu'enseignant à la faculté. Il a un épagneul, Meg, et un bouledogue qui s'appelle Jack.

— Eh bien, mamie, tu en sais des choses !

Mme Greenslade dévisagea sa petite-fille avec une lueur amusée au fond des yeux.

— Ma chère Sophy, il t'aurait dit tout cela si tu le lui avais demandé. Je l'ai invité à déjeuner pour dimanche... Tu seras de repos, n'est-ce pas ? Même si tu le vois tous les jours, les conditions ne sont pas idéales pour faire réellement connaissance.

Comme Sophy ne répondait rien, elle reprit :

— Tu n'es pas contente ?

— Mais si, grand-mère...

— Ah bon ! Tu me rassures. Je commençais à croire que Max ne te plaisait pas... Il y aura du rôti de porc au menu, avec des pommes, et une tarte au citron. Et Sinclair préparera un beau plateau de fromages. Les hommes aiment toujours le fromage.

Puis elle ôta ses lunettes, replia soigneusement son journal et se leva.

— Je vais me coucher, ma chérie, et tu devrais en faire autant car tu as l'air fatiguée.

Sophy l'imita. Mais une fois dans sa chambre, elle resta un long moment devant la grande glace, à examiner son reflet avec une attention critique. Non, décidément, elle ne se trouvait pas belle.

Le lendemain matin, Fanny Cooper n'en crut pas sa chance lorsque Mlle Greenslade lui proposa d'échanger leurs jours de congé et de travailler dimanche à sa place.

Cependant, Sophy n'annonça rien à la maison avant le samedi soir et tout le monde mit son expression d'extrême lassitude sur le compte de la déception. En fait, elle se sentait affreusement coupable, d'autant plus que Maximillan van Oosterwelde redoublait de gentillesse à son égard.

Quand Sophy partit pour l'hôpital, ce dimanche-là, le soleil brillait dans un ciel clair, sans nuages. Mais elle-même était d'une humeur exécrable.

Elle passa la première partie de la matinée à donner un cours à deux jeunes stagiaires en formation. Puis, les laissant ranger des instruments, elle partit boire un café avec Mary Skinner, une blonde qui cultivait sa ressemblance avec Marilyn Monroe et avait une vie sentimentale très agitée.

Inévitablement, la conversation tourna autour du nouveau chirurgien.

— Je veux absolument le rencontrer ! s'écria Mary. Je l'ai croisé dans un couloir, l'autre jour, mais il ne m'a pas vue. Sinon, il se serait arrêté.

— Naturellement, dit Sophy avec un sourire.

— Téléphone-moi pendant la pause, demain. Je trouverai bien un prétexte pour passer dans ton bureau. Et tu me le présenteras. Comment est-il, dans la vie courante ?

— C'est un excellent médecin, avec un diagnostic très sûr...

— Oh, je ne parlais pas sur le plan professionnel. Tu sais, si j'étais à ta place, je me serais déjà débrouillée pour me faire inviter à dîner.

Sophy se mit à rire.

— Je n'en doute pas. Seulement, nous sommes très différentes, toutes les deux. Tu plais aux hommes, tu les attires. Pas moi.

Après cette constatation dépourvue de rancœur ou d'acrimonie, elle se leva.

— Tu peux compter sur moi, Mary, ajouta-t-elle. Je m'arrangerai pour vous laisser seuls tous les deux.

En revenant, Sophy s'arrêta au service des urgences où tout le monde s'affairait, mais comme on n'annonçait aucune intervention, elle s'enferma dans son bureau pour s'acquitter de tâches administratives.

Au bout d'un moment, pour se détendre, elle alla se poster près de la fenêtre, observant distraitement les allées et venues dans la cour. Tout à coup, elle aperçut Bill Evans en grande conversation avec Maximillan van Oosterwelde. Ils riaient et semblaient s'amuser beaucoup. De quoi pouvaient-ils donc bien parler?

Elle allait s'écarter quand Maximillan leva la tête. Même de si loin, elle eut la très nette impression qu'il fronçait les sourcils. Qu'allait-il penser? Qu'elle l'épiait?

Gênée, elle rejoignit les stagiaires dans la salle d'opération, vérifia leur travail et, au bout de quelques minutes, retourna discrètement à son poste d'observation. Maximillan van Oosterwelde était parti.

Elle sortit un catalogue. Pendant qu'elle dressait une liste de matériel à renouveler, des pas résonnèrent dans le couloir. Elle savait qui c'était. Résistant à l'envie de remettre un peu de rouge à lèvres, elle resta la tête penchée, mais ses doigts se crispèrent sur son stylo.

Il entra sans frapper.

— Qu'ai-je fait? demanda-t-il sans préambule.

Sophy écarquilla les yeux, étonnée.

— Je ne comprends pas...

En costume de tweed, à la fois distingué et décontracté, Maximillan van Oosterwelde s'assit en face d'elle et tendit le bras pour saisir le cahier de présence.

— Normalement, vous étiez de congé aujourd'hui. Mais vous vous êtes arrangée pour travailler. Et ne me racontez pas d'histoire; j'en ai déjà parlé avec Fanny Cooper vendredi soir.

La colère s'empara de Sophy.

— Vous n'avez pas le droit de... de...

— De quoi?

— La répartition des jours de repos ne vous regarde pas, monsieur.

— En effet, mais nous nous écartons du problème. Vous m'évitez avec le plus grand soin. J'ai dîné avec les Carruthers. Vous êtes partie de chez eux à 5 heures, mercredi dernier. Or, vous n'étiez pas rentrée chez vous à 9 heures... Je me suis dit que vous étiez peut-être de sortie avec un petit ami. Mais j'apprends peu après que vous échangez votre journée de congé. Tout cela n'est pas fortuit, mais bel et bien délibéré de votre part. Je vous déplais donc tant, Sophy?

Au prix d'un immense effort, Sophy, qui fixait avec obstination la corbeille à papier, se força à regarder Maximillan.

— Mais non..., protesta-t-elle faiblement.

— Dans ce cas, je vous suggère de baisser votre garde. Je n'ai pas l'intention de vous agresser, ni de flirter avec vous.

D'un air détaché, il observa le visage de Sophy qui s'empourprait violemment avant de poursuivre :

— Je ne vois aucune raison pourquoi nous ne serions pas amis. Après tout, nous partageons le même parrain. C'est un bon début, il me semble?

Désarmée par son sourire, Sophy parvint à surmonter son trouble pour poser une main dans celle qu'il lui tendait.

— J'ai peur d'être devenue une véritable vieille fille, ces dernières années...

— Mais non. D'ailleurs, les vieilles filles ne grimpent pas aux arbres.

Il la lâcha pour prendre le téléphone et appeler le chef du personnel. A en juger par le ton de sa voix, il n'avait pas l'habitude d'essuyer des refus...

Deux minutes plus tard, il raccrochait, satisfait.

— Je vous retrouve à 13 h 10 devant l'entrée principale. Mais vous devrez garder votre uniforme, pour le cas où on vous réclamerait. Soyez ponctuelle, car j'ai promis à Mme Greenslade que nous arriverions à 13 h 15.

Sophy haussa un sourcil.

— Mais... Personne ne s'attend à me voir, à la maison.

Il se retourna sur le seuil.

— Si. J'ai averti votre grand-mère que vous déjeuneriez avec nous.

— Comment ? Mais...

Sophy se tut et ravala sa colère. Il était déjà parti.

A table, c'est Maximillan, assis à la droite de Mme Greenslade, qui découpa le rôti. A l'évidence, la vieille dame était sous le charme et Penny et Benjamin l'adoraient. Même Sinclair, d'ordinaire très réservé, paraissait conquis. Puis ils prirent le café dans le salon, devant la cheminée, dans un désordre familier. Les journaux du dimanche étaient étalés sur la petite table, à côté du tricot de Penny et du puzzle de Benjamin, et Mme Greenslade avait posé ses pieds sur l'énorme dictionnaire dont elle ne se séparait jamais pour ses mots croisés.

Assis en face d'elle, Maximillan van Oosterwelde caressait Brutus, à moitié assoupi contre sa jambe, tandis que Titus ronronnait de bonheur sur ses genoux.

— C'est surprenant comme ils vous ont adopté, dit Sophy, pelotonnée sur un coin du divan. Ils sont d'habitude si méfiants avec les étrangers...

Il plissa le front d'un air perplexe, et elle se reprit aussitôt en rougissant.

— Excusez-moi. Je ne voulais pas être désagréable. Mais vous voyez bien ce que je veux dire... Ils doivent sentir que vous avez des animaux.

— Très probablement, répliqua-t-il. Ou alors ils ont bon goût et me trouvent sympathique.

Tout le monde éclata de rire.

— Vous devez leur manquer..., dit Penny.

— Oui, sans doute. Mais je ne suis pas inquiet ; on prend soin d'eux en mon absence.

Après un coup d'œil à sa montre, Sophy se leva à regret et embrassa sa grand-mère.

— Tu pars déjà, ma chérie ? Quel dommage ! Nous sommes si bien, tous ensemble, au coin du feu... Ne tardez pas trop, Max ! ajouta Mme Greenslade comme il se levait lui aussi pour la raccompagner.

Ils firent le trajet en silence. Devant l'hôpital, Sophy le remercia et grimpa prestement les marches sans se retourner. Une demi-heure plus tard, elle était en salle d'opération avec Tom Carruthers, pour nettoyer un visage criblé d'éclats de verre à la suite d'un accident de voiture.

A peine avaient-ils commencé qu'on leur annonça l'arrivée d'une embolie cérébrale. Ce fut l'un de ces après-midi mouvementés où les urgences se succédèrent sans relâche, jusqu'à 18 heures. C'est au moment où ils enlevaient leur blouse que le Dr Walker leur apprit que la petite fille opérée la semaine précédente par Maximillan venait de mourir.

— Van Oosterwelde l'a examinée ce matin, ajouta-t-il tristement. Malheureusement, son cas était désespéré. En tout cas, c'est gentil à lui de s'être déplacé un dimanche. Surtout après s'être couché à 4 heures du matin.

Il y avait mille et une façons d'interpréter ce dernier détail, et Sophy essaya de ne pas y penser. Malgré tout, elle ne put s'empêcher de passer en revue les jolies filles de l'hôpital qui rêvaient sûrement toutes de sortir avec lui...

Après avoir remis tout en ordre dans la salle, elle éteignit les lumières et alla se changer pour rentrer.

La Bentley se gara le long du trottoir au moment où elle sortait de l'hôpital.

— Montez, dit Max en ouvrant la portière.

Surprise, elle bafouilla un vague bonsoir et s'installa sans protester à côté de lui. Devant chez elle, il coupa le moteur, descendit de voiture, et l'escorta d'autorité.

— Te voilà enfin ! s'écria Penny en sortant en trombe de la cuisine. J'ai confectionné un délicieux soufflé au fromage, et Max a apporté une bouteille de vin.

Il referma la porte en riant.

— Je prends pension, aujourd'hui ! Cela ne vous ennuie pas, j'espère ?

— Non, bien sûr.

Il l'observa avec attention.

— Vous avez l'air fatiguée. La journée a été rude ?

— Oui, un peu...

— Vous avez appris la mauvaise nouvelle ?

— Oui. C'est tellement injuste, pour cette petite fille...

Il la prit doucement par les épaules.

— Dans notre métier, nous sommes perpétuellement confrontés à ce genre d'injustices. La maladie et la mort frappent aveuglément et cela nous touche particulièrement quand il s'agit d'enfant. Mais nous devons relever le défi et continuer à nous battre. Vous n'allez pas céder à la tristesse et au découragement ?

Il lui effleura la joue d'une caresse, et elle faillit enfouir son visage au creux de son épaule pour laisser couler ses larmes. Pourtant, elle se ressaisit bravement.

— Vous avez raison. Il ne faut pas se laisser aller. Merci de votre réconfort.

— Voilà qui est mieux, murmura-t-il en la conduisant dans le salon.

Le soufflé de Penny fut un franc succès.

— Quel cordon-bleu ! s'écria Max. Vous ferez une excellente épouse, Penny.

Elle lui sourit d'un air radieux.

— Merci. A propos, vous êtes marié, Max ?

— Penny ! protesta Sophy en fronçant les sourcils.

— Non, pas encore, répondit-il sans s'offusquer le moins du monde de la question.

— Ni même fiancé ? insista Benjamin.

Sophy était rouge de confusion.

— Ben ! Tu n'as pas à être aussi indiscret !

Ben lui adressa un sourire désarmant.

— Max est notre ami ! Au fait, pourquoi tu ne l'appelles pas par son prénom ?

Ce fut Max qui tira Sophy d'embarras.

— Ta sœur préfère conserver une certaine distance à cause de nos relations professionnelles. C'est plus facile, pour elle, à l'hôpital. D'ailleurs, elle est très sévère, quand elle travaille.

Cette remarque sembla beaucoup divertir Ben, qui en oublia sa première question, au grand soulagement de Sophy.

Peu après, Max se leva pour partir. Tout en remerciant Mme Greenslade de son hospitalité, il lui baisa la main et la vieille dame rosit de plaisir.

— Je suis libre mardi, ajouta-t-il à mi-voix. Accepteriez-vous une invitation à déjeuner?

— Qui? Moi?

— Oui, vous, naturellement. Le Wilton vous conviendrait?

Elle lui adressa un sourire émerveillé.

— Je serai enchantée. Merci, Max.

— Parfait. Je passerai vous prendre à midi et demi.

Brutus et Titus lui firent des adieux impétueux, et Sophy, de l'autre bout de la pièce, répondit en souriant à son salut, tandis que Ben et Penny le raccompagnaient jusqu'à sa voiture.

Ce soir-là, dans son lit, la jeune femme médita sur les moments forts qui avaient ponctué sa journée. Max lui avait proposé son amitié, mais rien de plus. En se rappelant les conversations qu'ils avaient eues, elle ne découvrit pas un seul mot qui aurait pu lui laisser espérer autre chose.

4.

Le lundi, qui promettait d'être froid et humide, commença mal pour Sophy qui fila son collant et brûla le porridge. Elle qui était toujours calme et souriante se sentait d'une humeur de chien en partant pour l'hôpital.

Pour ne rien arranger, une nouvelle infirmière se trouvait de service, une jeune fille diaphane, à l'apparence très fragile, qui n'avait manifestement pas une vocation très affirmée. Ennuyée, Sophy songea qu'elle devrait la surveiller de près et l'encourager, car elle était du genre à s'évanouir en salle d'opération.

Tout en s'attelant aux derniers préparatifs, Sophy éprouva pour la première fois un curieux manque d'enthousiasme pour son dur métier. Etait-ce la fatigue, la lassitude, mais, tout à coup, la carrière qui s'offrait à elle lui apparaissait totalement dénuée d'intérêt.

Pendant trente ans, elle allait répéter les mêmes gestes, former des stagiaires ignorantes et malhabiles...

L'arrivée de Maximillan van Oosterwelde, vêtu de sa tenue blanche de chirurgien, accrut encore son malaise. Sophy pensa qu'il avait vraiment l'air de ce qu'il était : un aristocrate fortuné. De fait, ils n'appartenaient pas à la même classe sociale, tous les deux...

Leurs regards se croisèrent et elle eut l'impression

désagréable qu'il avait deviné ses pensées. Cramoisie, elle baissa les yeux en faisant mine de s'absorber dans sa tâche, mais son cœur battait à tout rompre et ses mains tremblaient.

Quand elle recouvra son calme, quelques instants après, une évidence terrible s'imposa à son esprit : elle était amoureuse de Maximillan van Oosterwelde.

— Me voilà dans de beaux draps ! marmonna-t-elle.

Maximillan se rapprocha d'elle tout en enfilant ses gants en caoutchouc.

— Quand nous aurons le temps, vous m'expliquerez ce que cela veut dire.

— Non, monsieur, répliqua-t-elle avec une pointe d'insolence avant de se détourner pour saluer Tom et Bill qui arrivaient.

A 11 heures, après la seconde intervention, toute l'équipe s'accorda une pause dans le bureau de Sophy. Mary était déjà là, assise sur le bord de la table, balançant ses jolies jambes comme pour les faire admirer.

A leur entrée, elle sauta prestement à terre en rajustant sa ceinture et adressa un sourire charmeur à Maximillan.

— Sophy, nous sommes à court d'Oxycel. Pourrais-tu m'en prêter un flacon ?

Sophy admira secrètement l'aplomb de sa collègue. Max ne manquerait pas d'être conquis... Aucun homme ne résistait à Mary.

— Bien sûr, répondit-elle. Je vais aller en chercher dans la réserve. Veux-tu prendre un café avec nous ? Au fait, je te présente le Pr van Oosterwelde. Je ne pense pas que vous vous soyez déjà rencontrés...

Tandis qu'ils se serraient la main, elle surprit une lueur amusée dans les yeux de Max. Très à l'aise, tous deux commencèrent à bavarder tandis que Sophy conversait avec Bill et Tom. Elle but son café rapidement puis, au grand étonnement de Bill, elle lui demanda d'aller chercher du lait chaud à l'étage inférieur. Il ouvrit la bouche pour dire quelque chose, mais un froncement de sourcils l'en dissuada et il disparut. Elle se donna une minute puis s'apprêta à quitter la pièce pour se rendre dans la réserve. Parvenue à la porte, elle se retourna.

— Oh, monsieur Carruthers, j'ai besoin de votre avis pour une commande. Voulez-vous venir avec moi une seconde, s'il vous plaît ?

Il la suivit avec un sourire.

— Qu'est-ce que vous mijotez, Sophy ? demanda Tom, une fois dans le couloir.

— Mary m'a demandé de lui ménager quelques instants en tête à tête avec le Pr van Oosterwelde...

— Ah, vous les femmes ! Toujours en train de comploter dans notre dos !

— Mary est très séduisante, dit Sophy, l'estomac noué d'appréhension.

Tom secoua la tête.

— Elle ne lui plaira pas. Ce n'est pas son genre.

— Ah bon ?

Mais, à sa grande déception, Tom ne s'étendit pas davantage sur la question, et elle s'éclipsa. Au bout d'une dizaine de minutes, elle revint avec le flacon d'Oxycel, se demandant si Mary était parvenue à ses fins.

Tous deux se tournèrent vers elle quand elle arriva. Curieusement, Mary avait l'air presque soulagée par son retour. Quant à Max, il affichait une expression indéchiffrable.

Les deux jeunes femmes ressortirent ensemble du bureau, et elles en avaient à peine franchi le seuil que Mary laissa éclater son dépit à voix basse.

— Je n'ai pas pu placer un mot ! Tu te rends compte...

Il n'a parlé que de son travail... De toute façon, je n'ai plus envie de sortir avec lui. Il est d'un ennui !

Puis Mary la quitta pour retourner à son travail tandis que Sophy, qui avait l'intention d'aller se laver les mains dans le vestiaire, se ravisait et rouvrait la porte de son bureau.

Debout devant la fenêtre, Max van Oosterwelde lui tournait le dos.

— Entrez et asseyez-vous, dit-il.

Le ton n'admettait pas de réplique; elle obéit.

— Votre amie est ravissante, reprit-il en lui faisant face.

Sophy se contenta de hocher la tête, intimidée.

— Je lui ai fait un cours de chirurgie, ajouta-t-il.

— Je sais, elle me l'a dit... Vous ne l'aimez pas ?

Il lui lança un regard où brillait une lueur énigmatique. Etait-ce de la colère et de l'amusement ?

— Ma chère Sophy, tant de prévenance me touche. Mais je ne suis pas... euh... disponible.

Le cœur de la jeune femme se serra douloureusement. Le bon sens aurait dû lui interdire de nourrir tout espoir, pourtant, les propos de Maximillan van Oosterwelde l'anéantirent.

— Je comprends, monsieur, murmura-t-elle.

Une expression presque taquine se peignit sur les traits du professeur.

— Je me le demande...

A ce moment-là, Tom passa la tête par la porte entrebaîllée, l'empêchant de poursuivre.

— Le Dr Walters nous attend...

L'attitude du Pr van Oosterwelde ayant intrigué Sophy, l'espace de quelques secondes, elle s'interrogea avec perplexité. Puis ses préoccupations professionnelles reprirent le dessus et elle chassa Maximillan de ses pensées pour se concentrer sur son travail.

L'après-midi fut si chargé qu'elle ne put même pas boire une tasse de thé. Les quatre médecins s'en allèrent vers 5 heures et Sophy partit peu de temps après. Cette fois-ci, il n'y avait personne pour l'attendre devant l'hôpital...

Le lendemain fut également une journée harassante. D'autant plus que Sophy, le cœur lourd et l'esprit confus, avait à peine fermé l'œil durant la nuit. Les heures s'égrenèrent avec une lenteur interminable, sans la présence de Max.

De surcroît, elle dut, en rentrant, subir le récit enthousiaste de sa grand-mère qui avait déjeuné avec lui et ne tarissait pas d'éloges. Benjamin et Penny faisaient leurs devoirs dans leur chambre et Sophy, assise dans un fauteuil, s'arma de patience en écoutant sa grand-mère, arborant une expression de sérénité qu'elle était loin de ressentir.

— Qu'y a-t-il, ma chérie ? demanda soudain sa grand-mère, s'interrompant brusquement dans sa description dithyrambique d'un soufflé Rothschild. Tu ne dis rien. Tu es fatiguée ?

Sans même attendre une réponse, Mme Greenslade enchaîna :

— Au fait, j'allais oublier... Ton oncle Giles a téléphoné. Il se sent déjà beaucoup mieux. Il voulait des nouvelles de Max. Il compte sur toi pour t'occuper de lui.

— Mamie, Max est tout à fait capable de se débrouiller seul. De toute façon, il se soucie fort peu de ma petite personne.

Pour couper court aux questions de sa grand-mère, elle entreprit de lui raconter les assauts dont il était l'objet de la part de Mary, sans toutefois rapporter ses commentaires...

— Mary est trop excentrique pour lui, décréta Mme Greenslade, qui ne manquait pas de finesse.

Puis, revenant au sujet qui la passionnait, elle décrivit en détail les toilettes des élégantes qu'elle avait eu le loisir d'admirer au Wilton.

Au terme de ses deux jours de repos, quand elle retourna travailler, Sophy avait pris une résolution farouche : Max ne devrait jamais deviner ses sentiments. De toute façon, dans quelques semaines, il serait reparti en Hollande.

« Loin des yeux, loin du cœur », se dit-elle pour essayer de se persuader.

Le service d'oto-rhino-laryngologie étant en grand bouleversement, elle passa la matinée du vendredi à assister le Dr Cass pour des opérations en série des amygdales et des végétations.

Pendant qu'elle déjeunait, Jane officia aux côtés du Pr van Oosterwelde pour une greffe de peau sur un patient grièvement brûlé. Puis les interventions se succédèrent tout au long de l'après-midi : une thyroïdectomie, une amputation du pied et une ablation du sein.

Etonnamment calme, Max ne montra pas le moindre signe de fatigue, ce qui ne fut pas le cas de son équipe. Sophy envoya chacune des infirmières prendre quelques minutes de repos. A 5 heures, elle-même s'octroya une pause bien méritée.

Les pieds déchaussés, les cheveux dénoués, elle savourait une tasse de thé quand la silhouette de Maximillan van Oosterwelde s'encadra dans l'embrasure de la porte. Elle sursauta violemment en se redressant pour chercher ses chaussures.

— Je vous ai fait peur? lança-t-il gentiment. Vous pouvez rester pieds nus, cela ne me dérange pas. Je fais un tour dans les différents services, et je vous attends dehors d'ici vingt minutes pour vous raccompagner.

Lorsqu'elle fut confortablement installée dans la Bentley, Sophy oublia presque son état d'épuisement, mais pas sa nervosité, comme toujours en présence de Maximillan.

— Vous sortez, ce soir, Sophy? lui demanda-t-il soudain.

Un petit démon intérieur la poussa à mentir.

— Oui. Je vais au cinéma et au restaurant ensuite.

— Ah, je me doutais bien qu'il allait faire son apparition.

Sophy lui jeta un regard furtif.

— De qui parlez-vous?

— L'horrible petit ami, bien sûr!

Au lieu de rétablir la vérité, comme sa nature honnête le lui commandait, Sophy s'enferra dans son propre piège.

— Il n'est pas horrible!

— Brun aux yeux bleus? lança Max en garant sa voiture le long du trottoir.

Elle battit des cils d'un air ingénu.

— Comment avez-vous deviné? Vous le connaissez?

— Je ne crois pas... Comment s'appelle-t-il?

— John Austin, répondit-elle sans hésiter.

— Et que fait-il?

Elle réfléchit un quart de seconde. Pas un médecin. C'était trop risqué.

— Il est directeur de banque. Dans la City.

— Eh bien... Bon... Je ne vous retiens pas, sinon vous allez manquer le début du film.

Sophy se hâta de rentrer et resta un moment adossée

contre la porte refermée, en se demandant pourquoi, au nom du ciel, elle venait de se fourrer dans un tel guêpier...

Aucune intervention n'était prévue pour le lendemain, mais un accident de la circulation obligea toute l'équipe à se réunir en urgence. Pendant que chacun s'affairait, Sophy, un peu en retrait, s'autorisa un instant le plaisir de contempler Max, courbé au-dessus de la table d'opération. Se redressant brusquement, il surprit son regard.

— Le film vous a plu? demanda-t-il, désinvolte.

— Oui, beaucoup.

Après un hochement de tête, il reporta son attention sur le patient, en prodiguant quelques explications techniques au bénéfice de Bill.

Sortant pour une fois à l'heure de l'hôpital, Sophy eut la surprise de rencontrer Max sur le perron.

— Vous rentrez chez vous? Je vous dépose. Ce n'est pas la peine de faire attendre votre petit ami inutilement.

Comme elle avait déjà oublié l'existence de ce prince charmant imaginaire, il lui fallut quelques instants, le temps de s'installer dans la voiture, pour inventer une explication embarrassée.

— Il est rentré chez lui pour le week-end...

Max démarra lentement.

— Il n'habite pas à Londres?

— Si. Mais sa famille est à... Harrogate.

Ce fut le seul nom de ville qui lui vint à l'esprit.

Visiblement étonné, Max haussa un sourcil et eut un petit sourire.

— C'est un bien long voyage! Mais s'il a une grosse voiture...

Quel genre de voiture pouvait bien posséder un directeur de banque? Sophy, qui n'avait aucune idée sur la question, laissa sagement la remarque en suspens.

— J'ai des billets pour *My Fair Lady*, ce soir, reprit-il, changeant de sujet, au grand soulagement de Sophy. On me les a offerts. Me feriez-vous le plaisir de votre compagnie pour ce spectacle ?

Le cœur de Sophy s'emballa. Un instant, folle de joie, elle faillit dire oui, mais le bon sens revint.

— Merci d'avoir pensé à moi, mais...

— Mais vous avez peur de fâcher M. Austin ? l'interrompit-il d'une voix moqueuse. Il n'a pourtant rien à craindre de moi ; je suis presque assez vieux pour être votre père. Et comme je vous l'ai déjà dit, le flirt ne m'intéresse pas.

Tout en l'observant avec intérêt, il reprit :

— Donnez-moi son numéro de téléphone. Je lui demanderai moi-même sa permission, si cela peut vous tranquilliser.

— Vous n'allez pas l'appeler à Harrogate ! protesta-t-elle faiblement, les joues cramoisies.

— Pourquoi pas ?

Il avait déjà son calepin en main avec un stylo.

— Je suis assez grande pour prendre mes responsabilités, répondit-elle alors avec un petit rire forcé. J'accepte avec plaisir votre invitation.

— Parfait... Je passerai vous prendre à 6 heures et demie, et nous dînerons ensemble.

Le reste du trajet s'accomplit en silence.

— Que diriez-vous du Claridge ? reprit-il comme ils arrivaient. Ensuite, nous pourrions peut-être aller danser ?

Ses craintes oubliées, Sophy lui décocha son plus beau sourire.

— Quelle merveilleuse soirée en perspective !

⁂

Quand elle descendit de sa chambre, une heure plus tard, Max l'attendait en bas des marches, en compagnie de Penny et de Benjamin. Elle avait revêtu un fourreau de soie ambre, à la taille haute, dont le décolleté et la ligne fluide mettaient en valeur sa silhouette parfaite. Elle s'était maquillée avec soin et avait laissé ses cheveux libres sur ses épaules.

— Vous êtes ravissante ! murmura Max en s'inclinant pour lui baiser la main.

En smoking, il était plus séduisant que jamais. Troublée, elle ne sut que répondre et se contenta de lui sourire timidement quand il l'aida à enfiler son manteau. Puis, la famille au grand complet s'assembla sur le perron pour les regarder partir.

Dans la voiture, comme elle se taisait, Max se tourna à demi vers elle.

— Vous ne regrettez pas d'être venue, j'espère ?

— Non, pas du tout. Seulement... Je n'ai pas l'habitude de sortir, dit-elle étourdiment, oubliant une fois encore John Austin. J'ai peur de ne pas être une compagne très enjouée.

— Vos craintes sont sans fondement. D'ailleurs, je trouve votre présence très agréable. Parfois, en salle d'opération, il me suffit de vous regarder pour que ma fatigue se dissipe. Vous avez des yeux fascinants. Et si expressifs ! Ils parlent à votre place. D'ailleurs, vous avez rarement besoin de gestes ou de mots pour transmettre un ordre aux infirmières.

— Comment pouvez-vous remarquer autant de choses en travaillant ?

Il haussa les épaules.

— Même quand on paraît totalement absorbé, une part de notre attention reste flottante. Vous devez connaître cela, vous aussi.

Elle rougit légèrement, songeant aux nombreuses fois

où son esprit s'était égaré à cause de lui, mais comme ils arrivaient au Claridge, elle n'eut pas à répondre.

Après un délicieux dîner et une comédie musicale fort divertissante, Sophy se retrouva dans un night-club au bord de la Tamise, en train de boire du champagne.

Leur table se trouvait près d'une fenêtre et elle pouvait voir la lune pâle, à demi masquée par les nuages, qui jetait sur le fleuve des reflets d'argent. Lorsqu'ils commencèrent à danser, elle découvrit avec plaisir que la différence de taille, qu'elle redoutait, importait peu, et qu'ils s'accordaient parfaitement.

Elle découvrait une facette inattendue de la personnalité de Max. Malheureusement, cela ne durerait pas. Il aurait recouvré son naturel distant quand elle le reverrait à l'hôpital...

Quand elle jeta un coup d'œil à sa montre, il était plus de 2 heures du matin.

— Je passe une excellente soirée, mais je crois qu'il serait raisonnable de rentrer...

— D'accord, mais accordez-moi une dernière danse...

Elle acquiesça d'un signe de tête, ravie qu'il ne s'ennuie pas.

Pendant le trajet de retour, Sophy se rappela soudain une réflexion de Benjamin.

— Il faudra que je regarde votre numéro d'immatriculation, dit-elle.

— Pourquoi ?

— D'après Benjamin, cela aurait dû me frapper. Mais vous pouvez sans doute me le dire.

— MVO 1956.

— Vos initiales. Et probablement l'année de votre naissance... Ce n'est pas une simple coïncidence, je suppose ?

— En effet. Un petit caprice que je me suis offert..., avoua-t-il d'un ton d'excuse.

« Quel monde étrange que le sien ! » songea-t-elle comme ils arrivaient devant sa maison.

Galant, il descendit de voiture pour venir lui ouvrir sa portière et l'escorter en haut des marches. Devait-elle l'inviter à entrer ? Après une brève hésitation, elle écarta l'idée et lui tendit la main, sans remarquer le sourire qui flottait sur ses lèvres.

— Merci infiniment pour cette sortie.

— Bonne nuit, Sophy. J'espère que John Austin ne m'en voudra pas trop.

Elle se glissa dans le vestibule faiblement éclairé, éteignit la veilleuse, puis monta se coucher avec la sensation désagréable que l'ombre de John Austin s'interposait entre elle et Max.

Le dimanche, comme la journée se déroula sans incident notable, elle s'affaira à rattraper tous les petits retards qui s'accumulaient en temps ordinaire. Tom Carruthers l'aida à établir le programme de la semaine à venir. Puis, tout étant calme, il se réfugia dans son bureau pour lire le journal.

Vers 5 heures, cependant, deux ambulances arrivèrent à la suite, provoquant un véritable branle-bas. Un homme avait le bassin écrasé et il fallait intervenir immédiatement. Malheureusement, les meilleures infirmières étaient de repos. Il n'y avait que Maggie Robins pour seconder Sophy qui, malgré sa grande expérience, se sentait un peu nerveuse... Mais de toute façon, il était impossible d'appeler quelqu'un d'autre.

Elles préparèrent les étriers et les poids pour l'extension, ainsi que les instruments. Déjà, on roulait le chariot dans la salle, avec l'anesthésiste au chevet du patient.

Sophy fut prise de court par l'apparition inattendue de Max. Immédiatement, son cœur se mit à battre la chamade et elle le salua d'une voix tremblante d'émotion.

Malgré tout, elle recouvra son sang-froid dans un délai qu'elle estima raisonnable et lui répondit très posément quand, après un coup d'œil circulaire, il demanda si toutes les infirmières s'étaient mises en grève.

— C'est dimanche, monsieur et à partir de 6 heures, le service est réduit au strict minimum. J'ai un aide-soignant, mais je l'ai envoyé aux urgences, où ils sont débordés.

Pendant qu'elle parlait, une sirène retentit de nouveau.

— Apparemment, nous allons être fort occupés ; il ne sera pas de trop.

Il observa Maggie Robins, dont l'anxiété ne pouvait échapper à personne. Devinant le cours de ses pensées, Sophy prit résolument la défense de sa collègue.

— Vous pouvez compter sur nous, docteur.

Il opina, le visage crispé, avant de se pencher sur le malade.

Plus d'une heure et demie après, il s'acharnait toujours, avec Bill, à redonner une forme humaine au corps écrasé couché sur la table. Toutefois, la tension du début s'était relâchée et Maggie s'était un peu décontractée, grâce à une ou deux plaisanteries du Pr van Oosterwelde.

C'est à cet instant qu'une sonnerie stridente déchira le silence, sonnant l'alerte à l'incendie. Sophy se raidit, mais ni Max ni Bill ne semblèrent y prêter attention.

— Nous n'avions pas besoin de cela, marmonna le Dr Walters, sans rien perdre de son flegme.

L'alarme résonna à leurs tympans pendant une minute interminable.

— Il y a le feu, mademoiselle ? demanda Max tranquillement, lorsque enfin elle se tut.

— Il semblerait, docteur. Maggie va aller voir.

Elle adressa un signe de tête presque imperceptible à cette dernière qui, dans son affolement, faillit bousculer le chirurgien. Réprimant une exclamation de colère, Sophy réussit néanmoins à se maîtriser pour la rappeler à l'ordre d'une voix mesurée.

— Il n'y a pas de mal, intervint Max sur un ton rassurant.

Bientôt, les sirènes des camions de pompiers résonnèrent, et Maggie, de retour, dut attendre un peu avant de parler.

— Il y a eu une explosion dans le pavillon Edward, annonça-t-elle quand il y eut moins de bruit. On est en train d'évacuer les malades et les infirmières blessées. L'aile Alexandre est touchée, ainsi que le service des urgences.

Sans manifester aucune émotion, Sophy hocha la tête.

— Merci, Maggie. A présent, reprenons le compte des compresses, voulez-vous ?

Ce faisant, elle fit mentalement le point de la situation. La salle où ils se trouvaient occupait le coin de l'hôpital, entre l'aile la plus touchée et le corps du bâtiment, et juste au-dessus des urgences. La porte du fond donnait sur une cage d'escalier avec un ascenseur. De l'autre côté, le palier les séparait de la partie sinistrée...

La sonnerie du téléphone la rappela à la réalité. Pendant que Maggie allait répondre, elle posa avec fermeté les pinces Cheatles dans la main tendue du chirurgien. Avec des gestes mécaniques, elle donna des tampons supplémentaires à Bill, rinça quelques instruments, et remplaça le disque de l'électrocautère. Même si l'intervention se déroulait bien, ils étaient loin d'avoir terminé...

Les échos d'une grande confusion leur parvenaient, mais très assourdis. Le visage écarlate, fébrile, Maggie revint en courant presque.

— Ne vous approchez pas trop de la table, s'il vous

plaît ! dit Sophy en hâte. Nous sommes tout à fait en sécurité ici, vous savez, ajouta-t-elle avec une conviction qu'elle était loin d'éprouver.

— C'était M. le Directeur, dit Maggie, qui avait repris son souffle. Il demande au Pr van Oosterwelde de se tenir prêt à évacuer la salle dans dix minutes. Les pompiers s'efforcent de maîtriser le feu, mais le vent attise les flammes, et les propage dans notre direction.

Un instant, elle s'interrompit, avant de murmurer, effrayée :

— Mon Dieu ! Qu'allons-nous faire ?

Sophy résista à l'envie de poser la question à Max.

— Est-ce tout, Maggie ? demanda-t-elle simplement.

— Le patient sera accueilli dans l'aile George, où on a installé des dispositifs de soins d'urgence.

A l'étonnement de Sophy, Max se mit à rire doucement, bientôt imité par ses deux compagnons. Elle fronça d'abord les sourcils d'un air sévère, puis eut un petit sourire crispé, elle aussi. Diana Forbes, qui dirigeait l'aile George, était réputée pour son goût de l'ordre et son intransigeance. Elle devait être sens dessus dessous à l'idée de cet afflux de blessés qui allait désorganiser tout son service.

— Rappelez le directeur, mademoiselle, dit Max d'un ton calme. Dites-lui que nous en avons encore pour à peu près une heure. Qu'il envoie deux pompiers pour dégager la salle à côté.

Sophy acquiesça. Pour le moment, elle n'éprouvait aucune peur. Elle avait une confiance absolue en Max.

Comme la jeune fille s'éloignait de nouveau, elle en profita pour émettre une suggestion :

— Et si Maggie Robins aidait les pompiers ? De la sorte, ils ne risqueront pas d'oublier du matériel important, et comme elle sera occupée, elle paniquera moins.

— Vous pourrez vous débrouiller seule ?

— Oh oui. Sans problème.

— Très bien. Comme vous voudrez.

Aucun d'entre eux ne pouvait avoir une conscience exacte de ce qui se passait. Le tumulte, qu'ils percevaient malgré tout, leur paraissait lointain, presque irréel. Une petite flaque s'était formée devant la porte qui menait à l'aile Edward. A l'évidence, les pompiers étaient à l'œuvre, probablement sur le palier, mais Sophy continuait à se sentir à l'abri, protégée. Quand Maggie Robins revint, elle lui ordonna de changer la solution des récipients. C'est à cet instant que le scialytique s'éteignit.

Max poussa un juron.

— La lampe de secours, vite ! commanda Sophy aussitôt.

Tout en passant des pinces à Bill, elle regarda machinalement autour d'elle. La flaque d'eau s'étendait, et la fumée commençait à filtrer par les interstices de la porte. Surprenant l'expression affolée de Maggie, elle s'efforça de maîtriser sa propre inquiétude pour la rassurer.

— Ne vous inquiétez pas, Maggie. Nous ne courons aucun danger.

Comme pour la démentir, un violent courant d'air souffla un gros nuage noir à l'intérieur de la salle. Elle sentit des gouttes de sueur perler sur son front et un frisson glacé lui parcourir le dos.

Cependant, sans rien laisser paraître de sa peur, elle entreprit de mouiller quelques serviettes pour humidifier le masque de Max.

Ce dernier se redressa un instant, posa une aiguille et saisit celle que Sophy lui tendait.

— Partez avec Maggie, mademoiselle, dit-il tranquillement. Tout ira bien.

Sophy se contenta d'adresser un léger signe de tête à Maggie lui indiquant de sortir.

— Vous ne venez pas avec moi ? chuchota cette dernière en s'approchant.

— Essayez de trouver le directeur pour lui expliquer ce qui se passe, dit Sophy, éludant la question. Ensuite, dirigez-vous vers le pavillon George et proposez vos services à Diana Forbes en attendant que nous amenions le patient.

Après une brève hésitation, Maggie obtempéra.

Soulagée de voir que ses mains ne tremblaient pas, Sophy prépara le catgut. Soudain, la voix de Max la fit sursauter.

— Partez, vous aussi, mademoiselle. Bill vous remplacera. Je suis parfaitement capable de prendre moi-même les instruments dont j'ai besoin.

Un fracas terrible résonna soudain à leurs oreilles.

— Sans doute le toit du pavillon Edward qui s'écroule..., dit Max sans sourciller, en ligaturant une artère. Partez, mademoiselle, je ne vous le redirai pas.

— Je ne m'en irai pas avant la fin de l'intervention, docteur.

— Libre à vous..., dit-il, se concentrant sur son travail. Je ne peux pas vous obliger à obéir, mais vous avez la tête dure !

Agacée, elle se détourna pour jeter des compresses. C'est alors qu'elle aperçut les premières flammes, autour de la porte. Un cri lui échappa.

— Vous regrettez de n'avoir pas suivi mon conseil, Sophy ?

— Je ne vous cacherai pas que j'ai peur. Mais vous n'avez rien à craindre ; je ne vais pas m'évanouir.

Sans répondre, Max se tourna vers le Dr Walters.

— J'ai encore besoin d'une dizaine de minutes. Vous

pouvez peut-être déconnecter votre machine? Notre malade est détendu et respire bien. Je vais recoudre le muscle. Nous nous occuperons un peu plus tard de la plaie superficielle.

Hochant la tête, le Dr Walters vérifia la régularité des courbes qui s'affichaient sur l'écran du moniteur avant de débrancher la machine, puis il s'absenta quelques instants afin de la confier aux pompiers.

— Je n'ai jamais vu autant de monde à l'hôpital! dit-il en revenant. A en juger par le nombre d'hommes qui veillent sur notre sécurité, nous ne courons pas grand danger.

A peine avait-il achevé sa phrase que la porte qui menait au pavillon Edward s'effondra dans un fracas épouvantable, dévoilant un rideau de flammes impressionnant. Tenu en échec par le carrelage du sol et des murs, le feu sembla reculer, mais une fumée âcre s'engouffra néanmoins dans la brèche.

Sans la moindre hâte, Max serra le nœud qu'il venait de faire avant de prendre une nouvelle aiguille. L'incendie, qui avait gagné les étagères de bois, se propageait vers les poutres du haut. Quand Bill eut coupé le dernier point, Sophy recouvrit promptement la plaie avec de la gaze. Puis Max l'aida à protéger le patient avec les serviettes mouillées qu'elle avait préparées à l'avance.

Des bruits sinistres résonnaient et une fissure s'élargissait déjà dans le plafond, juste au-dessus d'eux.

— Venez près de moi, Sophy, ordonna Max. Vous tremblez comme une feuille.

Il passa un bras autour de ses épaules pour la serrer contre lui et elle se sentit immédiatement rassurée.

— Il faut faire vite, maintenant. Bill et moi allons pousser le chariot. Je vous demande simplement de tenir le bras du malade.

A son signal, ils s'élancèrent et atteignirent le couloir au moment précis où le plafond s'écroulait. Quelques secondes de plus, et ils périssaient dans les flammes...

Le patient fut aussitôt pris en charge par des brancardiers qui l'emmenèrent dans une salle de réanimation aménagée en hâte.

Partout dans le bâtiment central régnait une effervescence impressionnante, mais exempte de panique. Des infirmières poussaient des personnes âgées sur des fauteuils roulants ; des pompiers couraient avec des enfants dans les bras ; des ambulanciers transportaient des piles de couvertures... Dans un coin, un interne massait le cœur d'une vieille dame qui s'était évanouie.

Diana Forbes accueillit les nouveaux arrivants, le visage blême et la mâchoire crispée. Une corbeille pleine de boîtes de pilules et de médicaments sous le bras, elle s'efforçait de mener la bataille sur tous les fronts, mais, à l'évidence, elle était dépassée par les événements.

Max prit les opérations en main et, en un rien de temps, tout fut prêt pour reprendre l'intervention avec le maximum de garanties de stérilité.

Sophy fut même remplacée, ce qui lui permit de retourner dans son service pour mesurer l'étendue des dégâts et sauver ce qui pouvait l'être.

Dieu merci, on avait circonscrit le feu dans la salle d'opération et dans le couloir. Les vitres des placards avaient explosé sous la chaleur, mais les dégâts ne semblaient pas énormes.

Fanny Cooper, qui venait d'arriver, enfila une blouse et l'aida à trier le linge et le matériel. Maggie les rejoignit bientôt et Sophy fit gentiment son éloge à sa collègue.

— Maggie s'est comportée avec beaucoup de sang-froid. Ses qualités s'affirment de jour en jour.

Lui adressant un sourire radieux, Maggie se mit à trier le matériel avec empressement.

Peu après, Diana Forbes les interrompit. Mis à part le bonnet — qui était légèrement de travers —, sa tenue était aussi impeccable qu'à l'accoutumée.

— Puis-je disposer de vos infirmières, mademoiselle Greenslade ? Nous manquons cruellement de personnel d'accompagnement dans les ambulances.

Apercevant le pantalon de Fanny Cooper sous sa blouse, elle ajouta :

— On vous a dérangée pendant votre journée de repos ? Alors c'est très gentil à vous d'avoir répondu à l'appel. Si vous pouviez encore nous consacrer une heure ou deux...

Puis elle se tourna de nouveau vers Sophy.

— Quant à vous, mademoiselle, votre aide serait la bienvenue aux urgences. Il y a quelques blessés parmi les membres du personnel et ils sont débordés.

Effectivement, le service était complètement désorganisé. On avait installé les patients sur des lits de fortune, des matelas posés à terre ou de simples chariots.

— Où est la responsable ? demanda Sophy à une infirmière.

— Elle a été brûlée — oh, par chance assez légèrement — et elle a dû rentrer chez elle.

Après une brève hésitation, Sophy résolut de constituer des équipes avec les internes qui se trouvaient là puis de recenser le matériel. Max arriva pendant qu'elle branchait un autoclave.

— Venez vite, j'ai besoin de vous, dit-il en saisissant quelques instruments. Apportez des pansements.

Près de la porte, il y avait un pompier, assis par terre, appuyé contre le mur. Il avait les yeux fermés, et son visage livide inquiéta Sophy. Apparemment blessé au bras, il perdait beaucoup de sang. Aussitôt, elle s'agenouilla pour découper la manche de sa veste.

— Il faut arrêter l'hémorragie et l'emmener à St. Chad's le plus rapidement possible pour une transfusion, dit Max.

Une entaille très profonde avait déchiqueté les chairs, au-dessus du coude. Max posa un garrot et entreprit de nettoyer la plaie. C'était tout ce qu'il pouvait faire pour l'instant. Pendant que Sophy faisait un pansement provisoire, il alla téléphoner à St. Chad's.

— Ils acceptent de le prendre, annonça-t-il en revenant. Veillez à ce qu'une infirmière l'accompagne.

Il disparut sans lui laisser le temps de répondre. Avec un soupir, Sophy disposa une couverture sur le blessé et partit chercher une ambulance.

Peu après, comme une équipe de nuit arrivait pour prendre la relève, elle décida d'aller elle-même à St. Chad's et emprunta une cape à l'une de ses collègues avant de s'installer à l'arrière.

Ce ne fut qu'une heure plus tard, en se retrouvant dehors, qu'elle sentit tout à coup la fatigue fondre sur elle. Elle bâilla et faillit tomber en trébuchant sur un bord de trottoir.

Comme par enchantement, Maximillan van Oosterwelde se matérialisa devant elle.

— Il ne fallait pas vous sentir obligée de prendre ce malade en charge, lui dit-il gentiment.

Sophy lui jeta un regard las en ramenant frileusement sur elle les pans de sa cape.

— Tout le monde quittait son service, et la nouvelle équipe avait besoin de tout le personnel disponible, expliqua-t-elle en réprimant un nouveau bâillement. Après la transfusion, le pompier a repris un peu de vigueur. Il est parti en salle d'opération il y a à peine cinq minutes. Vous êtes venu pour prendre de ses nouvelles, j'imagine ?

— Non. Pour vous ramener chez vous.

— C'est très gentil, murmura-t-elle, se laissant entraîner par le bras jusqu'à la Bentley.

Un brouillard froid et humide tombait. Elle frissonna.

— Vous avez faim ? demanda-t-il.

— Je vais mourir d'inanition ! avoua-t-elle.

Une fois installée dans la voiture, elle repoussa maladroitement ses cheveux qui lui tombaient sur le front.

Alors, très doucement, Max écarta une mèche que ses doigts tremblants avaient oubliée pour la lui glisser derrière l'oreille. Puis, lui soulevant le menton d'un doigt, il s'écarta un peu pour la contempler, penchant la tête de côté.

Intimidée, le cœur cognant à grands coups, Sophy avait l'impression d'avoir du mal à respirer. Mais quand il s'approcha pour poser ses lèvres sur les siennes, son souffle se bloqua complètement dans sa poitrine.

Mais, très vite, il la lâcha.

— Ma pauvre Sophy ! murmura-t-il. Vous êtes éreintée, n'est-ce pas ?

Elle se raidit instantanément. Pour lui, ce baiser ne signifiait rien. Il avait simplement manifesté un peu de pitié... Humiliée, elle frissonna de nouveau.

— Dépêchons-nous de trouver quelque chose pour nous restaurer, reprit-il.

Ils s'arrêtèrent dans une brasserie ouverte toute la nuit et Max commanda du thé et des sandwichs.

— Vous avez été pris dans l'incendie de l'hôpital ? demanda le patron en les dévisageant avec intérêt. On m'a dit que plusieurs malades étaient morts carbonisés...

— Effectivement, nous y étions, répondit Max. Mais je puis vous assurer qu'il n'y a pas eu de victimes, et que tout s'est bien terminé.

Dans la salle du petit restaurant, les clients se mirent à considérer les nouveaux venus avec attention, et à leur poser quelques questions. Puis, leur curiosité assouvie, une discussion sur la boxe s'engagea à laquelle Max participa.

A un moment, Sophy ferma les paupières. Lorsqu'elle les rouvrit, Max se penchait vers elle avec sollicitude.

— Allons, venez ! Il est temps de rentrer. Vous ne tenez plus debout.

Pendant le trajet de retour, Sophy songea tout à coup à son oncle.

— Pauvre oncle Giles ! Quel choc ce sera pour lui ! s'écria-t-elle.

— Je lui téléphonerai de bonne heure demain matin avant qu'il n'apprenne la nouvelle par les journaux. Mais vous savez, ce ne sera peut-être pas une mauvaise chose pour lui : plus il se reposera, mieux il se portera.

Il se gara devant la maison. Une lumière brillait au rez-de-chaussée.

— J'espère qu'ils ne se sont pas inquiétés, dit Sophy.

— Oh, j'aurais dû vous prévenir... J'ai chargé Bill de rassurer toute votre famille.

Sinclair ouvrit la porte d'entrée au moment précis où Sophy descendait de voiture.

— Miss Sophy ! Quelle peur nous avons eue !

Sophy se jeta dans ses bras.

— Mon cher Sinclair, je suis désolée... Je n'ai même pas pris le temps de vous envoyer un message pour vous tranquilliser. Tout le monde est couché ?

— Les enfants seulement. Mme Greenslade vous attend dans le salon.

Sophy se retourna à demi vers Max qui leva la main en signe d'au revoir.

— Je vous laisse... Allez vite vous coucher, Sophy.

Nous aurons besoin de vous en pleine forme demain matin.

Elle resta un instant immobile, à le regarder partir. Puis la voix de Sinclair la ramena à la réalité.

— Vous allez attraper froid, miss Sophy.

— Oui, vous avez raison..., dit-elle, se décidant à rentrer. Je vais dire bonsoir à grand-mère.

5.

Le lendemain fut une journée épuisante, avec une kyrielle de corvées pénibles et fastidieuses. Sophy passa son temps à trier et recenser du matériel abîmé, ainsi qu'à évaluer le montant des dégâts. La salle d'opération ressemblait à une coquille vide, à ciel ouvert ; il faudrait des mois pour tout reconstruire... Où travaillerait-elle, en attendant ?

Vers 10 heures, elle alla boire une tasse de café dans le service d'orthopédie. En traversant le hall, elle aperçut Max, en grande conversation avec le Dr Potts et le Dr Gowan. Des rides s'étaient creusées sur son visage ; il avait l'air exténué, comme s'il ne s'était pas couché de la nuit. Refusant résolument de songer à la scène de la veille, elle pressa le pas.

Mary l'accueillit sans cacher sa curiosité.

— Alors, raconte-moi ! Tu es restée jusqu'au bout avec van Oosterwelde, n'est-ce pas ?

— Oui. Je tenais à assumer mes responsabilités. Et puis, tu connais les chirurgiens... Ils sont perdus quand ils se retrouvent tout seuls. Ils savent faire des interventions très compliquées, mais sont incapables d'enfiler une aiguille avec du catgut !

Mary hocha la tête d'un air entendu.

— Comment s'est-il comporté? Il a été gentil?

— Oui, très. S'il a eu peur, il n'en a rien montré, et il a continué à travailler comme si de rien n'était.

Les yeux dans le vague, elle souriait aux anges, mais devint écarlate en se rendant compte que Mary l'observait.

— Toi, tu es amoureuse, Sophy, n'est-ce pas? dit cette dernière. Malheureusement, tu n'as pas la moindre chance de le séduire... Regarde comment il m'a traitée.

Sophy reposa sa tasse, embarrassée.

— J'imagine qu'il va très vite retourner en Hollande, maintenant... Merci pour le café.

Elle n'aperçut pas Max en retournant travailler. Tom Carruthers passa dans l'après-midi, et elle eut conscience de ne pas réussir à masquer sa déception quand il ouvrit la porte de son bureau. Après avoir discuté avec lui du désastre de l'incendie, elle l'emmena jeter un coup d'œil à la salle sinistrée.

— Il faudra des mois de travail pour tout remettre en état, maugréa-t-il. On nous prêtera une salle à St. Chad's deux fois par semaine. Et nos patients reviendront ici pour les soins postopératoires. Comment cela va-t-il se passer pour vous?

— Je ne sais pas. Je ferai sans doute des remplacements...

Sophy fit la grimace. Personne n'aimait ce genre d'activités qui n'étaient guère valorisantes. De plus, on se sentait toujours un peu à l'écart...

De retour dans son bureau, ils entreprirent de dresser une liste de matériel à commander. Ils avaient parcouru la moitié du catalogue quand Tom demanda tout à coup :

— Vous avez vu van Oosterwelde, aujourd'hui?

— Non.

— Il est resté debout toute la nuit, à travailler sans relâche. Apparemment, il a eu des nouvelles d'Utrecht ; les travaux de sa clinique ont duré moins longtemps que prévu. Etant donné la situation, il va probablement repartir très vite. En tout cas, il me manquera. Je l'apprécie énormément.

Il leva les yeux furtivement avant de les poser de nouveau sur la page imprimée.

La tête penchée sur son registre, Sophy attendit une bonne minute pour être sûre que sa voix ne trahirait pas son trouble.

— Tout le monde le regrettera, je pense. Mais son départ n'a rien d'inattendu. Il n'a jamais eu l'intention de rester très longtemps en Angleterre. Oncle Giles a téléphoné ce matin, ajouta-t-elle, préférant changer de sujet. Il est très ennuyé, évidemment, mais comme il est de toute façon en congé, ce n'est pas si grave, pour lui. Il a l'air d'aller beaucoup mieux.

A 5 heures et demie, Tom posa son crayon.

— Bon... La journée est terminée, Sophy. J'ai des places pour *My Fair Lady*...

— C'est un excellent spectacle !

— Ah bon, vous l'avez vu ?

Sophy rougit, sans rien répondre.

A la maison, ce fut pire. Tout le monde semblait s'être donné le mot pour la harceler à propos de Max. Elle buvait tranquillement une tasse de thé devant la cheminée quand Penny ouvrit le feu.

— Max est passé à midi, juste comme nous nous mettions à table...

Sophy s'immobilisa, comme paralysée, et Brutus en profita pour subtiliser le biscuit qu'elle tenait. Il lui jeta un coup d'œil inquiet, s'attendant à être réprimandé, mais rien ne venant, il se mit à lui lécher la main, comme s'il sentait qu'elle avait besoin d'être réconfortée.

— Il est parti dans le Dorset voir oncle Giles, enchaîna sa grand-mère. Oh, il n'est pas resté longtemps... Il compte retourner à Utrecht d'ici à quelques jours. Mais tu es déjà au courant, je suppose ?

Sophy avala une gorgée de thé puis jeta un regard attendri à Brutus.

— Tom Carruthers m'en a vaguement parlé. Mais je n'ai pas vu Max ; il est très occupé.

— S'il a eu le temps de venir nous voir, il aurait pu te parler, intervint Ben.

Sophy foudroya son frère du regard.

— Il est peut-être passé pendant que je buvais le café avec Mary...

Puis la conversation dévia sur l'incendie et, à son grand soulagement, le nom de Max ne fut plus prononcé.

Les jours suivants s'écoulèrent dans un ennui pesant. Déjà, des ouvriers avaient mis une bâche sur le toit et entamé les travaux. Sophy ployait sous le fardeau administratif. Elle vit peu les infirmières, ainsi que Tom et Bill Evans, bien que celui-ci vint un soir dîner chez elle.

Chaque matin, elle arrivait à l'hôpital avec la hantise d'apprendre que Max van Oosterwelde était reparti sans lui dire au revoir.

Lorsqu'il apparut enfin dans son bureau, ce fut pour la surprendre, agenouillée devant un placard, entourée de tout un bric-à-brac d'échantillons. Cramoisie, elle se releva vivement en bredouillant :

— Bonjour. Comment... Comment va oncle Giles ?

Max eut un petit sourire.

— Fort bien. Et comment va Sophy?

— Moi? Très bien, merci.

Il pencha la tête de côté pour l'observer.

— Vous êtes très pâle, et vous avez maigri, dit-il. Vous travaillez là toute seule à longueur de journée?

Elle acquiesça.

— Et que ferez-vous lorsque vous en aurez terminé avec l'inventaire?

— Je ne sais pas. Des remplacements, sans doute...

— Je serais étonné que cela vous plaise...

Il déboutonna sa veste de tweed et s'assit sur un coin de la table.

— Je retourne à Utrecht demain soir, reprit-il, avec une expression indéchiffrable. J'aurais aimé vous demander de passer cette dernière soirée avec moi. Malheureusement, je ne suis pas libre.

Le cœur serré, Sophy parvint néanmoins à feindre une politesse convenue.

— C'est très gentil d'avoir pensé à moi... De toute façon, je n'aurais pas accepté; je suis prise, ce soir.

Il se mit à feuilleter distraitement les pages d'un catalogue.

— Ah oui... John Morris... Je l'avais presque oublié. A-t-il passé un bon week-end à Scarborough?

Sophy hésita un peu.

— Harrogate..., rectifia-t-elle enfin.

— Oui, bien sûr... Je ne sais pas pourquoi, mais je confonds toujours ces deux villes. Il faudra que j'aille y faire un peu de tourisme. Vous m'inviterez peut-être, quand vous serez mariée?

— Mariée? répéta-t-elle stupidement.

Il haussa les sourcils.

— Vous n'avez tout de même pas l'intention de vivre en concubinage?

— Pardon ? Avec qui ?

— Ne prenez pas cet air choqué. Je plaisantais... Je suis certain que John Morris est un garçon très bien et que l'idée ne l'en a même jamais effleuré.

Il se leva en riant.

— A bientôt, Sophy. Je vous reverrai avant mon départ, ajouta-t-il.

A peine s'était-il éloigné de quelques pas qu'elle se laissa tomber sur une chaise. Puis elle sortit son mouchoir pour essuyer deux grosses larmes qui roulaient sur ses joues. Comme il paraissait heureux de retourner en Hollande ! Elle ne lui laisserait probablement aucun souvenir...

C'est dans la soirée, sur le chemin du retour, qu'une horrible pensée lui traversa l'esprit. Max avait dit « John Morris », alors qu'elle était presque sûre d'avoir appelé « Austin » son fiancé imaginaire... Mais elle se rassura vite ; Max n'y avait sûrement prêté aucune attention.

Il revint le lendemain après-midi pour faire ses adieux. Fanny Cooper et Bill Evans se trouvaient là, mais leur présence ne parut pas le gêner. Il bavarda aimablement puis, au bout de quelques minutes, il serra la main de tout le monde.

Et ce fut tout.

La gorge nouée, Sophy le regarda disparaître au bout du couloir.

Elle n'avait plus qu'à l'oublier.

Ce ne fut pas chose facile, car le nom de Max resurgissait constamment dans les conversations des uns et des autres, à l'hôpital, mais aussi à la maison. A l'évidence, son passage avait marqué les esprits.

Cela commença le soir même du départ de Max. Quand elle rentra, arborant une expression résolument enjouée, sa grand-mère était en train de mettre dans un vase un énorme bouquet de roses, mélangées à des œillets et du lilas.

— Sophy ! On vient juste de livrer ces fleurs, de la part de Max. Elles sont magnifiques ! Veux-tu me lire sa carte ? Il a une écriture impossible.

— En effet ! dit-elle, la gorge nouée.

Puis elle obtempéra : « En souvenir de notre amitié, que j'espère renouer dès que les circonstances le permettront. Vous me manquerez beaucoup, ainsi que Benjamin et Penny. »

— Il est vraiment charmant, commenta Mme Greenslade. Sers-toi une tasse de thé, ma chérie. Je l'ai gardé au chaud. Je suppose que Max t'a dit au revoir à l'hôpital ?

— Oui... J'étais avec Bill et Fanny quand il est passé nous serrer la main.

Quelque chose dans la voix de sa petite-fille alerta Mme Greenslade, qui se tourna vers elle, les sourcils froncés, mais le téléphone sonna juste à ce moment-là.

— Je vais répondre, dit Sophy, envahie d'un fol espoir.

Mais ce n'était qu'oncle Giles qui voulait prendre de ses nouvelles...

Elle écourta la conversation sous le prétexte que sa grand-mère désirait lui parler, puis s'éclipsa dans sa chambre.

Lorsqu'elle redescendit pour le dîner, elle avait recouvré toutes les apparences de son calme coutumier. Elle parvint même à se mêler joyeusement à la conversation, qui, naturellement, gravita autour de Max.

Sinclair, cependant, ne fut pas dupe. En la croisant dans le vestibule, il lui demanda si elle ne couvait pas une grippe.

— Vous avez l'air fiévreuse, miss Sophy, ajouta-t-il d'un ton inquiet. Vous n'êtes pas comme d'habitude.

En dépit de ses dénégations, Sophy savait bien, en son for intérieur, qu'il avait raison. D'ailleurs, elle avait l'impression qu'elle ne serait plus jamais comme avant.

Ce fut le samedi, cinq jours après le départ de Max, qu'arriva une lettre de lui. Personne n'était encore descendu pour le petit déjeuner, et Sinclair était en week-end chez son frère quand Sophy ramassa le courrier en allant se préparer du thé dans la cuisine.

Dès qu'elle vit l'enveloppe, un tressaillement la parcourut, mais elle s'obligea à attendre un peu avant de la décacheter. Puis, tenant sa tasse de thé, elle s'assit à la table pour la lire.

« Chère Sophy,

» Comme vous le savez, les travaux de rénovation de ma clinique sont achevés. Malheureusement, l'infirmière responsable de la salle d'opération est en quarantaine avec la rougeole. On m'a proposé plusieurs remplaçantes. Cependant, j'appréhende de devoir perdre du temps à former quelqu'un. Accepteriez-vous ce poste pour une semaine ou deux, peut-être trois ? J'ai entièrement confiance en vos compétences et votre efficacité ; de plus, vous connaissez déjà ma manière de travailler. Si vous êtes d'accord, je me charge de toutes les formalités auprès des autorités administratives.

» Recevez mes sincères salutations,

» Max van Oosterwelde

» P.S. N'ayez aucune crainte au sujet d'éventuelles difficultés de communication. Toutes les personnes avec qui vous serez appelée à travailler parlent anglais. »

Sophy relut attentivement cette lettre, très formelle, avant de la replier. Puis elle se resservit une tasse de thé, mangea un toast avec de la confiture d'oranges et ouvrit le reste du courrier.

Après quoi, elle s'efforça de réfléchir à la proposition de Max. Mais, tourmentée par l'indécision, elle se sentait incapable de penser de façon cohérente.

Quelques instants plus tard, elle monta le plateau du petit déjeuner à sa grand-mère.

— J'ai reçu une lettre de Max, annonça-t-elle sans préambule, en la lui tendant.

Mme Greenslade la parcourut avec attention puis, d'un air songeur, observa sa petite-fille assise au bord du lit.

— Je suis contente qu'il apprécie tes qualités professionnelles, dit-elle enfin. Quelles sont tes intentions ?

— Cela me plairait de connaître la Hollande... — et de revoir Max, ajouta-t-elle en son for intérieur. Qu'en penses-tu, grand-mère ? Crois-tu que je doive accepter ?

— A mon avis, oui, ma chérie. Cela te fera découvrir de nouveaux horizons.

En arrivant à l'hôpital, Sophy reçut un coup de téléphone de son oncle Giles.

— As-tu eu des nouvelles de Max ?... Bien... J'espère que tu vas dire oui... Des difficultés ? Non, ne t'inquiète pas, le problème administratif sera vite résolu.

Ils continuèrent à bavarder quelques instants. Oncle Giles lui paraissait satisfait et d'excellente humeur.

Elle avait à peine raccroché que la sonnerie retentissait de nouveau et Sophy se contracta nerveusement en reconnaissant la voix de Max, avec son léger accent étranger.

— Avez-vous reçu ma lettre ? demanda-t-il.
— Oui, ce matin.
— Vous venez, n'est-ce pas ?
C'était plus un ordre qu'une question... Elle esquissa un sourire.
— Oui, si vous ne trouvez personne d'autre.
— Parfait. Je m'occupe de tout. Pouvez-vous être prête après-demain... non, demain soir ?
Sophy avait l'impression qu'on la poussait du haut d'une pente glissante.
— Je ne sais pas... Sans doute...
En fait, elle aurait sauté dans le premier avion sans hésiter...
— Cela vous laissera-t-il le temps de dire au revoir à votre petit ami ? reprit-il en riant.
— Oui, j'espère... C'est-à-dire... Il faudra que je lui écrive. Il est en voyage d'affaires. Mais il comprendra.
— Bien sûr. Il n'y a aucune raison pour que cela se passe mal.
— Tout de même... Ma présence va lui manquer !
— Eh bien, il viendra vous voir à Utrecht. Après tout, ce n'est pas plus loin qu'Harrogate.
Sophy préféra changer de sujet.
— Dois-je prévenir le chef du personnel ?
— Je m'en charge.
Enfin Sophy put rentrer faire ses bagages : un tailleur, un manteau, quelques pulls... Après une hésitation, elle ajouta un ensemble de cachemire et sa robe de soie ambre. Elle n'en aurait sûrement pas besoin, mais qui sait...
Après avoir fait ses comptes, elle sortit s'acheter une toque de fourrure. Une petite folie, mais il faisait très froid en Hollande. Et, de plus, elle lui allait à ravir.
Son billet arriva le lendemain matin par courrier

spécial et en fin d'après-midi, Bill emmena tout le monde à l'aéroport dans sa vieille Rover. Sophy, qui n'avait encore jamais pris l'avion, n'eut aucune appréhension et ne ressentit qu'une légère contraction au moment du décollage.

A Schiphol, elle fut un peu désorientée car tout le monde parlait le hollandais autour d'elle et elle se demanda si elle serait capable de comprendre quelques mots lorsqu'elle repartirait.

Après avoir passé la douane et s'être acquittée des diverses formalités, elle se retrouva dans le hall immense, un peu perdue.

— Bienvenue en Hollande!

Max... Radieuse, elle se retourna.

Il la considéra pendant quelques instants en silence, l'air amusé.

— Qu'y a-t-il? Vous pensiez que je n'allais pas venir?

— Non... Si... Enfin vous pouviez être occupé...

— Je tiens toujours mes promesses, dit-il en prenant sa valise.

Puis il glissa son bras sous le sien pour la conduire jusqu'à une Rolls-Royce gris métallisé garée le long du trottoir. Quelques minutes plus tard, le véhicule roulait sans bruit dans la nuit.

— Nous sommes à une demi-heure d'Utrecht, reprit Max. Je vous emmène directement à l'hôpital. On vous servira à dîner et on vous montrera votre chambre. Pensez-vous être en mesure de travailler dès demain matin? Je ne commence qu'à 11 heures ce qui vous permettra de vous familiariser avec les lieux.

— Bien sûr... Les infirmières comprennent-elles l'anglais?

— Oh oui, quelques mots. Cela suffira.

Sur l'autoroute, Sophy observa le tableau de bord à la dérobée ; au compteur, l'aiguille marquait deux cents kilomètres/heure...

— Ben serait ravi ! s'exclama-t-elle.

— Oui, j'imagine... Tout le monde va bien ?

Ils bavardèrent agréablement durant tout le trajet et quand ils arrivèrent à destination, Max lui indiqua l'université et quelques vieilles demeures charmantes qui se reflétaient sur les eaux noires des canaux.

Puis ils pénétrèrent dans la cour de l'hôpital. Avec ses grilles immenses et sa façade en pierre, il paraissait très ancien. Le concierge échangea quelques mots avec Max avant de saluer Sophy.

— Bonsoir, mademoiselle, dit-il en anglais.

— Hans a vécu en Angleterre durant la dernière guerre, intervint Max. Adressez-vous à lui si vous avez des problèmes. Envoyez quelqu'un pour les bagages de Mlle Greenslade, s'il vous plaît, ajouta-t-il à l'adresse du concierge en lui tendant ses clés de voiture. *Mevrouw* van der Wijde est-elle là ?

— Oui, professeur. Dans la petite salle de réunion.

Max hocha la tête puis conduisit Sophy le long d'un couloir interminable, jusqu'à une porte capitonnée. A l'intérieur, quelques fauteuils et chaises de cuir étaient disposés autour de petites tables, et une bibliothèque imposante occupait tout un pan de mur. Une femme se tenait debout près de la fenêtre, leur tournant le dos.

Quand elle les entendit entrer, elle se retourna et sourit à Sophy. Elle était excessivement jolie, avec des yeux d'un bleu intense, très pur.

— Max, j'ai cru que tu n'arriverais jamais ! dit-elle en s'approchant.

— C'est toujours agréable de se savoir attendu, répliqua-t-il. Je te présente Sophy Greenslade. Sophy, voici *Mevrouw* van der Wijde. Elle sait tout de vous et tenait à vous rencontrer sans tarder.

Les deux femmes se serrèrent la main et *Mevrouw* van der Wijde, très gentiment, demanda à Sophy si elle avait fait bon voyage. Max, cependant, interrompit leur conversation.

— Sophy, la directrice vous attend...

A la porte, il se retourna pour lancer par-dessus son épaule :

— Tineke, attends-moi ici. La voiture est devant l'entrée. Je n'en ai pas pour longtemps.

Sophy était en proie à une grande confusion... A l'évidence, son heure d'arrivée bouleversait quelque peu les projets de Tineke, en robe du soir. En tout cas, elle savait maintenant pourquoi Max n'était pas disponible...

Alors que Sophy l'avait imaginée grande et blonde, la directrice était petite, très brune, et elle parlait anglais avec un fort accent qui la rendait parfois difficile à comprendre. Max, qui s'était contenté de faire les présentations, s'éclipsa tout de suite après les politesses d'usage.

Sophy se retrouva donc seule avec *Zuster* Vroom qui lui servit de guide, mais la conversation fut très limitée. Ensuite, elles dînèrent ensemble, d'une soupe de légumes et d'une assiette de charcuterie, puis retournèrent dans le bâtiment où logeaient les infirmières.

— Bonne nuit ! lança *Zuster* Vroom. Dormez bien ! Le lever est à 7 heures.

Une demi-heure plus tard, ses affaires rangées dans l'armoire de sa coquette chambre, Sophy écrivit une courte lettre à sa famille avant de se résigner à éteindre la lumière. Elle n'avait pas vraiment sommeil, mais la journée du lendemain s'annonçait chargée. Jusque-là, tout s'était bien passé; on l'avait accueillie chaleureusement.

Quant à Max... Quelle sottise d'avoir imaginé un instant que son attitude envers elle pouvait évoluer... Il l'estimait sur un plan purement professionnel, mais ne voyait pas la femme sous l'uniforme d'infirmière.

Elle soupira. De toute façon, il y avait déjà une femme dans la vie de Max. Comment avait-elle pu l'oublier? Il le lui avait laissé entendre pourtant. La seule différence maintenant, c'était qu'elle avait rencontré cette femme et qu'elle était très belle...

6.

Sophy fut réveillée très tôt, car Utrecht possédait de nombreuses églises dont les cloches carillonnaient toutes les heures. Elle était déjà debout et habillée quand deux jeunes infirmières, qu'elle avait croisées la veille, frappèrent à sa porte.

— Je suis Janie Gerritsma, et voici Annie Visser, dit l'une d'elles. Nous allons vous conduire à la salle à manger pour le petit déjeuner.

Sophy les remercia chaleureusement tout en remarquant que leur uniforme n'était pas très différent du sien.

Ses autres collègues hollandaises l'accueillirent tout aussi gentiment, et bavardèrent avec elle dans un anglais approximatif, pendant qu'elle se régalait de toasts au fromage.

La salle d'opération était installée dans un magnifique édifice pourvu des équipements les plus modernes. Par comparaison, Max avait dû trouver l'hôpital de Londres presque vétuste...

Finalement, l'incendie permettrait une rénovation salutaire et les chirurgiens londoniens, bientôt, posséderaient eux aussi des installations ultrasophistiquées. Mais, curieusement, Sophy s'en désintéressait complètement...

Chassant ces pensées moroses au sujet d'un avenir hypothétique, elle se concentra sur le bavardage de ses deux guides. Max avait raison : la barrière linguistique n'existait pas véritablement. Le petit dictionnaire qu'elle avait eu la bonne idée d'emporter suffisait pour dissiper les doutes et les malentendus qui pouvaient surgir car la plupart des infirmières possédaient des rudiments d'anglais.

Après avoir pris ses repères dans le bâtiment, Sophy inspecta son bureau. Tous les placards et les tiroirs étaient étiquetés, mais avec des mots étrangers qui lui étaient incompréhensibles. Il lui faudrait les traduire. Il y avait un lavabo dans un coin, derrière un paravent, et un miroir beaucoup trop haut. Même en se hissant sur la pointe des pieds, Sophy n'apercevait que le sommet de sa tête...

Max la surprit à ce moment-là.

— Mademoiselle Smid, que vous remplacez, a presque trente centimètres de plus que vous, dit-il avec un rire dans la voix. Je vais faire descendre cette glace.

Elle sursauta et se retourna en rougissant.

— Pour le peu de temps que je passerai ici, ce n'est vraiment pas la peine...

Il se contenta de hausser les sourcils, comme si elle avait dit une ineptie, et elle se sentit ridicule.

— Vous avez visité les lieux ? demanda-t-il en s'asseyant sur le bord de la table.

— Oui. Je suis très impressionnée. J'espère qu'oncle Giles prendra modèle sur vous pour reconstruire son service.

— Oh, il a déjà élaboré un projet tout à fait révolutionnaire. Mais cela ne doit plus avoir grande importance pour vous, si vous avez l'intention de vous marier assez vite.

Prise de court, elle ne trouva rien à répondre.

— Vous avez l'air surprise ! reprit Max. Auriez-vous déjà oublié votre M... euh... Austin ?

— Non...

Ne l'avait-il pas appelé « Morris » la dernière fois ? Sophy n'était plus sûre de rien...

— Ai-je commis un impair ? insista Max sur un ton un peu narquois.

— Non, non...

Pour essayer de se tirer d'embarras, elle se lança dans un discours dithyrambique sur les collègues qui l'avaient accueillie et Max l'écouta patiemment.

— Je suis ravi que vous vous plaisiez ici, dit-il lorsqu'elle se tut enfin, avec un sérieux que démentait l'étincelle de son regard. Venez, je vais vous présenter l'anesthésiste, le Dr Vos, et Jan Jansen, qui fait son internat chez nous.

Le Dr Vos la surprit par son air juvénile. Quant à l'interne, il lui parut assez pédant et soucieux d'étaler sa science toute neuve. Au bout de quelques minutes, elle s'éclipsa pour se préparer et revêtir une blouse stérile.

— Tout va bien ? demanda Max lorsqu'elle revint en mettant ses gants en caoutchouc.

— Oui, merci.

Elle partit faire les vérifications d'usage avant l'arrivée du patient et ce fut à cet instant qu'une bouffée de panique la submergea. Heureusement, la voix posée de Max, lui demandant si elle était prête, la rassura instantanément.

⁂

Max décida de faire la pause-café après la première intervention et elle eut lieu dans le petit bureau de Sophy. Jansen prit place à côté d'elle sur un tabouret et se lança dans une grande conversation — probablement pour améliorer son anglais...

Comme Max et le Dr Vos ne firent rien pour la sauver, elle dut subir un long monologue sur la politique hollandaise, à laquelle elle n'entendait strictement rien. Le reste de la journée passa relativement vite, et ils terminèrent la dernière opération à 4 heures et demie.

Max, qui lui avait à peine dit trois mots, la salua courtoisement et disparut aussitôt. Heureusement, Janie Gerritsma et Annie Visser l'attendaient pour lui faire visiter Utrecht. Après lui avoir montré quelques monuments dignes d'intérêt, elles lui indiquèrent deux ou trois belles églises et quelques magasins où elle pourrait se rendre seule durant ses instants de loisirs.

Ce petit tour de ville avait fatigué Sophy, qui sombra dans un profond sommeil à peine couchée, et sans avoir le temps de songer à Max. Il en fut de même les jours suivants, et elle prit l'habitude de l'éviter soigneusement. En fait, ce ne fut pas très difficile, car lui-même ne manifesta aucun désir de lui parler, et elle pouvait compter sur Jan Jansen pour l'accaparer tout entière durant les moments de liberté.

Elle avait appris quelques mots de hollandais, surtout des formules de politesse, qu'elle se plaisait à utiliser le plus souvent possible. Mais elle était bien loin de comprendre des échanges plus élaborés.

La seule fois où Max lui adressa la parole dans sa langue maternelle, elle dut lui demander de traduire, mais il refusa en riant, sous le prétexte qu'elle n'était pas prête à entendre ce genre de choses.

Déconcertée, elle s'empourpra violemment et s'esquiva le plus rapidement possible pour cacher son embarras...

Le vendredi après-midi, elle se retrouva libre de bonne heure, avec la perspective d'une journée de repos le lendemain. Elle se demandait comment elle allait occuper son temps quand Max l'accosta dans le hall.

— Nous venions vous chercher, lança-t-il.

Un homme se tenait à côté de lui. Presque aussi grand et imposant, mais un peu plus jeune, avec des cheveux noirs qui commençaient à grisonner sur les tempes, et des yeux incroyablement bleus derrière les lunettes.

— Puis-je vous présenter le Pr van Essen? reprit Max. Coenraad, voici Mlle Sophy Greenslade.

Ils se serrèrent la main.

— Ma femme est d'origine anglaise, expliqua le Pr van Essen. Et elle a été infirmière, comme vous. Depuis qu'elle sait que vous êtes ici, elle a très envie de vous rencontrer. Peut-être accepterez-vous de passer la soirée avec nous si vous n'avez pas d'autres projets?

Sophy hésita. Max était-il invité, lui aussi?

— Ce sera un dîner très informel, reprit le professeur. Nous ne serons que tous les trois.

Un sourire détendit les traits de Sophy.

— Merci infiniment. Votre attention me fait très plaisir.

— Alors, je vous attends ici dans une demi-heure.

Puis il se tourna vers Max.

— Et toi, Max? Je ne t'ai même pas demandé si tu étais libre?

Max fronça les sourcils.

— Non, c'est impossible. Je suis pris, comme tu peux l'imaginer.

— Ah oui. Nous sommes vendredi, j'avais oublié.

Comme son regard croisait celui de Sophy, celle-ci en profita pour s'éclipser.

— Je ne vais pas vous retenir... A tout à l'heure, professeur! lança-t-elle, sans même dire au revoir à Max.

Elle était presque prête quand Janie Gerritsma frappa à la porte de sa chambre.

— Tu sors?

Tout en achevant de se maquiller, Sophy lui raconta où elle était invitée.

— Le baron van Essen est l'un des pédiatres les plus réputés d'Amsterdam, dit Janie. Sais-tu que Maximillan van Oosterwelde est noble, lui aussi?

Pas le moins du monde impressionnée, Sophy se contenta de hocher la tête en inspectant son reflet dans le miroir. Certains jours, elle était vraiment incapable de dire si elle était laide ou jolie... Elle enfila son manteau.

— Au fait, il y a quelque chose qui m'intrigue, Janie... Sais-tu où il va le vendredi soir? demanda-t-elle.

Devant la mine gênée de Janie, elle insista.

— Allons, dis-le-moi...

— Chez lui... Il y passe tous ses week-ends. Avec *Mevrouw* van der Wijde. En tout cas, c'est ce qu'on raconte. Ils sont très souvent ensemble... Je te souhaite une bonne soirée, Sophy!

Mais Sophy n'avait plus du tout envie de sortir... Tout cela était-il vrai? Janie n'était pas du genre à colporter des ragots et elle ne semblait pas non plus envieuse ou malveillante...

S'efforçant de chasser ses sombres pensées, Sophy descendit l'escalier d'un pas résolu.

Le Pr van Essen l'attendait en discutant dans le hall avec Jansen, avec lequel il paraissait en excellents termes. Il agita sa pipe pour attirer son attention.

— Félicitations, vous êtes une femme ponctuelle !

Il faisait très froid dehors, et Sophy s'installa avec un soupir d'aise dans la luxueuse Rolls-Royce verte de son hôte.

— J'habite à Amsterdam, mais nous y serons très rapidement par l'autoroute, dit-il.

Il sut la mettre à l'aise et, très vite, ils se mirent à bavarder comme de vieux amis. Il conduisait à vive allure, mais en même temps avec un calme rassurant. Dès qu'ils approchèrent de la capitale, il ralentit pour laisser à Sophy le temps d'admirer le somptueux décor architectural. Peu après, il s'arrêta devant une imposante demeure à pignon, au bord d'un canal.

En franchissant la lourde porte d'entrée de bois massif, la jeune femme eut l'impression de pénétrer dans un autre monde. Le carrelage de faïence, noir et blanc, lui rappelait les peintures anciennes des maîtres flamands. Des porcelaines précieuses étaient exposées sur les étagères d'un dressoir de chêne sculpté, et dans un vase de Delft, une énorme gerbe de roses répandait une subtile fragrance. Tout au fond, dans la demi-pénombre, s'élevait un escalier monumental.

La femme du Pr van Essen les attendait, assise dans le salon. Dès que la porte s'ouvrit, elle se leva pour les accueillir, tenant un bébé dans ses bras.

Sensiblement du même âge que Sophy, elle était ravissante, avec des cheveux cuivrés, remontés en chignon sur le sommet de son crâne, et des yeux verts magnifiques. Elle portait une robe de cachemire très simple, dont le bleu très vif faisait ressortir son teint pâle. Elle se blottit contre son mari qui déposa un tendre baiser sur son front puis se tourna vers la nouvelle venue.

— Ma chérie, je te présente Sophy Greenslade qui a accepté de passer la soirée avec nous.

Puis le professeur se tourna vers Sophy.

— Ma femme, Adelaïde.

Une sympathie immédiate les rapprocha et elles se serrèrent la main chaleureusement.

— Merci d'avoir accepté de venir, dit Adelaïde.

— C'est plutôt à moi de vous remercier de m'avoir invitée alors que vous ne me connaissiez même pas...

— Oh, détrompez-vous, nous savons des tas de choses. Max nous a énormément parlé de vous !

Une légère rougeur colora les pommettes de Sophy et un silence plana durant quelques secondes.

— Que pensez-vous de notre fils ? demanda le baron.

Sophy glissa un doigt dans la petite menotte qui le serra très fort.

— Il est magnifique ! Comment s'appelle-t-il ?

— Coenraad, répondit sa mère en regardant son mari avec fierté.

Sophy accompagna Adelaïde à l'étage pour coucher le bébé. Quand elles redescendirent, elles riaient et plaisantaient toutes les deux comme si elles se connaissaient depuis de longues années.

Elles rejoignirent Coenraad dans le salon pour prendre l'apéritif, devant un feu de cheminée. Puis on leur servit un succulent repas, sur une table somptueusement décorée. Après le café, le professeur s'excusa car il avait un travail à finir et devait téléphoner à l'hôpital, où il dirigeait le service de pédiatrie.

Pour la première fois de la soirée, Adelaïde prononça le nom de Max.

— Dites-moi, Sophy, quel genre d'homme est Max, dans son travail ?

— Il est très agréable. Précis et efficace, jamais imbu de son savoir.

— Je ne l'imaginais pas autrement. Nous le fréquentons beaucoup. Coenraad et lui sont des amis de faculté... Il nous a raconté dans quelles circonstances il vous avait rencontrée...

— Vraiment ? dit Sophy, furieuse de se sentir rougir jusqu'aux oreilles. Je... Nous nous sommes vus une fois ou deux en dehors de l'hôpital... Savez-vous que nous avons le même parrain ?

Apparemment, Adelaïde suivait sans difficulté les propos confus de Sophy.

— Il est beaucoup plus âgé que vous, n'est-ce pas ?

— Oh j'ai presque vingt-six ans ; il n'en a que trente-neuf.

Elle redressa le menton avec un petit air de défi, mais son hôtesse, avec une expression de totale innocence, lui demanda un récit détaillé de l'incendie.

— Car Max ne nous en a presque rien dit, ajouta-t-elle.

Sophy s'exécuta, d'une voix un peu hésitante au début, puis avec une animation grandissante, ne cachant rien de son admiration pour le comportement de Max. A la fin, elle eut même peur de s'être trahie. Mais Adelaïde semblait n'avoir rien remarqué.

— Cet homme est un roc, commenta-t-elle. Exactement comme Coenraad. Quel dommage qu'il ne soit pas avec nous ce soir... Mais évidemment, un vendredi...

— Je sais, répliqua Sophy. On m'a tout expliqué.

Aussitôt, l'expression gênée d'Adelaïde disparut et ses traits se détendirent.

— Oh, très bien. J'ignorais si vous étiez au courant. Nous n'évoquons jamais la situation... Tineke van der Wijde est charmante, n'est-ce pas?

— Oui...

Sophy, qui commençait à trouver la conversation pesante, changea de sujet, et le retour du professeur créa une diversion providentielle.

Ce fut seulement de retour à l'hôpital qu'elle s'interrogea sur la réaction d'Adelaïde. Pourquoi avait-elle eu l'air si soulagée que son invitée connaisse les liens de Max avec Tineke van der Wijde?

Le lendemain matin, après avoir fait quelques emplettes, elle s'installa dans une brasserie pour boire un café et lire les gros titres du journal. Avec l'aide de son dictionnaire, elle progressait très vite dans sa compréhension du hollandais. Juste comme elle s'apprêtait à repartir, elle aperçut tout à coup Max et Tineke van der Wijde assis à une table, de l'autre côté de la salle, très absorbés dans leur conversation.

A les voir là, tous les deux, penchés l'un vers l'autre, elle éprouva une douleur presque physique... Quand elle se leva, Max croisa son regard, un bref instant, et elle se détourna en hâte pour gagner la sortie.

Après avoir erré sans but pendant un long moment, Sophy se retrouva devant le musée des Arts décoratifs. Elle y entra pour tâcher de s'occuper l'esprit.

7.

A sa grande surprise, Sophy dormit profondément cette nuit-là, et le jour suivant, son travail l'accapara assez pour l'empêcher de trop penser à Max et à Tineke van der Wijde.

A 5 heures, en regagnant sa chambre, elle se demandait comment elle allait occuper sa soirée quand elle rencontra Janie et Annie qui lui proposèrent une petite promenade. Elles sortirent donc toutes les trois et allèrent visiter des vieilles maisons du XVIe siècle. Puis, approchant d'une église, elles entendirent des cantiques et y pénétrèrent. Comme un service s'y déroulait, elles s'assirent sur les derniers bancs.

Pendant le sermon, qui lui parut interminable, Sophy laissa son esprit vagabonder. Plus que quelques heures et elle reverrait Max... A cette idée, un sourire éclaira son visage, mais elle reprit son sérieux quand elle croisa le regard d'une femme qui la regardait avec sévérité.

Le lendemain matin, le temps était gris et humide. En se préparant, Sophy trouva sa mine aussi maussade que le ciel. Heureusement, le masque dissimulerait ses traits tirés... Elle mangea un peu de pain et de fromage, sans appétit, et avala un grand bol de café.

Elle traversait le hall quand Hans l'interpella :

— Mademoiselle Greenslade ! Vous avez beaucoup de courrier ! Serait-ce votre anniversaire ?

— Oui, vous avez deviné juste ! Merci, Hans.

Elle pressa le pas pour déposer le paquet de lettres dans un tiroir de son bureau. Puis elle tint sa petite réunion quotidienne avec les infirmières du service. Cela l'étonnait encore de se faire comprendre aussi facilement alors qu'elle s'adressait à ses collègues dans une langue étrangère. Certes, le dictionnaire restait à portée de main, mais le plus souvent tout le monde s'en passait fort bien.

On amena le premier patient de la matinée. L'anesthésiste, que Sophy ne connaissait pas, se présenta aimablement :

— Docteur van Steen... Vous êtes mademoiselle Greenslade, l'infirmière britannique, n'est-ce pas ?

— Oui. Décidément, tout le monde parle anglais ! Dire que je redoutais l'obstacle de la langue !

Il enfonça délicatement un tube dans la trachée du malade.

— Le hollandais est très difficile et...

Il s'interrompit car Jan Jansen et Max van Oosterwelde arrivaient.

— Vous avez déjà fait connaissance, j'imagine ? lança ce dernier en les saluant d'un signe de tête.

Evitant soigneusement de croiser le regard de Max, Sophy fit mine de s'absorber dans la vérification des instruments, et laissa au Dr van Steen le soin de répondre.

Le premier cas, une gastrectomie, traîna en longueur, car il fallut procéder aussi à une splénectomie partielle qui n'était pas prévue au départ. Les médecins discutaient sans arrêt, et Sophy s'efforçait de saisir le sens de quelques mots, mais sans grand succès. De temps à autre, Max lui demandait un instrument en anglais, mais le reste du temps, elle était tenue complètement à l'écart.

Heureusement, la deuxième intervention se déroula très vite, sans le moindre problème et quand elle fut terminée, Max annonça une pause. Délibérément, Sophy s'attarda dans la salle pour ranger, jusqu'à ce qu'on l'envoie chercher par une jeune stagiaire.

— Nous vous attendions, lança le Dr van Steen gentiment.

Sophy lui sourit, le trouvant décidément très sympathique.

— Oh, toutes ces lettres ! s'exclama soudain Max qui était penché sur le tiroir ouvert, sans doute à la recherche d'un document. C'est votre anniversaire, Sophy ? ajouta-t-il.

Comme elle hochait la tête, embarrassée, chacun, tour à tour, lui exprima ses bons souhaits. Puis elle saisit le premier prétexte pour s'éclipser.

Le malade suivant, qui souffrait d'une hernie, fit un collapsus au moment où Max suturait. Aussitôt, le Dr van Steen brancha l'oxygène et Sophy, devançant les intentions du chirurgien, tendit un bistouri pour inciser le diaphragme.

Chacun s'activait, calme et efficace. Le silence régnait, troublé seulement par la voix de Max qui demandait les instruments d'un ton bref et le bruit de la machine qui insufflait l'air dans les poumons du malade.

— Mademoiselle, ôtez les pinces hémostatiques

pendant que Jansen ligature, dit enfin Max. Je crois qu'il est tiré d'affaire...

— Oui, nous avons pris les choses juste à temps, répliqua l'anesthésiste, sans cesser de presser le ballon d'oxygène.

Le patient était sauvé. Rassurés, les membres de l'équipe échangèrent un sourire bref avant de terminer enfin l'opération, qui avait duré beaucoup plus longtemps que prévu.

Heureusement, les deux dernières interventions de la matinée se déroulèrent sans complication, mais il était fort tard.

— Une petite collation serait la bienvenue, dit Max en ôtant sa blouse. Dieu merci, nous ne recommençons qu'à 14 h 30.

Après avoir chargé une infirmière d'aller chercher des sandwichs et des cafés, Sophy s'attaqua à la corvée du nettoyage et du rangement avec ses collègues. Dans une dizaine de minutes, elle descendrait à la cantine de l'hôpital pour déjeuner, si c'était encore possible.

— Votre café refroidit, Sophy, dit soudain la voix de Max, depuis le seuil.

— Merci, monsieur, mais je mangerai au self, répondit-elle.

Il la dévisagea froidement.

— Nous vous attendons, mademoiselle Greenslade.

Sa voix autoritaire n'admettait aucune réplique... Docile, mais pestant intérieurement, Sophy le suivit. Arrivée à la porte de son bureau, elle s'immobilisa en apercevant un énorme bouquet de fleurs.

— De la part de nous tous, dit Max avec un grand sourire. Pour l'instant, cela n'a pas été une journée particulièrement agréable, mais nous tâcherons de nous rattraper plus tard.

Sophy bredouilla des remerciements timides avant de mordre de bon appétit dans un sandwich.

— Cela devrait mieux se passer cet après-midi, répondit-elle. En principe, nous devrions finir à l'heure.

— Vous sortez ce soir ? demanda Jan.

Cette question la surprit.

— Qui ? Moi ? Non...

— Vous ne fêtez pas les anniversaires en Angleterre ? En Hollande, ce sont des événements importants. On organise toujours une réception ou une fête quelque part.

— Oui, mais je ne connais personne ici.

— John... euh... Austin n'a pas prévu un petit voyage pour l'occasion ? demanda Max, très suave.

Sophy devint cramoisie. Encore une fois, elle avait complètement oublié son petit ami imaginaire...

— Il est malheureusement trop occupé, répondit-elle avec un air faussement désinvolte. Le lundi est une journée très chargée pour les directeurs de banque...

Des acquiescements polis accueillirent sa remarque tandis qu'elle buvait une gorgée de café, évitant avec soin le regard de Max.

— J'aurais pensé, bien au contraire, que les affaires étaient plutôt calmes en début de semaine, observa Jan. Après le week-end, généralement...

— Jan, coupa Max, j'ai oublié ma blague à tabac dans la voiture. Auriez-vous la gentillesse d'aller la chercher ?

Il tendit son trousseau de clés à l'interne en croisant le regard complice du Dr van Steen. Regard que Sophy, qui avait rassemblé les tasses sur le plateau et se dirigeait vers la porte, ne remarqua pas.

⁂

Par malchance, ce soir-là, les nouvelles amies de Sophy n'étaient pas libres. Après avoir lu ses cartes de vœux, elle les disposa sur sa coiffeuse et descendit dans le salon de la résidence. Mais les infirmières présentes lui étaient inconnues et la conversation se révélant laborieuse, elle regarda un peu la télévision. Il était seulement 6 heures et la soirée s'annonçait longue et bien morne. Juste comme elle s'apprêtait à remonter pour se laver les cheveux, le concierge apparut sur le seuil.

— Mademoiselle Greenslade, vous avez de la visite.

Un peu étonnée, Sophy se dirigea vers le parloir où elle découvrit avec étonnement Jan Jansen et le Dr van Steen.

— Nous vous emmenons à une petite réception organisée en votre honneur. Pour votre anniversaire...

Ils éclatèrent de rire en voyant son expression stupéfaite.

— Combien de temps vous faut-il pour vous préparer ?

Elle se rendit compte à ce moment-là qu'ils étaient tous les deux en smoking.

— Où allons-nous ? demanda-t-elle.

— C'est une surprise, répondit Jan. Vous avez emporté une jolie toilette dans vos bagages, j'espère ?

Elle lui décocha un sourire ravi.

— Oui. Accordez-moi vingt minutes.

Elle les rejoignit avec à peine quelques minutes de retard, revêtue du fourreau de soie ambre sous son manteau de tweed. Le Dr van Steen s'installa au volant de son cabriolet et elle se serra à côté de Jan, sur le siège passager.

— Quand lèverez-vous le secret sur notre destination ? s'enquit-elle.

— Pas avant d'arriver, je le crains..., répondit le Dr van Steen d'un ton amusé. Je vous ai dit que c'était une surprise.

Ils traversèrent la ville avant de s'engager sur une petite route tranquille qui longeait un canal.

Puis le Dr van Steen tourna dans une rue étroite et franchit peu après des grilles imposantes. Tout au bout de l'allée, Sophy distinguait les fenêtres illuminées d'une grande maison.

Dès que la voiture se gara, la porte d'entrée s'ouvrit, déversant des flots de lumière. Un peu étourdie, Sophy se retrouva dans un vestibule tapissé de glaces immenses, où un domestique la débarrassa de son manteau avant de l'introduire, avec Jan et le Dr van Steen dans un vaste salon lambrissé.

Immédiatement, elle sut à qui appartenait cette demeure somptueuse. D'ailleurs, suprêmement élégant dans son habit de soirée, Max avançait déjà à sa rencontre.

— Vous êtes éblouissante, Sophy, murmura-t-il.

Elle s'efforça de recouvrer son calme.

— Bonsoir, docteur.

— Oh, pardonnez-moi ! dit-il d'une voix moqueuse. Vous devez me trouver bien familier. Bonsoir, mademoiselle Greenslade.

Il salua d'un signe de tête Jan et le Dr van Steen.

— Je commençais à m'inquiéter, Karel. Vous avez mis un temps fou.

Comme Sophy demeurait là, interdite, et terriblement intimidée, il se tourna de nouveau vers elle.

— Nous avons décidé de vous montrer comment nous fêtons les anniversaires, en Hollande.

Il la prit par le bras pour la guider vers une autre pièce, où un éclairage savant mettait en valeur les magnifiques fresques du plafond. Là, elle fut accueillie par une douzaine d'invités qui entonnèrent une chanson dès qu'elle franchit le seuil.

Très émue, elle retint son souffle quand Max serra sa main dans la sienne.

— Et maintenant, venez... Que tout le monde puisse vous embrasser.

Une étincelle au fond des yeux, il lui présenta ses hôtes qui rivalisèrent de chaleur et de gentillesse à son égard. Sophy fut ravie de retrouver Adelaïde et son mari. Il y avait aussi Tineke, qui entama aussitôt la conversation. Un petit homme brun, très charmeur et galant, que Tineke lui présenta comme Harry, les rejoignit pour leur offrir une flûte de champagne à chacune.

Max avait disparu, mais Sophy fut emportée dans un tourbillon de gaieté contagieuse. Elle se félicitait d'avoir revêtu sa plus jolie toilette, car les femmes, toutes très belles, portaient des robes de contes de fées. Adelaïde avait choisi une tenue de mousseline bleu pâle et Tineke un ensemble de velours noir.

Lorsque Goeden, le majordome, annonça que le dîner était servi, Harry prit Sophy par le bras, mais Max surgit à ce moment-là.

— Cet honneur me revient, dit-il en souriant, mais une pointe d'agacement perçait dans sa voix.

Le luxe discret de la salle à manger impressionna Sophy qui se retrouva assise entre Max et Jan. Le dîner fut particulièrement succulent, et la conversation légère et pétillante, tout comme le champagne qui continuait à leur être servi.

A un moment donné, Max se pencha vers elle.

— A quoi pensez-vous? demanda-t-il gentiment. Vous voilà bien silencieuse soudain...

Elle hésita à répondre.

— A Mary... Oui, elle aurait adoré être à ma place ce soir, ajouta-t-elle en voyant son air surpris. Et puis... elle se serait sentie parfaitement à l'aise.

— Moi, en tout cas, je préfère votre compagnie à la sienne. Je ne suis pas du tout sensible à son charme !

Au souvenir de leur stratagème, une légère rougeur colora les joues de Sophy.

— C'est dommage pour elle, mais je comprends pourquoi.

Comme elle jetait un coup d'œil à Tineke, Max suivit son regard et fronça les sourcils.

— Expliquez-moi ce...

Il n'eut pas le temps d'achever sa phrase. Sur un signe de la dame d'âge respectable qui présidait le repas et qu'on avait présentée à Sophy comme la mère de Max, les femmes se levèrent pour passer dans le salon.

Adelaïde van Essen entraîna Sophy vers un canapé et elles commencèrent à bavarder, mais Tineke les rejoignit au bout de quelques minutes.

— *Mevrouw* Penninck veut vous parler, dit-elle à Sophy. Venez, je vous accompagne.

La vieille dame la dévisagea derrière son face-à-main démodé. Elle paraissait hautaine et inaccessible, pourtant, en même temps, une grande bonté brillait dans ses yeux. Poliment, Sophy attendit qu'elle parle la première.

— La maison vous plaît-elle, mademoiselle Greenslade ?

Décontenancée par la question, Sophy fit un effort pour rassembler ses esprits.

— Le décor est somptueux, *Mevrouw* Penninck. Je suis très sensible à l'atmosphère particulière qui règne ici. J'ai l'impression d'avoir pénétré dans un monde très ancien.

— Dans quel environnement vivez-vous, mademoiselle Greenslade? reprit la vieille dame dans son anglais impeccable.

De nouveau, Sophy hésita.

— Suis-je trop indiscrète? reprit *Mevrouw* Penninck.

— Non, pas du tout. Je me demandais simplement si vous parliez des personnes ou du lieu.

— Des deux. Et j'aimerais bien avoir des nouvelles du chat et du chien. Mon petit-fils, Max, m'a parlé de toute la famille.

Mise en confiance, Sophy conversa agréablement avec la vieille dame pendant un long moment. Jusqu'à l'arrivée de Max.

— Nous allons danser, grand-mère. Venez, Sophy, c'est à vous d'ouvrir le bal.

On avait roulé le magnifique tapis persan pour dégager le parquet ciré, et quelqu'un avait mis un disque. Max resta silencieux pendant toute la danse. A la fin, il céda sa place à Jan, apparemment sans regret, pour inviter Tineke.

Sophy les observa à la dérobée; ils discutaient avec animation, comme le jour où elle les avait surpris dans la brasserie. Par dépit sans doute, elle accepta plusieurs fois de suite de danser avec Harry. Finalement, il n'était pas si sympathique que cela, mais ses compliments la flattaient agréablement et elle avait besoin de se sentir entourée.

En fait, elle ne manqua pas de chevaliers servants tout au long de la soirée. Le baron van Essen, qui dansait le quickstep avec une aisance qu'elle ne lui aurait pas soupçonnée, la taquina sur ses succès masculins. A l'en croire, elle était presque inaccessible.

Ce qui n'était pas tout à fait vrai, mais une délicieuse sensation d'ivresse envahit Sophy et son cœur se gonfla de gratitude.

Il était minuit quand la fête s'acheva. Au moment des adieux, Harry se rapprocha.

— Je vous raccompagne, dit-il, péremptoire.

Elle eut beau lui expliquer qu'elle rentrait avec le Dr van Steen, il insista. Ne voulant pas être impolie, elle se demandait comment elle allait se tirer de ce mauvais pas quand Max surgit à côté d'eux.

— Je vous reconduis, Sophy. Tineke veut parler à Karel au sujet d'une sortie au concert et Jan ira avec eux. Cela ne vous ennuie pas de m'attendre quelques minutes, le temps que je salue tout le monde ? Merci d'avoir accepté mon invitation impromptue, ajouta-t-il en se tournant vers Harry. Tu mets toujours de l'animation dans les soirées.

Sophy se sentit soudain très conciliante envers Harry, à qui elle dit bonsoir avec chaleur.

Lorsque tout le monde fut parti, Max revint auprès de Sophy qui examinait l'arbre généalogique suspendu au-dessus de la cheminée. En réalité, elle réfléchissait à la fête étrange que Max avait organisée. Pourquoi s'était-il donné tant de mal ? Il la regardait à peine...

— Vous me décevez ! dit-il sans préambule. Moi qui vous croyais raisonnable ! Je ne pensais pas qu'un écervelé comme Harry puisse vous séduire...

Elle le fixa, ahurie. Il n'avait pas du tout l'air de plaisanter. Il semblait même très en colère...

— Vous n'êtes pourtant pas une midinette ! reprit-il, et ce mot, dans sa bouche, sonna comme une insulte.

Sophy reporta son attention sur les nobles ancêtres de Max. Maximillan van Oosterwelde, né en 1529, marié à Juliana van der Post... Elle ne devait pas ouvrir la bouche avant d'avoir recouvré son sang-froid.

— Je l'ai trouvé très divertissant, dit-elle enfin. Je n'ai plus quinze ans, effectivement. Alors ne vous inquiétez pas pour moi, je suis tout à fait lucide. Quand on n'est pas une beauté, on sait distinguer les flatteries des compliments.

— Pourquoi vous dénigrer vous-même, maintenant ? répliqua-t-il avec raideur.

— J'ai conscience de ce que je suis. De toute manière, tout ceci ne vous regarde pas.

Elle le fixa avec colère. Avec une expression indéchiffrable, énigmatique, il soutint le feu de son regard.

— Je dois veiller sur vous pendant votre séjour en Hollande, dit-il après quelques instants de silence. Vous êtes sous ma protection.

— Je n'en ai pas besoin ! rétorqua-t-elle sèchement. Je suis assez grande pour m'en passer.

Il éclata d'un rire moqueur.

— Et qu'en pense votre M. John Austin ? Ou Morris ? Vous auriez dû choisir un autre nom, Sophy. Mais vous avez été prise de court... Un banquier d'Harrogate ! Ah, vraiment, vous ne manquez pas d'imagination !

Sophy aurait voulu disparaître sous terre...

— Comment avez-vous deviné ? demanda-t-elle, les joues écarlates.

Il haussa les épaules.

— Vous ne savez pas mentir, Sophy. Pour en revenir à Harry...

Une boule se forma dans la gorge de Sophy. Elle se sentait ridicule, humiliée, proche des larmes. Heureusement, l'arrivée de Goeden mit un terme — momentané — à son supplice. Elle dit la première chose qui lui passa par la tête :

— Je me demande à quoi ressemblait Juliana van der Post...

Elle entendit le rire de Max.

— Elle louchait, si l'on en croit son portrait. Cela n'a d'ailleurs pas empêché Maximillan de l'aimer passionnément.

Dans la voiture, sans savoir trop pourquoi, Sophy se mit à parler comme une pie, abordant une foule de sujets, ne laissant à Max que le temps de répondre par oui ou non.

— Quel moulin à paroles ! dit-il alors qu'ils approchaient de l'hôpital. Taisez-vous un peu, je vous en prie ! Pourquoi êtes-vous si bavarde, tout à coup ?

— Par politesse. Il n'est pas très courtois d'ignorer la personne avec qui l'on est, répondit-elle d'une voix tremblante. En tout cas, c'est ce qu'on m'a enseigné.

Il se gara aussitôt sur le bord de la route.

— Eh bien, je dois corriger mes mauvaises manières...

Il la prit brusquement dans ses bras pour l'embrasser avec une impétuosité qui lui coupa le souffle. Puis, sans un mot, il redémarra.

Devant l'hôpital, il s'était à peine arrêté qu'elle avait déjà ouvert sa portière.

— Merci infiniment pour cette charmante soirée, monsieur, lança-t-elle avec raideur. C'est très gentil à vous d'avoir tout organisé. Bonsoir.

Puis elle s'enfuit tandis que le rire de Max résonnait à ses oreilles. Et elle continua à courir dans les couloirs, comme si elle avait peur qu'il la rattrape. Dans sa chambre, elle se déshabilla, se démaquilla et défit son chignon avec une hâte fébrile, comme si elle ne voulait pas manquer une minute de sommeil. Mais elle resta éveillée toute la nuit...

8.

Sophy avait une mine épouvantable le lendemain matin. Quand elle découvrit les cernes mauves qui contrastaient avec la pâleur de son visage, elle appliqua une couche épaisse de fond de teint, puis l'enleva presque entièrement; au lieu d'atténuer sa mauvaise mine, le maquillage l'accentuait... Pourtant, étrangement, elle n'y attachait pas d'importance.

Au petit déjeuner, on lui manifesta beaucoup d'intérêt mêlé d'une certaine envie, et elle fut assaillie de questions. Apparemment, ses jeunes collègues étaient au courant de la réception et elles voulaient tout savoir : combien il y avait d'invités, qui ils étaient, ce que portaient les femmes, si la maison était aussi somptueuse que le disait la rumeur...

Sophy répondit du mieux qu'elle put, dans un curieux mélange d'anglais, de gestes et des quelques mots de hollandais qu'elle avait appris.

Dans la salle d'opération, elle avait déjà revêtu blouse et masque lorsque Karel van Steen arriva avec le premier patient. Ils échangeaient quelques propos banals sur la soirée de la veille quand Max entra à son tour, accompagné de Jan. Sophy s'interrompit au milieu d'une phrase pour les saluer, puis se tut en évitant soigneusement le regard de Max. De toute façon, il se concentra aussitôt sur son travail, sans lui prêter aucune attention.

Ce fut un peu plus tard, pendant que les chirurgiens se préparaient pour la deuxième intervention, que le Dr van Steen s'adressa de nouveau à Sophy.

— Etes-vous libre demain soir?

— Oui, répondit-elle, un peu étonnée.

— Tineke a l'intention de vous inviter pour une petite promenade à Spakenburg, suivie d'un dîner à Hilversum. Comme sa voiture est en panne, c'est moi qui vous emmènerai toutes les deux. Elle voulait vous parler, hier, mais l'occasion ne s'est pas présentée.

Comme Sophy hésitait, il reprit :

— Je suis sûr que nous passerons tous les trois une très bonne soirée.

— J'accepte avec plaisir, dit-elle enfin, avec un enthousiasme qu'elle était loin de ressentir, mais consciente que Max l'observait.

— Parfait.

Un incident malencontreux entrava le déroulement de l'opération suivante. Une infirmière renversa un flacon et Sophy dut remplacer Jan pendant qu'il changeait de blouse. Pour comble de malchance, l'appendicite se révéla être un diverticule du côlon, une affection qui présentait les mêmes symptômes, mais nécessitait infiniment plus de précautions.

Max paraissait irrité... Lorsqu'on emmena le malade, il ordonna une pause de cinq minutes et tourna les talons sans un mot de plus. Sophy resta à s'affairer.

Quand le travail reprit, les infirmières, l'une après l'autre, s'éclipsèrent sur un signe de Sophy pour boire leur café.

— J'imagine qu'il y a une raison à ces allées et venues? demanda Max sur un ton ironique.

— Oui, monsieur. Les infirmières ont droit elles aussi à une pause.

— Vous me faites remarquer une nouvelle fois mon manque d'égard et de courtoisie...

Tout en lui tendant le porte-aiguille, Sophy ouvrit la bouche pour répondre, mais aucun son ne sortit de sa gorge nouée. Pour réprimer ses larmes et se donner une contenance, elle essuya les ciseaux de Richter avec un soin infini et les tendit à Jan. A son immense soulagement, Karel van Steen entama à ce moment-là une discussion technique avec Max, ce qui lui permit de recouvrer son sang-froid.

Plus tard, dans l'après-midi, alors que Sophy, dans son bureau, rédigeait le compte rendu des interventions, Max apparut dans l'embrasure de la porte. Il demeura là un instant, à la contempler, apparemment très à l'aise. Elle au contraire, se sentait terriblement gênée. Malgré tout, elle leva les yeux en forçant un sourire convenu sur ses lèvres.

— Que puis-je pour vous ?

— Je vous présente mes excuses, Sophy, pour avoir été aussi désagréable.

Elle eut un vrai sourire cette fois.

— Ce n'est rien, docteur. Avec tous les ennuis de ce matin, vous étiez tout à fait pardonnable.

— Cela n'a rien à voir. J'étais d'une humeur exécrable de toute façon... Depuis hier soir, en fait.

Sophy fixa les lignes qu'elle venait d'écrire sur le registre.

— Je ne vous en veux pas...

— Vraiment ?

Elle leva les yeux. Max la considérait en souriant. Le cœur battant follement, elle ne parvenait plus à détacher son regard du sien. Comment devait-elle interpréter sa curieuse attitude ?

— Il y a une chose que je dois vous dire, reprit-il. Au sujet de Tineke et...

La sonnerie du téléphone l'obligea à s'interrompre, et Sophy décrocha, partagée entre la déception et le soulagement.

— La directrice veut me voir tout de suite dans son bureau, dit-elle après une brève conversation.

Elle se leva, hésita, et se dirigea vers le couloir.

— Bonsoir, docteur.

Puis elle s'esquiva sans rien ajouter.

Max n'était pas là le lendemain. Le chirurgien qui le remplaçait était un peu plus jeune, très sociable, et parlait un anglais excellent. Très à l'aise avec lui et l'anesthésiste, le Dr Vos, Sophy ne cessa cependant pas de penser à Max.

Qu'avait-il eu l'intention de lui dire, la veille? Elle était presque sûre de le savoir... Le souvenir de son baiser continuait à la hanter, ainsi que la violence de sa propre réaction, ardente, instinctive. Sans doute Max l'estimait-il assez pour lui parler de Tineke, mais il ne se rendait pas compte que l'amicale indifférence qu'il lui témoignait la faisait souffrir.

Il la considérait en amie à cause d'oncle Giles et l'épreuve de l'incendie les avait encore rapprochés. Tout à coup, Sophy prit conscience qu'elle ne supporterait pas ses confidences au sujet de Tineke. Il fallait à tout prix qu'elle l'évite à l'avenir.

Elle le croisa le soir même dans le hall de l'hôpital, tandis qu'elle se rendait au rendez-vous fixé par Karel.

— Sophy, je veux vous parler, dit-il en lui prenant la main.

S'efforçant de ne pas trahir son trouble, elle réussit à esquisser un sourire.

— Bonsoir. Je... Je n'ai pas le temps de m'attarder. Je sors avec Tineke.

— Oui, je sais.

Elle se dégagea en jetant un coup d'œil en direction de Hans, qui les observait avec curiosité.

— Inutile de vous confier à moi, reprit-elle posément. Je préfère que vous restiez discret. De toute façon, je suis au courant.

Il fronça les sourcils.

— Ah bon ? Comment ?

— Cela n'a pas vraiment d'importance.

— Non... Mais j'ignorais que c'était maintenant... du domaine public.

— Ce n'est pas le cas.

Un coup de klaxon retentit et, en se penchant, elle aperçut la voiture de Karel van Steen.

— Excusez-moi, je dois y aller.

— Je vous en prie. Bonsoir...

Il avait recouvré sa politesse distante. Hans ouvrit la porte et elle partit sans se retourner. Un peu plus tard, au cours de la promenade dans Utrecht, elle se demanda pourquoi il n'était pas sorti saluer Tineke et Karel.

— Vous êtes fatiguée ? demanda soudain Tineke. Vous semblez lointaine, préoccupée...

— Je suis un peu fatiguée, c'est vrai, répondit Sophy qui ne parvenait pas à trouver antipathique cette jeune femme douce et attentionnée alors qu'elle aurait dû la détester..

Ils se rendirent directement à Spakenburg. En ce début de novembre, le ciel était étonnamment clair et lumineux. Le soleil couchant jetait sur la campagne des reflets dorés. En arrivant dans le petit port, ils abandonnèrent la voiture pour se promener le long du quai et admirer les pittoresques maisons de pêcheur. Les habitants, avec leurs costumes traditionnels, semblaient appartenir à un autre âge, comme si le XXe siècle ne les avait pas encore rattrapés.

— Ces gens doivent en avoir assez d'être considérés comme des curiosités, observa Sophy.

— Vous n'êtes vraiment pas une touriste ordinaire, répliqua Tineke. D'habitude, les visiteurs se contentent de collectionner les images pittoresques. Vous, vous êtes attentive aux gens. Je crois que notre pays vous plaît.

Un sourire éclaira le visage de Sophy.

— Oui. J'aime beaucoup la Hollande...

Le pays de Max...

Ils flânèrent jusqu'à la nuit tombée et repartirent ensuite en direction d'Hilversum, où ils dînèrent au bord de l'eau dans une magnifique auberge ancienne.

La température chuta soudainement quand ils repartirent. Une lune blanche éclairait le ciel étoilé et sans nuage; sans doute allait-il geler. Dans la voiture, les trois passagers poursuivirent agréablement leurs bavardages durant le trajet de retour, d'une quinzaine de kilomètres. A l'évidence, Tineke et Karel étaient de vieux amis qui se connaissaient de longue date.

Sophy les remercia chaleureusement pour cette soirée de détente lorsqu'ils la déposèrent devant l'entrée de l'hôpital. Elle traversa le grand hall à demi plongé dans l'obscurité. Comme elle passait devant le service des urgences où il semblait régner une certaine agitation, Max surgit tout à coup devant elle. Il parut enchanté de la voir.

— Juste la femme qu'il me faut! dit-il d'une voix pressante, qui contrastait avec son flegme coutumier. Il s'est produit un accident grave, dans une ferme. Deux hommes sont dans un état désespéré, mais je crois qu'on peut sauver une jeune fille. Malheureusement, les infirmières de garde sont débordées...

Voilà pourquoi il était si content qu'elle soit là...

— Accordez-moi dix minutes pour me changer, docteur. Quel âge a-t-elle ?

— Dix-huit ans. Il faut l'amputer au-dessous du genou. On lui a fait une transfusion et une injection de pénicilline, mais les os sont écrasés et je crains une gangrène.

Après l'intervention, promptement menée, Sophy considéra le visage inconscient de la jeune fille. Sa beauté avait dû susciter bien des regards admiratifs... Désormais, elle n'inspirerait plus que de la pitié.

Sous le masque, deux grosses larmes roulèrent sur les joues de Sophy qui se détourna.

Alors qu'on emmenait le chariot, Max posa la main sur son épaule.

— Sophy...

Ce seul mot prononcé doucement valait de longues phrases de consolation. Un jour, Max prendrait ce même ton pour réconforter ses enfants quand ils auraient du chagrin. A cette idée, elle faillit éclater en sanglots.

— Je vais vous faire une tasse de thé, dit-il.

— Mais vous ne...

— M'en croyez-vous incapable ? Vous me connaissez bien mal, Sophy.

Il revint quelques minutes plus tard avec un plateau.

— Je vous promets que cette jeune fille aura la meilleure prothèse au monde. Je connais un très bon spécialiste, à Vienne. Dès que ce sera possible, je prendrai contact avec lui.

— Je vous fais entière confiance... Je sais que vous vous occuperez bien d'elle. Merci pour le thé, ajouta-t-elle en se levant. Bonne nuit.

Sur le seuil, impulsivement, elle se retourna.

— Vous êtes un bon médecin. Très humain...

Puis, confuse, elle s'esquiva rapidement.

En se couchant, elle se souvint qu'elle n'avait même pas aidé Max à laver les tasses, et elle s'endormit avec un sourire aux lèvres...

L'aube n'était pas encore levée lorsqu'elle s'éveilla. Il ne lui restait plus que neuf jours à passer en Hollande et c'était très bien ainsi.

9.

Harry téléphona le lendemain après-midi. Il eut l'audace d'appeler directement le service et, malheureusement, ce fut Max qui décrocha, pendant la pause-café.

— C'est pour vous, mademoiselle, dit-il avec son calme coutumier.

Sophy avait presque oublié Harry... Il l'invitait le lendemain pour une soirée du célèbre Concertgebouw d'Amsterdam — deux places très difficiles à obtenir, précisa-t-il. Alors, par pure politesse, elle accepta puis raccrocha. Elle croisa le regard moqueur de Max.

— Je dirai à Harry de vous appeler au bâtiment des infirmières, la prochaine fois, dit Max. Il va vous faire visiter Amsterdam *by night* ?

— Non. Il m'emmène au concert.

— Très bien.

Ils n'eurent aucun autre échange pendant le reste de l'après-midi. Après la dernière intervention, Max ôta rapidement ses gants, remercia l'équipe et disparut aussitôt. Quand Sophy termina son travail presque une heure plus tard, elle se rendit au cinéma avec Janie et Annie, voir un film français sous-titré en hollandais, ce qui accapara complètement son esprit.

Le lendemain matin, elle reçut une lettre de sa grand-mère. A part Sinclair, qui avait eu une mauvaise grippe, tout le monde se portait bien. Oncle Giles, parfaitement rétabli, parlait déjà de se remettre au travail. Penny était allée au théâtre avec Bill, Benjamin avait cassé un carreau de la maison des voisins en jouant avec Brutus et Titus... Ces petites nouvelles rendirent Sophy un brin nostalgique.

Le Dr van Jong remplaçait Max pour la journée, avec le Dr Vos comme anesthésiste. A mesure que les heures passaient, Sophy avait de moins en moins envie de sortir avec Harry... A la fin de l'après-midi, elle quitta le service d'un pas traînant pour prendre une douche et revêtir sa robe de cachemire.

Harry l'attendait dans son coupé jaune moutarde qui jetait une tache de couleur dans la grisaille de la cour. Elle répondit avec réserve à son bonjour exubérant et s'installa à côté de lui. Il conduisait vite et bien, mais un peu nerveusement, et elle retint son souffle plusieurs fois en fermant les yeux, persuadée qu'ils allaient provoquer un accident.

Néanmoins, ils arrivèrent sans encombre à Amsterdam, où Harry gara sa voiture dans une petite rue près du Concertgebouw. Ils dînèrent non loin de là, dans un charmant restaurant. Finalement, l'humour et la bonne humeur de son compagnon ne tardèrent pas à gagner Sophy qui se détendit, accueillant avec un plaisir non dissimulé ses compliments flatteurs.

Ils bavardaient tellement qu'ils faillirent manquer le début du concert. On jouait Brahms et elle oublia où elle était et avec qui. A l'entracte, la tête pleine de musique, elle suivit Harry jusqu'au bar, qui était bondé.

— Restez là, dit-il. Je vais vous chercher une coupe de champagne.

En observant les toilettes des femmes, elle regretta de ne pas être mieux habillée. Tout à coup, pendant que son regard errait de groupe en groupe, Max surgit devant elle.

— Voulez-vous vous joindre à nous, Sophy ?

Agacée contre elle-même, elle se sentir rougir.

— Merci. Mais j'attends Harry.

— Oh, ne vous inquiétez pas, il vous retrouvera bien.

D'autorité, il la prit par le coude pour la conduire à une petite table, où étaient assis Adelaïde et son mari, Tineke, et Karel van Steen. Il y avait une autre jeune femme, très belle, d'une trentaine d'années, que Max lui présenta comme la sœur du Pr van Essen.

Tout le monde l'accueillit si chaleureusement qu'elle en oublia sa tenue plus sobre et simple que celles des autres femmes.

— Nous vous avons vus entrer, murmura Adelaïde. Nous avions peur que vous soyez en retard.

Sophy fronça les sourcils, étonnée.

— Comment saviez-vous que je devais venir ?

— Max nous l'a dit quand il a téléphoné pour nous demander une place dans notre loge.

Harry réapparut à ce moment-là. Il tendit son verre à Sophy avant d'entamer une conversation animée avec Tineke.

Berlioz était au programme de la seconde partie qui s'acheva beaucoup trop tôt au gré de Sophy. A la sortie, il y avait une telle foule que, dans la cohue, elle perdit Harry de vue. Se haussant sur la pointe des pieds, elle essaya de le repérer. Sans succès. Elle était trop petite.

— Vous cherchez quelqu'un ?

Elle se retourna d'un air soulagé. C'était Max.

— Difficile de retrouver Harry, dans cette bousculade...

Glissant un bras sous le sien, il l'emmena sur le côté, où Harry les aperçut et agita les bras.

— Je me demandais si vous alliez réapparaître ! Merci, Max ! Que diriez-vous d'aller boire un verre quelque part, Sophy ? ajouta-t-il en se tournant vers elle. Vous aimez danser ?

Sophy hésita. En fait, elle n'avait pas du tout envie de prolonger cette soirée avec Harry...

— Il est heureux que je sois là ! intervint alors Max. Apparemment, vous n'avez pas eu mon message, Sophy. Je l'ai donné au concierge en partant. Carolyn Viske, l'infirmière de nuit, est alitée avec une mauvaise bronchite. Vous êtes de garde à partir de minuit.

Soulagée et légèrement étonnée, Sophy ne songea même pas à discuter l'ordre autoritaire de Max.

— Désolée, Harry. Je dois rentrer, j'en ai peur... J'espère que cela ne va pas gâcher votre soirée.

Il haussa les épaules avec un petit rire.

— Ne me parlez pas des hôpitaux ! Vous êtes tous des névrosés du travail. Allons, dépêchons-nous, sinon le service risque de s'écrouler sans vous.

Le trajet de retour s'effectua presque en silence. Devant les grilles, Harry la salua de façon assez désinvolte, avec une vague allusion à une prochaine fois, mais il était évident pour Sophy qu'il ne renouvellerait pas son invitation. Les contraintes professionnelles n'avaient pas leur place dans le monde de plaisir où il évoluait.

Hans était dans sa loge. En passant, Sophy lui demanda le message de Max.

— Il ne m'a rien donné, mademoiselle, répondit-il, surpris. Et pour autant que je sache, Carolyn Viske a pris son service normalement.

Intriguée, Sophy monta dans le service. Sa perplexité s'accrut quand Carolyn lui assura qu'elle était en parfaite santé et de garde pour la nuit, comme prévu.

Le lendemain, Sophy essaya de voir Max en tête à tête, bien décidée à lui demander des explications, mais cela sembla difficile.

Pendant la pause, après avoir échangé quelques mots très secs avec elle, il s'absorba dans une discussion technique avec l'interne et l'anesthésiste et elle but son café d'un air absent.

Néanmoins, alors qu'ils s'apprêtaient tous à retourner en salle d'opération, Max revint sur ses pas.

— Je crois que Mlle Greenslade veut me parler en particulier. Je vous rejoins dans quelques minutes, messieurs.

Comme Sophy, après leur départ, demeurait silencieuse, il insista :

— Eh bien, Sophy, j'attends vos reproches.

Elle reposa sa tasse avec un geste si gauche qu'elle tacha sa blouse blanche immaculée.

— Pourquoi avez-vous fait ça ? demanda-t-elle d'un ton neutre.

— Cela vous étonne, Sophy ? Je vous avais pourtant prévenue. Harry n'est pas un homme pour vous.

— Vous avez gâché ma soirée.

— Vraiment ? Regardez-moi en face, Sophy.

— En fait, non... Pas vraiment.

Max hocha la tête.

— Voilà qui est mieux. Décidément, vous choisissez mal vos petits amis.

Cette remarque la mit en rage.

— Je vous amuse, n'est-ce pas? Vous prenez un malin plaisir à me ridiculiser... Je... Je vous déteste! ajouta-t-elle, en réprimant à grand-peine le tremblement de sa voix.

Se levant brusquement, elle se dirigea vers la porte et sortit sans un regard en arrière.

Elle afficha une raideur hautaine pendant le reste de la matinée, mais Max ne parut pas s'en apercevoir. A midi, il la rappela au moment où elle s'en allait.

— Mademoiselle Greenslade! Vous êtes de repos cet après-midi, n'est-ce pas?

Elle s'arrêta, mais sans se retourner.

— Oui, monsieur.

— Auriez-vous l'amabilité de m'attendre au parloir à 14 heures? J'ai une surprise pour vous.

— C'est un ordre, monsieur?

— Non, certainement pas.

— Dans ce cas, vous voudrez bien m'excuser, monsieur.

Elle s'éloigna la tête haute et elle était dans le couloir quand elle l'entendit rire...

Sophy était en train de se changer dans sa chambre lorsqu'on frappa à sa porte.

— *Komm Binnen.*

Elle se figea sur place, muette de surprise, en voyant entrer tante Vera.

— Bonjour, ma chérie! Max m'a dit que tu ne voulais pas descendre. On m'a donc conduite jusqu'à ta chambre.

Sophy embrassa sa tante avec effusion.

— Je n'arrive pas à le croire! Max sait-il que tu es ici?

— Bien sûr ! C'est lui qui a tout arrangé ! Pour te faire plaisir...

Tout en s'efforçant de dissimuler sa confusion, Sophy acheva de boutonner sa jupe.

— Max et ton oncle sont en train de visiter l'hôpital, reprit tante Vera. Ils nous attendent à 2 heures et demie devant les grilles. Tu viens avec nous chez lui, à Huys Oosterwelde, n'est-ce pas ? Max m'a chargée de te transmettre l'invitation. Il craignait que tu aies d'autres projets pour l'après-midi. Evidemment, si tu n'étais pas prévenue...

— Non, je n'ai rien de prévu.

Puis, avec un sourire ravi, elle se mit à bombarder sa tante de questions, demandant des nouvelles de tout un chacun.

Les deux hommes discutaient avec Hans quand elles descendirent.

— Tu as une mine resplendissante ! s'écria Sophy en embrassant son oncle.

— Je ne peux pas te retourner le compliment ! marmonna-t-il. Tu es surmenée ? Max te mène la vie dure ?

— Oh non. Le travail me plaît beaucoup.

Elle se tourna vers Max avec un sourire. Autant conclure une trêve tout de suite...

— Je suis heureux que vous puissiez nous accompagner, Sophy, dit-il.

— Ç'aurait été dommage ! intervint tante Vera. Tu t'es donné assez de mal pour modifier l'emploi du temps !

Confuse, Sophy jeta un coup d'œil à Max, mais il regardait ailleurs.

En arrivant chez lui, pour répondre au désir de Vera, Max leur fit faire une visite détaillée de Huys Oosterwelde en leur montrant tous ses trésors. Oubliant sa gêne, Sophy admira les magnifiques pièces d'antiquité qui meublaient la vieille demeure : secrétaires en marqueterie, fauteuils du XVIIIe, guéridons en laque de Chine... Elle s'émerveillait de tout, sous l'œil amusé de leur guide.

Puis ils prirent le thé dans un petit salon, devant un agréable feu de cheminée. C'est alors que tante Vera évoqua un bal que Max aurait prévu.

— As-tu fixé la date, Max ? Nous ne sommes là que pour une semaine.

— J'ai envoyé une soixantaine d'invitations pour samedi prochain.

Sophy songea qu'elle travaillerait, ce soir-là... Et, de toute manière, Max ne l'avait pas invitée. Et même s'il la suppliait à genoux, elle ne viendrait pas.

— Comment t'habilleras-tu, Sophy ? demanda sa tante.

— Je suis de garde toute la nuit, samedi.

— Je n'ai pas encore parlé à Sophy de cette réception, intervint Max tranquillement. Je voulais lui réserver la surprise.

Il se tourna alors vers elle en souriant :

— Sophy, me ferez-vous le plaisir de votre compagnie pour ma soirée dansante ?

— Je ne suis pas libre. Vous n'avez pas entendu ?

Son insolence ne le troubla pas le moins du monde.

— Voyons... Vous finissez à 5 heures, ce qui vous laisse trois heures pour vous préparer. N'est-ce pas suffisant ? Naturellement, j'ai déjà demandé à la directrice de vous remplacer pour la nuit.

Elle eut conscience que son oncle et sa tante les observaient, paraissant à la fois amusés et embarrassés.

— Je n'ai rien à me mettre, dit-elle d'un air têtu.

— Vous aviez pourtant une très jolie robe, l'autre soir...

Tante Vera sursauta.

— L'autre soir?

— Max a donné une petite soirée en l'honneur de mon anniversaire.

— Comme c'est gentil!

Alors Sophy céda. Au risque de paraître ingrate et impolie, elle ne pouvait plus persister dans son refus.

— Merci beaucoup, Max. J'accepte avec plaisir.

— Bien, dit-il simplement.

Tineke arriva une demi-heure plus tard. Pendant que Max la présentait à Giles et à Vera, elle glissa une main sous son bras et s'excusa de ne pas les avoir accueillis à l'aéroport.

Devant l'expression perplexe de sa tante, Sophy crut bon de lui donner une explication :

— Tineke est une très vieille amie de Max, murmura-t-elle. Elle est adorable.

Karel van Steen les rejoignit peu après, et Sophy monta à l'étage avec sa tante, qui voulait faire un brin de toilette. Dans la chambre, elle examina quelques jolis bibelots et, en particulier, un superbe chandelier en argent.

— Max a vraiment une belle maison! dit-elle, songeuse.

Sa tante hocha distraitement la tête.

— A-t-il l'intention d'épouser Tineke?

— Je ne sais pas... Je suppose que oui... Tineke vient très souvent ici et on m'a dit qu'ils passaient beaucoup de temps ensemble.

— Tu n'as rien pour te changer? demanda sa tante après avoir enfilé une nouvelle robe.

— Non. Mais cela n'a pas d'importance. Il n'y a aucun prince charmant à éblouir.

Pendant le dîner, assise entre Karel et son oncle, avec qui elle bavarda avec animation, elle s'efforça de ne pas se laisser troubler par le rire cristallin de Tineke, qui résonnait un peu trop souvent à son gré.

Ensuite, comme un bridge se préparait, elle jeta un coup d'œil à la grande horloge. Max surprit son regard.

— Apparemment, vous avez envie de partir, Sophy.

Cette remarque acheva de la décider. Après des adieux hâtifs, Max l'escorta sans mot dire jusque dans le hall, où Goeden l'attendait avec son manteau.

En mettant ses gants, Sophy frissonna. C'était l'opportunité qu'elle espérait — durant le trajet, elle s'excuserait auprès de lui de son attitude impertinente du matin.

Quelques secondes plus tard, elle comprit qu'elle n'en aurait pas l'occasion.

Goeden, qui les suivait, passa devant eux, ouvrit la portière de la voiture garée devant le perron, et s'installa au volant, tandis que Max restait en haut des marches...

Avec une expression blessée dont elle n'eut pas conscience, elle leva les yeux vers lui.

— Merci pour cette soirée inattendue, dit-elle sur un ton de petite fille polie. J'ai été très heureuse de revoir mon oncle et ma tante.

— Tout le plaisir a été pour moi, répliqua-t-il gravement. Mais je regrette que mon invitation soit tombée à un moment aussi inopportun...

Il n'y avait rien à répondre. Elle lui dit bonsoir d'une voix tremblante et monta en voiture.

10.

La journée du lendemain fournit enfin à Sophy l'occasion de s'excuser. Toute la matinée fut occupée à soigner ce que Sophy appelait des petits bobos sans importance et Jan s'en chargea. Lorsqu'elle revint de déjeuner, il était dans son bureau.

— On a amené un blessé grave, annonça-t-il. Avec un rein éclaté et probablement de nombreuses blessures internes. Il est tombé d'un toit. On l'a mis sous perfusion.

— C'est vous qui opérez ?

— *Hemel*, non ! Le professeur sera là d'une minute à l'autre. Je vous appelle dès que je sais quelque chose. Vous serez prête ?

— Bien sûr.

Sophy alla immédiatement avertir son équipe et préparer la salle. A son retour, Max était assis à son bureau, en train de rédiger quelques notes dans un dossier.

— Vous pouvez rester ! dit-il comme elle s'apprêtait à ressortir.

Elle s'exécuta sans un mot tandis qu'il penchait de nouveau la tête sur ses feuillets, et resta là, à l'observer.

— Pourquoi me regardez-vous ainsi ? lui demanda-t-il au bout d'un moment, sans lever les yeux.

— Je... euh...

Elle faillit mentir et protester, mais se ravisa. Pour une si petite chose, cela n'en valait pas la peine. Alors qu'elle cherchait ses mots, il posa son stylo et s'appuya contre le dossier de sa chaise. Il avait l'air fatigué, mais dans sa hâtc d'en finir avec ses excuses, elle remarqua à peine les rides qui creusaient son front.

— J'ai fait preuve d'impolitesse à votre égard, monsieur, l'autre jour, dit-elle enfin. Pardonnez-moi, je n'avais pas le droit de vous parler ainsi. Je...

Il leva la main.

— Vous avez parfaitement le droit de dire ce qu'il vous plaît, ma chère. Mais avec vous, c'est vraiment la douche écossaise !

C'était vrai... Un jour, elle le louait pour ses qualités humaines, le lendemain elle le détestait...

— Mais il y a probablement des raisons à ces sautes d'humeur..., ajouta-t-il en reprenant son stylo. J'opère dans un quart d'heure, mademoiselle. Auriez-vous la gentillesse de téléphoner chez moi ?

Elle obtempéra.

— Goeden est en ligne, monsieur.

— Demandez-lui d'appeler *Mevrouw* van der Wijde, voulez-vous ?

Elle lui tendit de nouveau l'appareil.

— Merci. Non, ne partez pas. Nous nous rendrons ensemble dans la salle d'opération ensuite...

Elle resta donc là, à écouter le son de sa voix pendant qu'il parlait à Tineke, très doucement, en hollandais, de sorte qu'elle ne comprit pas un traître mot.

L'intervention se déroula sans problème, et avec une

rapidité inattendue. A la fin, Sophy proposa un thé, mais Max eut un petit soupir agacé.

— Je n'ai pas le temps car Tineke m'attend en bas...

Il lui fut difficile, le jour suivant, d'expliquer à oncle Giles ses yeux battus et sa mine défaite.

— Tu as l'air de plus en plus épuisée. Il faut vraiment que je parle à Max !

— Ne t'inquiète pas, oncle Giles. Je n'ai pas dormi de la nuit, mais cela n'a strictement rien à voir avec lui. C'est l'excitation de vous revoir, tout simplement.

Il parut sceptique, mais ne fit aucun commentaire, et ils partirent tous les trois visiter le musée Van Baeren. Comme ils ne partageaient pas les mêmes goûts en peinture, Sophy s'éclipsa au bout d'un moment pour chercher les petits portraits de Lely, dont elle raffolait. Derrière leurs sourires figés, leurs rangs de perles et leurs dentelles, ces femmes du XVIIe connaissaient-elles la tristesse ?

— C'est ravissant, n'est-ce pas ? dit la voix de Max, juste derrière elle.

Elle sursauta. Sans doute était-il convenu avec son oncle et sa tante de les rejoindre ici...

— A présent, c'est à mon tour de vous présenter des excuses, Sophy, reprit-il. J'étais d'une humeur exécrable, hier, et vous en avez subi les conséquences.

Comme Sophy, troublée, ne répondait rien, il se pencha pour étudier de plus près le portrait qu'elle contemplait.

— Cette jeune personne est vraiment charmante...

— Oui.

— Suis-je pardonné ?

Il était impossible de lui résister...

— Oui.

Elle s'écarta ensuite de quelques pas pour regarder un autre tableau.

— Ne vous sauvez pas ! reprit-il en riant. Je n'ai pas terminé.

Un peu rassérénée, elle consentit enfin à se tourner vers lui.

— C'était impardonnable de ma part de gâcher votre soirée avec Harry. J'en suis sincèrement désolé. Cependant, je dois avouer que je recommencerais à agir exactement de la même façon si je le jugeais nécessaire.

Stupéfaite, Sophy écarquilla les yeux.

— Pardon ?

Max la contempla un long moment avant de répondre :

— Nous n'avons jamais le temps de parler vraiment, n'est-ce pas ? Mais il n'y en a plus pour très longtemps.

— Je repars dans huit jours.

— Ce n'est pas à cela que je pensais... Au fait, cela me rappelle que Mlle Smid aimerait prolonger son congé d'une semaine. Accepteriez-vous de rester encore un peu ? Dites oui, Sophy. S'il vous plaît...

Alors que son bon sens lui ordonnait de refuser, elle s'entendit acquiescer docilement, d'une voix qu'elle reconnut à peine. Il serra alors sa main dans la sienne, et elle sourit de bonheur.

Malheureusement, le petit nuage rose sur lequel elle flottait s'évapora quelques secondes plus tard.

— Je dois vous quitter, Sophy... Tineke m'attend dans la voiture.

Comme une expression de regret sincère se lisait sur son visage, Sophy ravala sa déception.

— Je comprends, dit-elle d'un air absent. Au revoir.

En fait, elle ne comprenait rien à l'attitude de Max... Elle demeura quelques minutes face à un tableau, mais les yeux dans le vide, puis, se secouant, elle partit à la recherche de son oncle et de sa tante.

La semaine passa très vite, entre le travail et quelques sorties avec oncle Giles et tante Vera. Sophy voyait Max quotidiennement à l'hôpital, où il la traitait avec une gentillesse distraite. Il paraissait inquiet, tout comme le Dr van Steen qui semblait extrêmement tendu et nerveux. Un jour qu'elle était seule avec lui, elle osa lui demander s'il allait bien.

Il leva les sourcils, l'air étonné.

— Oui, tout va bien, Sophy, dit-il après un instant d'hésitation. Mais j'attends le bonheur depuis dix ans, et maintenant qu'il est presque à portée de main, les quelques jours qui m'en séparent me semblent interminables et particulièrement éprouvants.

— Pardonnez-moi, je ne voulais pas me montrer indiscrète.

— Je sais, Sophy. Pourtant, à votre place, bien des femmes moins scrupuleuses ne se seraient pas gênées pour poser des questions. Vous avez dû entendre beaucoup de racontars ?

— Oui...

Elle avait répondu machinalement, sans comprendre, et avait changé de sujet malgré son désir d'en apprendre davantage.

Le samedi en fin d'après-midi, Sophy dut renvoyer une infirmière qui souffrait d'une angine avec une forte température. Dès lors, elle sut qu'elle serait en retard pour le bal car il lui faudrait attendre la relève...

Il était plus de 8 heures lorsqu'elle put enfin gagner sa chambre. Goeden, qui l'attendait patiemment dans le hall, l'assura avec sollicitude qu'elle pouvait prendre le temps qu'elle voulait. Elle redescendit trois quarts d'heure plus tard, après avoir pris un bain relaxant. Revêtue d'une robe noire tout simple sur laquelle elle avait passé une veste fuchsia, elle avait noué ses cheveux en chignon et soigné son maquillage. Elle ne serait sans doute pas la reine de la soirée, mais le résultat était malgré tout fort honorable.

Toutes les fenêtres de Huys Oosterwelde étaient illuminées et la musique enveloppa Sophy dès qu'elle entra. Une femme de chambre la conduisit à l'étage, où un boudoir avait été transformé en vestiaire.

Puis Goeden ouvrit les portes à double battant pour l'introduire dans le grand salon. Un petit orchestre jouait devant la cheminée et quelques couples tournoyaient sur le parquet ciré. Des banquettes et des fauteuils, séparés par des plantes vertes, ménageaient des coins d'intimité où Sophy se réfugia. Quand elle aperçut son oncle et sa tante, en compagnie de Max et de Tineke, tout à fait à l'autre bout de la pièce, elle ne bougea pas, trop intimidée pour les rejoindre.

Max la rejoignit deux minutes plus tard.

— Je suis désolé, mais Goeden vient seulement de me prévenir de votre arrivée. J'avais déjà téléphoné à l'hôpital et on m'avait averti que vous seriez en retard. Depuis combien de temps êtes-vous assise là, toute seule ? ajouta-t-il d'un air ennuyé.

— Oh, pas très longtemps, rassurez-vous.

Il s'installa sur les coussins à côté d'elle.

— Pourquoi ne m'avez-vous pas cherché ?

— Je... Euh...

— Vous êtes très timide, n'est-ce pas ?

— Oui.

Il lui décocha un de ses sourires au charme irrésistible, dont il avait le secret et qui la laissait sans voix.

— Cela me ravit, Sophy, comme d'ailleurs tout ce qui touche à votre personne.

Elle demeura très droite, alors que tout vacillait autour d'elle... Le grand lustre ressemblait à un soleil éblouissant, étincelant de mille feux, et une foule de pensées incohérentes se bousculait dans son esprit confus.

— Venez grignoter quelque chose. Vous devez mourir de faim.

Sa voix semblait tellement normale, qu'un instant, elle crut avoir rêvé. Mais non. Une lueur étrange, inhabituelle, brillait au fond des yeux de Max...

Un peu étourdie, elle se leva pour le suivre.

Il l'installa à une petite table où se trouvaient déjà son oncle et sa tante, Tineke et Karel, ainsi qu'Adelaïde et Coenraad. Le dîner fut succulent — saumon, bouchées à la reine, terrine d'anguille et sorbet de mirabelle avec des petits fours — et Max charmant et attentionné.

Comme elle se sentait légère, pour une fois ! Elle avait l'impression de vivre cette soirée dans une bulle, hors du temps et de la réalité.

— Cela me fait plaisir de voir que tu t'amuses ! s'écria son oncle en se levant. Viens me donner une leçon de danse moderne.

Sophy ne manqua pas de partenaires. En fait, elle eut bientôt une véritable cour car elle dansait fort bien et savait prêter une oreille attentive à ses cavaliers. Elle discutait avec Harry quand Max s'approcha.

— Ah, vous voilà, Sophia. Venez.

Et il la prit par la main.

— Comment savez-vous que Sophia est mon vrai prénom ? demanda-t-elle au bout de quelques minutes.

— Je ne savais pas... Mais il est plus rare, plus altier. Cela convient mieux à votre beauté.

Elle n'osait pas le regarder... Que signifiait ce changement de comportement ? Décidément, Max était imprévisible.

— Nous allons enfin pouvoir parler tranquillement, murmura-t-il en l'entraînant dans la serre.

Elle aurait voulu s'attarder pour admirer les jacinthes et les camélias, mais Max l'entraînait. Ils parvinrent dans une pièce tapissée de livres, avec pour seul luxe un tapis persan et une collection d'argenterie dans une vitrine.

— C'est votre bureau, n'est-ce pas ? demanda Sophy.

Ignorant sa question, il la prit par les épaules pour l'obliger à lui faire face.

— Sophia... Avez-vous oublié ? murmura-t-il en plongeant ses yeux dans les siens.

— Non..., dit-elle faiblement.

Et il l'embrassa. Ardemment, passionnément.

— Max ! Oh, Max..., gémit-elle.

Mais elle se figea en entendant la porte qui venait de s'ouvrir.

Max la lâcha sans hâte et se retourna. Tineke les fixait d'un air hébété.

— Il fallait que je vienne, Max..., dit-elle dans un sanglot.

Puis elle se mit à parler très vite, en hollandais.

Après l'avoir écoutée posément, Max s'adressa à Sophy :

— Je vous expliquerai plus tard..., dit-il d'un ton à la fois plein de colère et impatient.

Et il partit avec Tineke, sans rien ajouter.

Désemparée, Sophy se laissa tomber en frissonnant dans un fauteuil. L'esprit vide, incapable de penser, elle resta un instant comme paralysée. Puis, se forçant à réagir, elle se leva et poussa la porte que Max, dans sa hâte, avait laissée entrebâillée. Un long couloir menait au vestibule, où Tineke, en larmes, s'accrochait au cou de Max.

Une douleur terrible obligea Sophy à s'immobiliser une seconde puis elle tourna les talons et revint sur ses pas pour traverser le bureau et la serre.

Dans le grand salon, rien n'avait changé. Mais en la voyant, Adelaïde et Coenraad s'arrêtèrent de danser et la rejoignirent.

— Sophy, que s'est-il passé ? Vous êtes malade ?

— Non. Ne vous inquiétez pas. Ce n'est rien de grave.

— Venez danser, dit Coenraad, songeur.

— Non...

— Très bien. Alors nous allons trouver un endroit tranquille... Prenez mon bras...

Il se tourna vers sa femme.

— Tu mourais d'envie de bavarder avec *Mevrouw* Penninck, n'est-ce pas ? Eh bien, ma chérie, c'est le moment.

Puis il entraîna Sophy dans la salle à manger et remplit un verre d'eau qu'il lui tendit.

— Vous êtes bouleversée. Que vous est-il arrivé ?

— Je... Je... Tout est tellement confus...

— Je vois. Avez-vous envie d'en parler ?

— Non... Comment le pourrais-je, alors que je n'y comprends rien moi-même ?

Elle termina son verre et recouvra un peu ses esprits.

— Ça va mieux, n'est-ce pas ? reprit Coenraad. Voulez-vous que je vous ramène à l'hôpital? La soirée risque de durer jusqu'à 2 ou 3 heures du matin...

— Puis-je partir sans attendre le retour de Max?

Il ne manifesta aucune surprise.

— Oui, bien sûr. Prétextez la fatigue. Dites au revoir à votre oncle et à votre tante pendant que je vais chercher la voiture.

Ils s'esquivèrent discrètement. En arrivant, Coenraad escorta Sophy jusque dans le hall.

— Max est l'un de mes meilleurs et plus fidèles amis, dit-il avant de la quitter. Je ne veux pas me mêler de sa vie privée. Seulement... Laissez-lui une chance de s'expliquer, Sophy.

En se couchant, Sophy repensa aux propos de Coenraad. Mais le chagrin avait cédé la place au ressentiment et à la colère. Elle décida qu'elle ne lui adresserait plus la parole.

Le lendemain, après une matinée de travail relativement tranquille, mais qui l'avait épuisée, elle avala quelques bouchées sans appétit et retourna dans sa chambre pour passer son après-midi de repos au lit.

Elle ferma les yeux et elle avait presque réussi à chasser l'image du visage déformé par la contrariété de Max quand on frappa timidement à sa porte. C'était Janie.

— Le Dr van Oosterwelde est en bas. Il veut te parler. Tout de suite.

Sophy se redressa sur un coude.

— Dis-lui que je ne veux pas le voir.

— Sophy! C'est très impoli!

— Cela m'est égal.

Janie réapparut quelques minutes plus tard.

— Il dit que si tu ne descends pas, c'est lui qui montera.

— Très bien. J'y vais.

Furieuse, elle enfila ses chaussures et sortit en claquant la porte.

Debout au milieu du hall, Max la regarda arriver. Elle s'approcha résolument, les yeux fixés sur son col de chemise.

— Vous voulez me voir, monsieur?

— Ne jouez pas l'étonnée, répliqua-t-il, agacé. Vous vous êtes sauvée... Je vous aurais tout expliqué.

— Ce n'est pas la peine... A présent, si vous n'y voyez pas d'inconvénient, je retourne dans ma chambre.

— Il n'en est pas question. Je vous emmène à Huys Oosterwelde. Je veux absolument vous parler.

— Je ne viendrai pas, dit-elle, haussant le ton. Je n'ai aucune envie de vous écouter.

Hans, tout près, les observait avec un intérêt non dissimulé.

— Si vous ne me suivez pas de votre propre gré, je vous emmène de force, reprit Max.

— Vous n'oseriez pas...

Mais il paraissait très déterminé... Uniquement par peur du scandale, elle obtempéra.

Max n'ouvrit pas la bouche de tout le trajet. En arrivant, il la conduisit dans le petit salon.

— Asseyez-vous, ordonna-t-il.

Elle refusa et resta debout. Haussant les épaules, il alla se poster devant la cheminée.

— Sophia, j'ai quelque chose de très important à vous dire.

— Cela ne m'intéresse pas. De toute manière, je vous ai vus tous les deux dans le vestibule, hier.

Il l'étudia, les paupières plissées.

— Ah bon? Continuez.

D'un seul coup, la détresse, la colère et l'humiliation eurent raison de la réserve de Sophy.

— Ne m'appelez plus Sophia! s'écria-t-elle. C'est ridicule et vous vous moquez de moi. Je vous hais! Ah, comme je m'en veux d'avoir été assez aveugle pour vous croire, hier soir. J'en ai même oublié l'existence de cette pauvre Tineke. Vous lui avez brisé le cœur, avec une cruauté sans nom. Quant à moi... Peu importe, n'est-ce pas? Une petite infirmière sans intérêt... Un jouet, sans doute, pour un don Juan comme vous. Vous êtes un séducteur, arrogant et égoïste, sans scrupules, protégé par votre fortune et votre position sociale...

— Ça suffit.

Le ton de Max la glaça et elle s'arrêta immédiatement.

— Vous en avez dit assez, reprit-il. De toute façon, je ne peux pas vous forcer à m'écouter, et je ne le souhaite même plus. Mais ne vous avisez pas de recommencer à m'insulter de la sorte. Vous vous en repentiriez.

Les jambes tremblantes, Sophy s'appuya contre la table.

— Vous ne m'intimidez pas. Je continuerai à dire ce que je pense si j'en ai envie.

Elle s'interrompit car Goeden entrait, tenant un plateau.

— Le thé, monsieur. J'ai préparé une assiette de petits fours à l'intention de Mlle Greenslade.

— Mlle Greenslade ne prendra pas le thé, Goeden, dit Max, avec irritation. Elle rentre à l'hôpital immédiatement. Si vous voulez bien avancer la voiture...

Après le départ du domestique, ils restèrent silencieux un instant. Max avait recouvré son calme et paraissait même à l'aise, presque détendu. La colère de Sophy était retombée, et elle n'éprouvait plus qu'une grande lassitude. Ses yeux se portèrent sur le plateau; les gâteaux avaient l'air délicieux, et elle aurait bu une tasse de thé avec un immense plaisir...

— Vous avez faim? demanda Max.

— Oui...

— Quel dommage que vous soyez obligée de partir si vite!

Et il se mit à rire doucement, comme s'il s'amusait de sa déconfiture.

— Vous êtes un mufle! Et je vous déteste, vous m'entendez? Je vous déteste. Vraiment, je serai ravie de quitter la Hollande. Et j'espère bien ne plus jamais vous revoir!

Elle recula tandis qu'il s'approchait. Mais cela ne servit à rien. Il la prit par les épaules presque brutalement et l'embrassa avec une lenteur délibérée. Quand il la lâcha, elle dut se raccrocher à la table pour ne pas chanceler.

— Oh, pourquoi avez-vous fait cela?

— Ma chère, on ne peut rien attendre d'autre d'un don Juan et d'un séducteur!

En dépit de son calme apparent, Sophy devinait en lui une fureur sourde et une profonde amertume et elle repensa aux paroles qu'elle avait prononcées. Elle avait dit des choses épouvantables. Malheureusement, il était impossible de les rattraper.

Prête à fondre en larmes, la gorge nouée, elle partit sans se retourner quand Goeden réapparut.

11.

La matinée s'annonçait très chargée, avec une longue liste d'interventions, mais Sophy ne s'en plaignait pas. Son travail l'absorbait tout entière, lui évitant de penser.

On amena le premier patient à 8 heures et demie et Karel officiait comme anesthésiste. Il était métamorphosé. L'anxiété qui semblait le ronger ces derniers temps avait disparu comme par enchantement et il avait l'air d'avoir rajeuni de dix ans.

Quand Max arriva, il salua Sophy d'une voix glaciale puis ne lui adressa plus la parole. A 11 heures, quand les trois hommes quittèrent la salle pour la pause, elle s'attarda ostensiblement. Mais une infirmière revint la chercher, et elle n'osa pas envenimer la situation. Il restait encore une semaine avant son départ; il valait mieux sauver les apparences.

— Ah, mademoiselle Greenslade..., dit Max. Asseyez-vous. J'ai une bonne nouvelle pour vous. Mlle Smid m'a téléphoné tout à l'heure pour me prévenir qu'elle avait décidé de ne pas prolonger son congé et qu'elle reprendrait son service dès demain matin.

Sophy, qui se tenait très droite sur sa chaise, aussi

immobile qu'une statue, se contenta de hocher la tête, s'efforçant de dissimuler sa tristesse et son abattement.

— Naturellement, reprit Max, nous nous félicitons du retour de Mlle Smid, mais nous vous regretterons. Vous êtes une excellente infirmière. Nous avons été ravis de travailler avec vous.

Il lui sourit, mais une lueur froide brillait au fond de ses yeux.

— Vous êtes toute pâle, Sophy, intervint Karel sur un ton plein de sollicitude. La surprise est un peu brutale, sans doute?

— Oui... Mais je suis très contente de rentrer en Angleterre. Il faut que j'organise mon retour maintenant et...

— Tout est arrangé, coupa Max. Vous avez un billet d'avion pour demain après-midi.

— Sophy avait peut-être envie de faire un peu de tourisme..., intervint Jan. Je serais ravi de vous servir de guide, ajouta-t-il en se tournant vers elle.

Elle lui adressa un sourire reconnaissant.

— Merci, Jan. Mais j'ai promis à ma famille de rentrer le plus tôt possible.

Elle se leva, arborant une désinvolture qu'elle était loin de ressentir.

— A présent, excusez-moi, je dois retourner préparer les instruments.

Elle recouvra son sang-froid rapidement. Dieu merci, elle avait trop d'expérience pour que ses émotions prennent le pas sur son professionnalisme...

Il était plus de 6 heures lorsqu'on emmena le dernier patient dans la salle de réveil. Max avait déjà disparu, laissant à Jan le soin de terminer. Après avoir retiré ses gants, l'interne fit à Sophy des adieux pleins de regrets et s'en alla, mais Karel s'attarda.

— Etes-vous vraiment contente de nous quitter, Sophy?

— Oh oui, répondit-elle un peu trop promptement. J'ai hâte de me retrouver chez moi.

— Avez-vous été malheureuse avec nous?

— Le travail m'a plu...

Comme elle se taisait, il reprit :

— Max vous a dit au revoir?

— Non.

Karel parut soulagé.

— Oh, il va revenir.

C'était plus qu'improbable... Elle se contenta d'esquisser un sourire, et Karel s'en alla d'un air indécis.

En fait, Sophy préférait ne pas revoir Max. Elle n'aurait pas su quoi lui dire...

Elle le croisa au détour d'un couloir. En grande conversation avec un collègue, il lui jeta un coup d'œil impassible lorsqu'elle le dépassa. De toute évidence, elle avait cessé d'exister à ses yeux...

Le jour du départ, Sophy était prête bien avant l'heure. Après une nuit agitée, elle s'était levée tôt et avait terminé ses bagages avant d'aller faire ses adieux aux infirmières qui l'avaient accueillie si gentiment. Maintenant, il était à peine midi et, de retour dans sa chambre, elle se prépara à attendre le taxi qui viendrait la prendre à 3 heures et demie. Assise sur son lit, accablée de tristesse, elle feuilletait distraitement un magazine quand on frappa à sa porte.

Elle ouvrit et découvrit avec stupéfaction Tineke van der Wijde sur le seuil.

— Sophy, il fallait que je vous parle. Karel m'a téléphoné. Quel départ précipité ! Si inattendu...

— Entrez... Asseyez-vous, dit-elle en désignant un petit fauteuil près de la fenêtre. Vous avez bien fait de venir, Tineke. Je vous ai écrit une lettre que je voulais poster à Schiphol.

Tineke ôta son manteau de fourrure et s'installa. Elle était resplendissante. Sans doute avait-elle vu Max...

— Je suis sincèrement désolée pour l'autre soir, Tineke, reprit Sophy. J'ai tellement honte de vous avoir blessée alors que vous m'êtes si sympathique... Je me suis sentie terriblement mesquine et égoïste. Vous me pardonnerez, j'espère? Max n'est pas... C'était seulement... Enfin, d'ici ce soir, je serai loin. Vous oublierez vite cet incident.

Tineke se pencha vers elle.

— Vous êtes amoureuse de Max, n'est-ce pas?

Sophy n'essaya pas de mentir.

— Oui. Mais je m'en remettrai.

— Vous vous êtes disputés, Max et vous, n'est-ce pas? Oh, Max n'a rien dit, mais Karel l'a deviné... Max vous a-t-il parlé, l'autre soir?

— Non. Je suis partie sans l'avoir revu.

— Après m'avoir aperçue dans ses bras en train de pleurer?

— Oui.

Tineke vint s'asseoir à côté de Sophy, sur le lit.

— Maintenant écoutez-moi. Il y a beaucoup de choses que vous ignorez et que vous devriez savoir. J'ai eu tort de ne pas me confier depuis le début. Parce que Max ne pouvait pas vous dévoiler un secret qui ne lui appartenait pas. Cela concerne Karel et moi. Jusqu'à hier soir, Karel était marié... avec une femme qui, depuis neuf ans, avait sombré dans la folie. Lui et moi nous nous aimons depuis très longtemps. Je n'ai pas le temps d'entrer dans les détails, mais sachez seulement que nous avons passé ensemble une grande partie de notre jeunesse puis que la vie nous a séparés. A la mort de mon mari, je suis rentrée en Hollande. Karel et moi nous sommes alors rendu compte que nos sentiments n'avaient pas changé, mais pour lui, le divorce n'était pas envisageable. Et c'est Max — nous sommes amis d'enfance, tous les trois — qui a tout organisé, comprenant que nous ne pouvions plus continuer ainsi, à nous rencontrer à la sauvette. Ainsi, pour sauver les apparences, nous sortions ensemble, lui et moi, mais Karel était toujours présent aux soirées. Cher Max ! Que de réceptions il a dû affronter pour me permettre de danser une seule fois avec Karel ! Et que de soirées studieuses et solitaires il a passées dans son bureau pour nous laisser seuls Karel et moi... L'autre soir, nous avons été appelés à la maison de repos, tous les trois car la femme de Karel n'allait pas bien... Max est rentré avant nous pour tout vous raconter, Sophy, mais vous n'étiez plus là... A présent, que vous savez ce qu'il en est, il vous reste assez de temps pour vous expliquer avec Max.

Tineke se leva, boutonna son manteau de fourrure et embrassa Sophy sur la joue.

— Karel et moi pouvons enfin nous marier... Je suis si heureuse ! Je veux que vous le soyez aussi. Vous êtes exactement la femme qu'il faut à Max.

Après son départ, Sophy, étourdie par ces révélations, se rassit sur le bord du lit. Que pouvait-elle faire maintenant après s'être comportée aussi grossièrement envers Max ? Rien sinon partir comme c'était prévu... Il avait rappelé Mlle Smid pour se débarrasser d'elle au plus vite, c'était clair. Deux grosses larmes coulèrent le long de ses joues.

Peut-être pouvait-elle lui écrire néanmoins? Mais devant la feuille blanche, les mots ne vinrent pas. Après plusieurs tentatives infructueuses, elle jeta un coup d'œil à sa montre; il était 3 heures. Le taxi allait arriver, s'il n'était pas déjà là...

Prenant son sac de voyage, elle descendit dans le hall et c'est là que, prise d'une impulsion subite, elle se dirigea vers le service des consultations externes. Il n'y avait pas beaucoup de monde dans la salle d'attente : deux vieilles dames, un homme qui lisait son journal et une jeune fille.

— Je voudrais voir le Pr van Oosterwelde, dit-elle à la secrétaire qui se tenait à l'accueil.

— Je vais le prévenir...

— Non !

La jeune femme lui jeta un coup d'œil interloqué que Sophy remarqua à peine car elle venait de voir un patient sortir du cabinet de Max. Elle se précipita vers la porte ouverte, consciente de la protestation indignée de la vieille dame dont elle volait le tour.

— J'en ai pour cinq minutes! lança-t-elle d'une voix implorante.

Assis à son bureau, Max écrivait.

— Entrez et asseyez-vous, dit-il sans s'interrompre.

Enfin, il repoussa ses papiers et leva les yeux. Quand il aperçut Sophy, son visage devint de pierre.

— Quelle surprise ! Je regrette, mais il m'est impossible de vous recevoir... De toute façon, votre taxi va arriver. Vous risqueriez de manquer l'avion.

— Cela m'est égal. J'ai quelque chose à vous dire avant de partir.

Il esquissa un sourire ironique.

— Encore? J'en ai assez entendu l'autre jour, mademoiselle Greenslade. Nous n'avons plus rien à nous dire.

De nouveau, il se pencha sur un dossier.

— Je vous en prie, écoutez-moi, reprit Sophy, d'une voix faible, réprimant ses sanglots. Je suis désolée de m'être emportée aussi violemment. Les mots ont dépassé ma pensée. Rien de ce que je vous ai dit n'était vrai... sauf l'arrogance, peut-être, mais pas toujours...

Max avait posé son stylo, mais il gardait la tête baissée.

— Je vous demande pardon, reprit-elle en reniflant bien peu élégamment. Si un homme vous avait insulté de la sorte, je suppose que vous lui auriez donné un coup de poing..

Max se redressa pour l'étudier avec attention.

— Euh... Oui, sans doute. J'ai dû me contenter de vous priver de thé.

Il avait l'air de plaisanter, ce qui rendait les choses encore plus difficiles pour Sophy. Mais maintenant, il n'était plus question de reculer.

— Je ne cherche pas à me justifier. De toute façon, cela ne changerait rien, n'est-ce pas ? Malgré tout, je dois vous avouer la vérité. J'ai menti... Je ne vous hais pas, Max. Je suis tombée amoureuse de vous dès notre première rencontre...

Dehors, la patiente s'impatientait. Pour la seconde fois, elle frappa à la porte.

— Au revoir, Max, murmura Sophy avant de s'enfuir en sanglotant, le visage inondé de larmes.

Au bout du couloir, elle s'arrêta pour essuyer ses joues et reprendre son souffle. C'est alors qu'elle sentit une main se poser fermement sur son épaule.

— Allez-vous-en ! dit-elle dans un souffle, désespérée.

Max l'obligea à lui faire face.

— Je voudrais terminer cette conversation qui devenait très intéressante...

— Je vous en prie, laissez-moi partir. Je vais manquer mon avion.

— Tant pis...

Il la poussa dans ce qui devait être une salle de réunion car il y avait une grande table et des chaises alignées le long du mur puis ferma la porte, tourna la clé dans la serrure, la retira et la tendit à Sophy.

— Vous êtes libre de partir quand vous le souhaiterez.

Elle n'osa pas protester quand il lui ôta ses gants, déboutonna son manteau et lui enleva sa toque.

— Pourquoi avoir attendu le dernier moment, Sophy ?

— Tineke est passée me voir cet après-midi... Ensuite, j'ai essayé de vous écrire. Mais je n'arrivais pas à trouver mes mots... Alors j'ai décidé de venir vous trouver sinon j'aurais regretté ma lâcheté jusqu'à la fin de ma vie... Voilà... Maintenant, laissez-moi partir...

Elle reboutonna son manteau.

— Regardez-moi, Sophia.

Elle s'exécuta avec réticence et resta le souffle coupé en voyant l'expression de son visage.

— Je n'avais pas le droit de trahir le secret de Tineke, Sophia, dit-il d'une voix douce. Pas avant le dénouement de cette histoire, la nuit du bal... Mais vous êtes partie... Je n'ai pas beaucoup de temps devant moi pour vous parler d'amour, Sophia. Mais juste assez, peut-être, pour vous demander en mariage...

Il lui sourit avec une tendresse infinie et décrocha le téléphone. Il avertit d'abord sa secrétaire qu'il serait retardé de quelques minutes, puis il appela Hans pour faire renvoyer le taxi.

Enfin, il la prit dans ses bras pour l'embrasser et elle s'abandonna dans la chaleur de son étreinte. Tout le bonheur du monde se trouvait là. Son rêve le plus fou était devenu réalité.

— Max ! Oh, Max..., murmura-t-elle, éperdue.

— Sophia, je t'aime. Depuis le premier moment où je t'ai vue, dans la rue, venir vers moi. Acceptes-tu de m'épouser ? Nous nous marierons en Angleterre. Les formalités sont plus rapides, là-bas, et nous avons déjà perdu tellement de temps...

Sophy se haussa sur la pointe des pieds pour effleurer ses lèvres.

— Max, mon amour ! Je suis si heureuse... J'ai l'impression de vivre un conte de fées.

— Veux-tu m'attendre ici, ma chérie ? J'en ai pour un quart d'heure, vingt minutes tout au plus...

Il prit son visage entre ses mains et, dans ses yeux, elle lut tout l'amour qu'il lui portait, un amour profond, sincère. Au bout de ce qui lui sembla une éternité, il se redressa et quitta la pièce.

Complètement abasourdie, Sophy ne revint sur terre que lorsque qu'un coup fut frappé à la porte, la tirant de sa rêverie. Hans entra, tenant un plateau.

— Le Pr van Oosterwelde m'a demandé de vous servir le thé, dit-il, très digne, mais avec un sourire chaleureux.

Sophy s'aperçut qu'elle mourait de faim. Ce qui n'était pas étonnant étant donné qu'elle avait l'estomac vide depuis la veille. Quelle délicate attention, de la part de Max ! Après avoir grignoté quelques biscuits et bu deux tasses de thé, Sophy retoucha son maquillage et entreprit de refaire son chignon. Les épingles dans la bouche, elle était en train de se brosser les cheveux lorsque Max revint, en pardessus, son porte-documents à la main.

— Je vous ai souvent imaginée ainsi, les cheveux défaits..., dit-il doucement.

Elle acheva de se recoiffer en lui souriant.

— Merci d'avoir pensé au thé. C'était délicieux.

— Désormais, je consacrerai ma vie à vous faire plaisir, ma chérie.

— Moi aussi, Max. Je vous aime tant... Où m'emmenez-vous ? ajouta-t-elle tandis qu'il l'aidait à enfiler son manteau.

— A la maison, ma chérie. A Huys Oosterwelde.

Dans le hall, Hans, la mine réjouie, leur souhaita une bonne soirée. Dehors, la nuit était presque tombée et un vent glacial soufflait. Max guida Sophy, blottie contre lui, jusqu'à la Rolls, lui ouvrit la portière, et se pencha pour déposer un baiser ardent sur ses lèvres. Puis il fit le tour du véhicule et s'installa au volant.

L'eau du canal, tel un long ruban argenté piqueté d'étoiles dorées sous les halos des réverbères, scintillait doucement. De part et d'autre, derrière les arbres dénudés, se dressaient les façades ouvragées des demeures imposantes.

Max et Sophy avaient tant de choses à se dire que le trajet leur sembla terriblement court. Cependant, en arrivant devant les grilles du parc, ils se turent. Max s'engagea dans l'allée et Huys Oosterwelde leur apparut, toutes les fenêtres éclairées, comme pour un jour de fête. Max arrêta la voiture alors que Goeden sortait sur le perron pour les accueillir.

— Nous voici chez nous, mon amour, murmura-t-il en passant un bras autour de ses épaules pour la serrer contre lui.

SHEILA DANTON

Une affaire de cœur

HARLEQUIN

SÉRIE BLANCHE

Cet ouvrage a été publié en langue anglaise
sous le titre :
A PRIVATE AFFAIR

Traduction française de
MICHÈLE COLLERY

83-85, boulevard Vincent-Auriol, 75013 Paris — Tél. : 42 16 63 63

1.

L'entrebâillement de la porte permettait à Abbey Westray d'entendre la voix grave d'un homme qui insistait pour la voir.

— Je suis vraiment désolée, docteur, dit Jane, la secrétaire qui essayait en vain de le décourager, mais notre nouvelle directrice vient à peine de prendre ses fonctions. On ne peut pas la déranger.

— C'est très urgent, grommela le visiteur.

— Prenez un rendez-vous. Cet après-midi, par exemple...

— Il sera trop tard...

Avec un soupir, Abbey poussa la porte pour apercevoir de dos la silhouette d'un géant qui dominait le bureau de Jane. La façon négligente dont ses manches de blouse étaient retroussées sur ses avant-bras musclés lui sembla étrangement familière.

— Laissez, Jane, je m'occupe de monsieur.

L'homme pivota. Le sang d'Abbey ne fit qu'un tour. Elle avait bien cru reconnaître les inflexions chaudes et profondes de la voix, même si dix ans s'étaient écoulés depuis la première fois où elle avait croisé ce regard sombre.

Frank Darby avança vers elle en ouvrant les bras.

— Quelle joie de te revoir, Abbey !

Avec fougue, il serra contre lui le corps mince de la jeune femme, puis recula en la scrutant de la tête aux pieds.

— Tu n'as pas changé...

Consciente de l'expression amusée de Jane, Abbey se libéra tant bien que mal des grandes mains de Frank. Elle le défia de son regard bleu.

— Si, j'ai changé plus que vous ne le pensez, monsieur Darby. La petite infirmière que vous avez connue est bien loin. Je suis la nouvelle directrice de St. Luke. Par ici, je vous prie.

Se détournant, elle se dirigea vers son bureau et ferma la porte derrière Frank.

Une lueur espiègle dansa dans les yeux du chirurgien quand elle lissa sa jupe bleu marine avant de s'asseoir.

— Tu me vouvoies ? Dois-je t'appeler Abigail ou mademoiselle Westray ? lança-t-il d'un ton malicieux en prenant place dans le fauteuil situé en face d'elle.

La manière dont il avait délibérément insisté sur le mot « mademoiselle » n'échappa pas à Abbey.

— J'ai énormément de travail, je te prierai d'être bref...

— Chaque chose en son temps..., coupa-t-il. D'abord, j'aimerais que tu m'expliques comment tu as accédé à un poste aussi important.

— Il n'y a pas de mystère. Le conseil d'administration m'a jugée apte à assumer cette responsabilité. Je ne me crois pas obligée de te fournir plus amples détails pour aujourd'hui.

D'une main nerveuse, la jeune femme se mit en quête d'un stylo.

— Puis-je connaître la raison de tout ce tapage ? ajouta-t-elle.

Au lieu de répondre, Frank la contempla longuement, les yeux plissés. Abbey attendait en tapotant son stylo sur une feuille de papier.

— Les cheveux courts te vont bien, mais je te préférais avec tes longues tresses que j'aimais entortiller autour de mes doigts.

Lors de la signature de son contrat, on l'avait prévenue qu'elle devrait s'imposer aux médecins de l'hôpital et gagner leur respect. Elle comprit aussi qu'elle devrait empêcher Frank de prendre certaines libertés.

Machinalement, elle repoussa ses boucles blondes sur son front.

— Qu'avais-tu de si important à me dire ?

— L'hôpital perd de la clientèle à cause du bloc opératoire.

Abbey le considéra avec surprise.

— Comment cela ?

— Les carences de personnel empêchent toute souplesse dans le service. Nous sommes contraints d'imposer à nos patients les dates de leur opération, et ceux-ci s'adressent ailleurs. Si nous ne réagissons pas, les chirurgiens ne tarderont pas à les suivre.

— Je note cela dans mes tablettes. Aujourd'hui, j'ai d'autres chats à fouetter.

Frank eut une moue dubitative.

— Ah oui ? Et si je t'apprends que le Dr Renny a dû renoncer à pratiquer l'endoscopie d'une hernie faute d'infirmière ?

— Y avait-il urgence ?

— Ce n'est pas le problème. Nous avons admis le patient en lui promettant son examen ce matin et le renvoyer dans ses foyers sans rien faire dépasse l'entendement !

Le temps de trouver une réponse, Abbey griffonna

quelques mots sur sa feuille de papier, mais Frank en profita pour enchaîner :

— Si tu n'interviens pas, le client de Renny ira à Costwold. La concurrence ne manque pas à Bleasdon.

— En quoi cela te concerne-t-il ?

— Comment ? Tu n'es pas au courant ? demanda-t-il, arquant un sourcil. Je suis le nouveau président de la commission médicale.

— Tu veux dire..., murmura-t-elle, stupéfaite, tu veux dire que tu remplaces Gordon Glennie ?

Lors des entretiens d'embauche, Abbey avait apprécié Gordon Glennie. C'était un homme à la fois aimable et consciencieux dont elle partageait les conceptions. Le président du MedCom étant son principal collaborateur, il était indispensable qu'elle s'entende bien avec lui. Apprendre que Frank le remplaçait était une mauvaise nouvelle.

— Exactement, répondit Frank. A présent quelle solution proposes-tu pour le patient de Renny ?

— Rien tant que je n'ai pas en main tous les éléments. Je vais vérifier la composition du bloc opératoire et m'adresserai directement à Tom Renny dès que j'aurai du nouveau.

Elle se leva et se dirigea vers la porte pour lui signifier que l'entretien était clos.

Frank ignora l'allusion et, au lieu de prendre congé, il la toisa en hochant pensivement la tête.

— Je n'ai pas oublié quelle excellente infirmière tu étais... Tu pourrais m'assister pour mon arthroscopie, ce qui dégagerait l'autre infirmière pour aider Renny.

Le compliment alla droit au cœur de la jeune femme, mais elle n'en montra rien.

— J'entends d'ici les plaisanteries si on apprend que la nouvelle directrice assiste une intervention dès le jour de son arrivée.

— Tu gagneras la réputation d'une personne qui fait passer l'intérêt des patients avant tout.

Tout en admettant que l'argument méritait réflexion, Abbey ne fut pas pour autant convaincue.

— Si ce patient peut être opéré à Costwold, tant mieux pour lui. Entre-temps, j'aurai réglé les problèmes de personnel.

Une lueur de colère traversa le regard sombre de Frank.

— Drôle de façon de gérer les affaires de l'hôpital... Si Renny voit partir son patient là-bas, il le suivra et nous perdrons un de nos meilleurs chirurgiens. Les praticiens de sa trempe ne courent pas les rues et les hôpitaux se les arrachent.

Il lui décocha un clin d'œil engageant.

— Allez, viens m'aider. Aurais-tu oublié le plaisir que nous éprouvions à travailler ensemble?

La jeune femme se raidit.

— Je pensais que tu avais été engagée pour relancer la machine, reprit Frank, rembruni. Cet établissement est en baisse de régime depuis quelque temps. A ta place, je n'hésiterais pas à mettre la main à la pâte.

— Mon rôle est purement administratif, dit-elle sèchement, et puis, j'ai perdu la main, il y a longtemps que je n'ai pas pratiqué.

Il n'avait pas besoin d'apprendre qu'elle avait travaillé d'arrache-pied pour mener de front sa carrière d'infirmière et ses études lui permettant d'assumer la fonction de directeur.

— Avec moi, tu n'auras pas de problème. Helen assistera Tom.

Abbey fronça les sourcils.

— Helen?

— Helen Baker. La responsable du bloc... Tu connais au moins les différents chefs de service?

La jeune femme hocha la tête.

— Oui, sauf Helen Baker qui était en congé lorsqu'on m'a présenté les cadres.

— Accompagne-moi au bloc, je ferai les présentations.

Décidée à ne pas céder un pouce du terrain, Abbey répondit avec fermeté :

— Pas aujourd'hui. J'ai d'autres priorités.

Frank haussa un sourcil, sceptique.

— Parce que sauver cet hôpital ne te semble pas urgent ?

Abbey s'apprêtait à le congédier lorsqu'une jeune femme rousse entrouvrit timidement la porte.

— Désolée de vous déranger, mais...

— Ah, Helen... Entrez, je vous en prie... Je vous présente notre directrice, Abbey Westray. Nous avons de la chance : sa grande expérience en qualité d'infirmière va nous sortir de ce mauvais pas.

Abbey ouvrit la bouche pour protester, mais Frank ne lui en laissa pas le temps. Il poursuivit du même ton triomphant :

— Elle m'assistera, ce qui vous permettra d'aider Tom.

— Euh... Je ne sais pas si...

Le regard que lui jeta Frank l'arrêta net.

— Cette solution est la plus sage. A moins que vous ne préfériez faire appel à une agence qui nous enverra une infirmière inexpérimentée en chirurgie.

— Non, naturellement, bredouilla Helen.

— Nous sommes d'accord. Je descends prévenir Tom.

Abbey sentit la moutarde lui monter au nez. Comment osait-il décider à sa place ? Et devant un membre de l'équipe, en plus !

— Une minute, Frank ! dit-elle, maîtrisant sa colère, je dois d'abord consulter ma collaboratrice et nous choisirons ensemble la meilleure solution.

Il haussa les épaules.

— O.K. Mais c'est une perte de temps, dit-il en se levant. Vous aboutirez à la même conclusion que moi. N'est-ce pas, Helen ?

Helen demeura silencieuse jusqu'à ce que la porte se referme sur lui.

— Il a raison, vous savez... Nous ne sommes pas assez nombreuses.

— Pourquoi votre équipe est-elle aussi réduite ?

— Votre prédécesseur refusait d'embaucher du personnel. Je suis d'accord avec M. Darby, votre aide serait la bienvenue, mais... avez-vous encore le droit d'exercer comme infirmière ?

Abbey acquiesça.

— Sur ce point, n'ayez aucune crainte, j'aimais trop mon métier pour y renoncer. J'ai continué à le pratiquer même lorsque je suivais ma formation de manager. Je peux vous prêter main-forte pour cette fois, mais demain ? ajouta-t-elle avec un soupir. Et les autres jours ? Et si une autre urgence se présente ?

— Une de nos infirmières rentre demain de son congé annuel. Nous y verrons plus clair... jusqu'au prochain congé, ajouta Helen d'un ton morose.

En un quart de seconde, Abbey décida qu'elle ne pouvait refuser de rendre service le jour même de la prise de ses fonctions.

— Bon..., dit-elle avec un soupir résigné. Si cela peut vous dépanner, j'accepte, mais n'y revenez pas.

— M. Darby vous a-t-il dit que le patient qui attend une endoscopie est son beau-frère ?

Abbey leva les yeux au ciel.

— J'aurais dû me douter que la conscience professionnelle n'était pas sa seule motivation !

Frank Darby n'avait pas changé. Ses intérêts personnels primaient sur tout le reste.

— Quel est le nom de son beau-frère ?

— Peter Barnes. Il est conseiller financier. Il nous aide à remplir nos déclarations d'impôts. C'est un homme très sympathique.

Abbey ne put réprimer un sourire.

— Ah, je vois ! Si ce monsieur a le soutien de l'hôpital tout entier, alors ne perdons plus une seconde.

Helen et Abbey descendirent ensemble au vestiaire du bloc.

— Je vérifierai la répartition du personnel dès que j'en aurai terminé avec cette pile de paperasses qui encombre mon bureau, dit Abbey. Rejoignez-moi demain après-midi dans mon bureau, ajouta-t-elle, désireuse de se faire une alliée dans une structure essentiellement masculine. Nous pourrons en discuter tranquillement.

Quand Abbey sortit du vestiaire vêtue de vert des pieds à la tête, le sourire satisfait et un peu ironique de Frank manqua la faire changer d'avis, mais elle se raisonna.

Au cours des années, ayant emprunté des voies différentes, ils ne s'étaient pas revus et Frank ne lui avait sans doute pas accordé une seule de ses pensées, mais elle ne doutait pas que le compliment qu'il lui avait adressé était sincère. Ainsi, peut-être — en souvenir du bon vieux temps... — lui faciliterait-il les choses, le temps qu'elle s'adapte.

D'un coup d'œil, elle fit l'inventaire des instruments qu'Helen avait préparés pour l'arthroscopie.

Soulagée de constater que rien ne lui était étranger, elle leva les yeux.

— Qui est l'anesthésiste ? demanda-t-elle.

— John Browning.

Elle ne le connaissait pas, aussi pointa-t-elle sa tête dans la petite pièce réservée à l'anesthésie.

— J'aurais préféré qu'on me présente le patient alors qu'il était encore conscient, mais je constate qu'il est trop tard.

John Browning hocha la tête en souriant. D'une main, il terminait d'injecter un liquide rosé dans la veine du patient pendant qu'une jolie interne effectuait l'intubation.

Doucement, elle referma la porte et rejoignit Frank qui enfilait ses gants dans la salle d'opération.

— Comment s'appelle le patient ? Il semble jeune.

— Denny Dale. C'est un espoir du football... Il souffre du genou. Son ménisque a reçu un mauvais coup. D'après moi, la douleur provient d'éclats d'os et de cartilage.

L'anesthésiste poussa le lit sur lequel était allongé le patient endormi. Lorsqu'il fut parallèle à la table d'opération, un treuil l'y transféra.

Abbey leva les yeux vers Frank et lui donna une gaze stérile.

— Le bloc opératoire est ultramoderne. Cet engin doit réduire le mal de dos des infirmières...

— Et des médecins, dit-il avec une mimique amusée.

Quand il eut terminé de nettoyer le genou du patient, il tendit la main pour recevoir le scalpel. Abbey s'amusa de constater, qu'en dépit des années qui s'étaient écoulées, il savait qu'elle le comprendrait sans avoir à prononcer un mot.

D'un geste vif et précis, il pratiqua une incision.

— Je suis prêt pour l'arthroscopie, annonça-t-il.

Quand Abbey lui présenta le tube en fibres optiques qui lui permettrait d'explorer l'intérieur de l'articulation, leurs yeux se croisèrent. L'émotion qu'elle ressentit alors sous le feu de son regard lui indiqua clairement que ses sentiments pour lui étaient intacts.

— Exactement ce que je pensais... Il y a des débris d'os partout, murmura-t-il. Forceps.

La concentration du chirurgien était totale. Pendant le temps que dura l'opération, Abbey contempla les mains expertes avec un pincement au cœur. A eux deux, ils avaient formé une équipe remarquable. Aujourd'hui encore, l'intervention se terminait avec un profond sentiment de satisfaction mêlée de fierté.

De concert, ils retirèrent gants et masques.

— Tu es toujours aussi douée, dit-il d'un ton appréciateur. Espérons que tu dirigeras l'hôpital avec la même efficacité. Comment peut-on préférer brasser des papiers quand on est aussi excellente infirmière?

— Vous les chirurgiens, vous suivez vos patients jusqu'à leur rétablissement, ce qui n'est pas le cas d'une infirmière du bloc.

— Pourtant, sans elle, il n'y aurait pas d'opération.

— Evidemment, mais je trouvais frustrant de ne jamais suivre les patients, de ne pas avoir de nouvelles d'eux. Je devais me contenter de savoir que j'avais bien fait mon travail puisque le chirurgien ne m'avait pas lancé un instrument à la tête!

Frank haussa les épaules.

— Quoi que tu en dises, je trouve ce travail plus gratifiant que celui que tu exerces actuellement.

— Toi, peut-être, mais pas moi...

Piquée au vif, elle poussa le lit sur lequel on avait installé l'homme endormi en direction de la salle de réanimation.

— Et j'espère que l'opération de ton beau-frère se déroulc dans d'aussi bonnes conditions..., lança-t-elle, moqueuse, par-dessus son épaule.

La porte coupe-feu se refermant aussitôt, Frank n'eut guère le loisir de répondre.

Une fois dans le vestiaire, elle ôta sa blouse et son pantalon verts, un sourire aux lèvres.

« Un point pour moi... »

Après un dernier coup d'œil dans le miroir, elle regagna son bureau.

Jane pianotait les touches de son ordinateur.

— J'ai bien cru que M. Darby allait employer la force tout à l'heure.

Abbey soupira.

— Il a la tête dure comme du bois, et quand il ne parvient pas à ses fins, il profite de son imposante stature pour impressionner son interlocuteur. Mais il ne ferait pas de mal à une mouche, ajouta-t-elle en riant.

— Quel dommage que vous n'ayez pas commencé lorsque Gordon Glennie était le président du Med-Com ! dit Jane en secouant la tête. Il était très gentil et vous vous seriez bien entendue avec lui.

— Je suis d'accord avec vous...

— A ce propos, avez-vous noté que la réunion avec la commission médicale a lieu ce soir ? demanda Jane qui feuilletait les pages de son agenda.

— Certes, j'y serai. Je vous laisse, Jane, dit-elle en entrant dans son bureau.

Une minute plus tard, comme son percolateur exhalait un délicat parfum de café italien, elle alla se servir unc tasse avant de revenir s'installer devant sa table, le dos bien calé contre sa chaise. Avec un profond soupir, elle reprit les dossiers laissés par son prédécesseur.

La lecture des bilans révélait une situation financière

plutôt précaire. Les raisons pour lesquelles l'ancien directeur avait réduit le personnel étaient claires. L'hôpital était en déficit.

A 17 heures, les chiffres commençaient à danser la sarabande devant les yeux d'Abbey qui serait volontiers rentrée chez elle pour se détendre dans un bon bain. Mais il lui fallait affronter Frank et son armée de médecins. Ceux-ci devaient déjà attendre qu'elle leur propose des solutions, oubliant le fait que c'était sa première journée de travail.

Lorsque Jane eut fermé le bureau à clé, elles gagnèrent ensemble la salle de réunion.

Quelques minutes plus tard, lorsque les médecins furent assis et le silence revenu, Frank prit la parole.

— J'ai demandé cette réunion afin que nous rencontrions notre nouvelle directrice... Euh... Mme Westray.

— Je préfère Mlle Westray, corrigea Abbey.

— Ainsi, je vous présente *Mlle* Westray... Comme vous le savez, je n'ai pas eu le plaisir d'être présent à son entretien avec le conseil d'administration, aussi en tant que président du MedCom, je lui souhaite la bienvenue à St. Luke.

Abbey le remercia et ajouta :

— J'attends beaucoup de notre collaboration. Pour ma part, je m'emploierai à ce qu'elle soit agréable et efficace pour la bonne marche de l'hôpital.

Une lueur malicieuse dansa dans les yeux noirs de Frank.

— Nous nous y emploierons aussi, n'en doutez pas...

Il tourna la tête vers les membres de la commission.

— A présent, je propose que chacun se présente en précisant son nom et sa spécialité. Commençons par vous, Tom.

— Tom Renny, stomatologue.

— Jeff Turbull. Plasticien.

Un à un, les praticiens se levèrent tandis qu'Abbey écoutait et prenait quelques notes.

Le tour de table achevé, Frank reprit :

— Pouvons-nous aborder l'ordre du jour?

Abbey jugea plus habile d'anticiper sur les problèmes que les médecins n'allaient pas manquer de lui soumettre.

— Je sais que certains d'entre vous se plaignent du manque de personnel, mais je dois vous annoncer que cette année a été particulièrement mauvaise pour St. Luke.

— Et si nous abordions le problème dans l'autre sens? suggéra Frank. En augmentant le personnel du bloc, nous aurions plus d'entrées en chirurgie, et les affaires de l'hôpital reprendraient.

— Il n'y a pas que le bloc, monsieur Darby... Et tant que je n'aurai pas tous les éléments en main, je n'avancerai aucune proposition.

— Nous attendrons, mademoiselle Westray, et nous ne doutons pas que vous ferez tout votre possible pour redresser cette situation.

Abbey se souvenait de ce sourire énigmatique qui incurvait imperceptiblement les commissures des lèvres de Frank et elle attendit la suite un peu crispée.

Mais, à cet instant, on apporta des rafraîchissements, et Abbey accueillit avec soulagement cette diversion. Alors que Frank se levait pour aller bavarder avec ses collègues, Abbey ne put s'empêcher d'admirer l'élégance de ses gestes, son corps souple et puissant, et elle dut faire un effort pour accorder son attention à son voisin de droite.

— Les équipements dont bénéficie notre hôpital

sont exceptionnels, disait-il d'un ton suave. Nous devrions gagner de la clientèle sans problème.

— Je suis heureuse de voir que vous appréciez les conditions que nous vous offrons, répondit Abbey en souriant. Toutes vos suggestions seront les bienvenues.

Tout en dégustant les petits fours, chacun y alla de ses griefs et Abbey prit des notes. Frank, en grande conversation avec la ravissante interne aperçue au bloc, Ellie Wycliffe, l'ignorait totalement.

La salle se désemplit peu à peu. Bientôt il ne resta plus que Jane et le chef cuisinier de l'hôpital. Abbey remercia le jeune homme dont les yeux étaient presque cachés par la toque trop grande.

— Bravo... Apparemment, votre buffet a été apprécié, dit-elle, désignant les assiettes vides abandonnées çà et là sur les tables.

Jane sourit en rassemblant ses feuillets.

— Parfois, j'ai l'impression que les médecins ne mangent pas à leur faim chez eux... Si vous n'avez plus besoin de moi, mademoiselle Westray, je vais aller taper ces notes.

— Bonne idée. Je vous suis. Et, s'il vous plaît, pour mes amis, je suis Abbey.

Flattée, Jane rougit de plaisir.

— Vous avez dit tout à l'heure que vous préfériez qu'on vous appelle « Mlle Westray »...

Abbey eut un petit rire.

— Il me fallait asseoir mon autorité auprès de tous ces messieurs. Certains pourraient profiter du fait qu'avant d'être leur directeur, j'étais infirmière... Je pense que cela a marché. Celui que je craignais le plus, M. Darby, n'a pas bronché.

Toutes deux riaient encore en traversant le couloir du dernier étage.

— Vous restez encore longtemps, Jane ? Il est plus de 20 heures.

— Je veux entrer mes notes dans l'ordinateur tant que c'est frais dans ma tête. Cela ne prendra que quelques minutes.

— Entendu. Moi, je rentre. Vous fermerez en partant ?

Un bruit de pas se fit entendre dans l'escalier. Intriguées car, en principe, il n'y avait plus personne dans le service administratif, les deux femmes s'immobilisèrent, attendant de voir qui allait apparaître sur le palier. Lorsque Frank surgit, Jane se rua dans son bureau et ferma la porte.

— As-tu une minute, Abbey ?

D'un geste, la jeune femme l'invita à pénétrer dans le vaste domaine qui lui était réservé, mais laissa la porte ouverte.

— T'es-tu bien amusée à notre réunion ? Quelle impression cela fait-il d'entendre les jérémiades des médecins ?

Abbey le regarda, indignée.

— C'est mon rôle dc directrice de l'hôpital, Frank... Je te l'ai déjà dit, je ne suis plus la même personne.

— Qu'est-ce qui t'a fait changer autant ? Est-ce ce garçon chez qui tu t'es installée dès que j'ai eu le dos tourné ?

Abasourdie, Abbey eut du mal à trouver ses mots.

— Sous-entendrais-tu que...

— Je ne sous-entends rien du tout, coupa Frank. Je pensais que nous étions de vieux amis, mais tu m'as ridiculisé avec ton « Mlle Westray ».

— Tu peux comprendre que j'ai besoin de me faire respecter. Ce poste n'est pas facile.

Il secoua la tête, incrédule.

— Où est la jeune fille pleine d'humour que j'ai connue ? Se dissimule-t-elle derrière cette carapace que tu t'es fabriquée ? Ou a-t-elle été étouffée par l'ambition ?

Une expression de colère assombrit davantage ses yeux noirs.

— Je suis d'accord avec toi..., ajouta-t-il. Ta position n'est pas facile parce que les exigences des cadres de cette maison *aussi* ont changé, et maintenant, que je suis président du MedCom, je vais veiller à ce qu'elles soient satisfaites, dussé-je me battre contre toi.

Abbey, qui se demandait si elle allait le congédier de nouveau, n'eut pas le temps de décider.

— As-tu dîné ? demanda-t-il.

— Oui, à la réunion...

— Tu appelles cela dîner ? Je t'invite au restaurant.

— Impossible. Je dîne avec ce garçon dont tu parlais il y a une minute.

Frank eut un sourire désabusé.

— Et quand te passe-t-il la bague au doigt ?

Sur ces mots, il tourna les talons et quitta le bureau sans la saluer.

Un sourire triste flotta sur les lèvres d'Abbey. Frank n'avait pas besoin de savoir que Ben et sa femme l'avaient invitée à dîner. Libre à lui de croire ce qu'il voulait. Cela n'importait plus aujourd'hui.

Il ne s'était guère inquiété de son sort au cours de toutes ces années. Dix ans plus tôt, alors qu'elle était jeune et naïve, Abbey l'avait passionnément aimé.

Mais cet échec n'avait pas été complètement inutile. C'était en partie l'attitude cavalière de Frank qui avait décidé la jeune femme à progresser dans sa carrière pour ne plus être cantonnée au rôle de subalterne du corps médical.

Aujourd'hui, elle ne retomberait pas dans ses filets. Et pour parer à toute tentative de séduction, mieux valait lui laisser croire qu'elle avait un petit ami.

Mue par une impulsion, Abbey gagna le service de traumatologie. Après s'être présentée à l'infirmière de service, elle demanda si le patient du Pr Renny était rentré chez lui.

— Il part d'une minute à l'autre. Sa femme prépare sa valise. M. Darby viendra les chercher.

— Quelle chambre ?

— 32.

— Et Denny Dale ? Comment va-t-il ?

L'infirmière éclata de rire.

— Oh, lui, il est monté sur ressorts. Toujours en mouvement !

Abbey sourit.

— Il va se calmer lorsqu'il me verra. Quelle chambre ?

— La dernière au bout du couloir. Numéro 1.

— Merci.

Abbey enfila le corridor jusqu'à la chambre 32.

— Bonjour, monsieur Barnes. Je suis la nouvelle directrice de l'hôpital et je venais prendre de vos nouvelles.

Une jeune femme au visage angélique se tourna vers elle. Sa ressemblance avec Frank était frappante.

— Vous avez commencé aujourd'hui, n'est-ce pas ? demanda celle-ci en souriant.

Abbey hocha la tête.

— Frank nous a expliqué combien nous devions vous être reconnaissants, poursuivit la sœur de Frank. L'opération n'aurait pas eu lieu sans votre collaboration. Nous vous remercions beaucoup.

— C'est normal. Tout ce que je souhaite, c'est que M. Barnes se rétablisse au plus vite.

— La qualité des soins de cet établissement est remarquable, intervint le patient. Je vous remercie, ainsi que toute votre équipe. Tout le monde a été merveilleux.

— Je suis contente de vous l'entendre dire.

Après une poignée de main chaleureuse, Abbey prit congé du couple et se dirigea vers la chambre de Denny car elle préférait s'éclipser avant l'arrivée de Frank.

En entrant, elle le surprit debout, lançant des plaisanteries à l'infirmière qui bordait son lit.

— Bonjour, Denny.

Surpris, il manqua tomber. Abbey le rattrapa à temps et, avec l'aide de l'infirmière, l'aida à se rallonger sur son lit. Il la considéra en souriant.

— Qui êtes-vous ?

— La directrice de l'hôpital. Laissez-moi vous installer confortablement.

— Depuis quand une directrice remet-elle les oreillers des patients ?

— Pourquoi pas ? Et c'est moi qui ai assisté M. Darby lors de votre intervention...

Denny la regarda, bouche bée.

— Vraiment ?

Elle sourit.

— Je suis infirmière. J'ai travaillé au bloc pendant dix ans.

Denny sembla soulagé.

— Ah, bon. Je comprends maintenant.

— A présent, tenez-vous tranquille ou votre genou en pâtira.

— O.K., madame, répondit-il sagement.

Abbey fit un effort pour garder son sérieux.

— Au revoir, Denny.

— Au revoir, madame.

Après être remontée fermer son bureau, elle se rendit chez ses amis. Leur maison, comme d'habitude, était sereine et chaleureuse. Pour l'apéritif, ils s'installèrent dans le salon où un feu de bois brûlait dans la cheminée.

— Alors, comment s'est passée cette première journée ? demanda Cheryl, l'épouse de Ben.

— De façon assez inattendue, mais dans l'ensemble, pas trop mal.

Elle huma le délicieux fumet qui flottait dans la pièce en haussant les sourcils.

— Quelle délicieuse odeur, Cheryl !

— C'est juste un gigot. Allez, raconte-nous...

— Un gigot ! C'est mon plat préféré et je meurs de faim.

Elle éludait, n'ayant guère envie d'évoquer sa rencontre avec Frank.

— Si je comprends bien, nous n'obtiendrons rien tant que tu n'auras pas l'estomac plein.

— Alors, à table, intervint gentiment Ben.

Durant le dîner, Abbey n'échappa pas à la curiosité impatiente de ses amis. Mais, malgré leurs questions, elle n'entra pas dans les détails de la plus longue journée de travail de sa vie.

Son sommeil, cette nuit-là, fut profond, mais elle s'éveilla à l'aube, ce qui lui permit d'arriver tôt au bureau.

Elle était plongée dans ses dossiers lorsque la secrétaire arriva une heure plus tard avec le courrier. Abbey sélectionna les lettres les plus urgentes, repoussant la lecture des autres à plus tard, quand elle aurait un moment de loisir. Au train où allaient les choses, elle doutait que cela se présente.

Jane était à peine sortie qu'on frappa à la porte. Fronçant les sourcils, Abbey leva la tête pour voir surgir Helen, la responsable du bloc, qui entra sans y être invitée.

— Bonjour, dit Abbey avec froideur, je pensais que notre rendez-vous était pour cet après-midi.

— Ce que j'ai à vous dire ne peut pas attendre... Si nous continuons ainsi, l'hôpital va fermer ses portes.

2.

Abbey resta impassible.

— Asseyez-vous, Helen, mais je n'ai pas beaucoup de temps.

— Il faut engager du personnel de toute urgence. C'est la panique au bloc. On m'a contrainte d'enregistrer des interventions, mais je ne peux pas faire de miracles. Les chirurgiens s'arrachent les infirmières, chacun prétendant que ce sont ses opérations les plus urgentes.

— Je croyais vous avoir entendue dire que votre meilleure infirmière rentrait aujourd'hui de congé, dit Abbey, perplexe.

— Elle a bien repris son travail, mais deux autres sont tombées malades. Le service est paralysé.

— Pourquoi avez-vous accepté ces entrées en sachant que vous étiez limitée en personnel ?

Embarrassée, Helen tourna la tête vers la fenêtre.

— Ce que vous avez fait hier a aggravé la situation, marmonna-t-elle.

Abbey n'en crut pas ses oreilles.

— Pardon ?

— Les autres chirurgiens ne comprennent pas pourquoi ils n'auraient pas droit aux mêmes faveurs.

Abbey soupira : c'était ce qu'elle avait redouté. Et Helen, contrairement à ce qu'elle avait espéré, ne contrôlait pas la situation.

— Je leur parlerai. A quelle heure pouvons-nous les réunir ?

Helen leva les mains en signe d'impuissance.

— Les voir tous ensemble est impossible. Durant la journée, ils tournent sur plusieurs hôpitaux de la ville. Mais soyez sans crainte, je vous enverrai les plus virulents...

Sur ces mots, elle se leva et quitta la pièce, visiblement soulagée, mais Abbey eut la désagréable impression d'avoir été manipulée.

A cet instant, Jane passa la tête dans l'entrebâillement de la porte.

— Excusez-moi... M. Darby souhaiterait vous parler le plus tôt possible. A quelle heure peut-il venir ?

— Quelle surprise ! Je me doutais qu'Helen n'était pas venue de sa propre initiative.

Exaspérée, elle reposa d'un geste sec le dossier qu'elle tenait à la main.

— Dites-lui que je ne reçois personne de la journée, Jane.

Les fins sourcils de Jane s'arquèrent au-dessus des lunettes cerclées.

— C'est ce que j'ai tenté de lui expliquer, mais vous savez à quel point il est entêté.

— Moi aussi, je le suis.

La secrétaire sourit.

— Le directeur précédent avait les mêmes problèmes. Helen et M. Darby s'entendent comme larrons en foire. C'est certainement elle qui l'incite à faire pression sur vous.

— Moi, je pense plutôt le contraire. C'est lui qui l'a poussée à venir.

— Ne vous y fiez pas. Elle le mène par le bout du nez.

— Leur relation dépasserait-elle le cadre professionnel ?

Jane eut un haussement d'épaules évasif.

— Pourquoi pas ? Ils sont tous deux célibataires.

Abbey sourit, s'efforçant de masquer sa surprise.

— La morale est sauve, au moins.

Nul doute que dans un petit établissement comme St. Luke, une liaison illicite aurait provoqué un scandale.

— Bon, je vais le recevoir, ajouta-t-elle.

Deux minutes plus tard, sans frapper, Frank franchissait le seuil de son bureau, brandissant un énorme bouquet de fleurs.

Le sang monta aux joues d'Abbey et elle lut la carte jointe au bouquet : « Merci pour tout. Peter et Melissa Barnes. »

Soulagée de ne pas s'être ridiculisée, elle s'apprêtait à s'enquérir de la santé du jeune homme quand Frank lui tendit un papier.

— Helen a besoin de personnel. *Immédiatement.* Pour l'amour du ciel, signe ce formulaire d'embauche, Abbey, je l'ai déjà rempli.

Elle repoussa sa main.

— Monsieur Darby...

— Ne recommence pas avec tes « monsieur Darby » !

Avec détermination, Abbey croisa les bras sur sa poitrine.

— Monsieur Darby, il n'y a pas que le bloc opératoire dans cet hôpital... Je ne déciderai rien tant que je n'aurai pas épluché tous les dossiers.

— Tu vas nous faire perdre notre clientèle.

— Attendre deux jours de plus ne changera rien.

Il prit une chaise et s'assit, se penchant vers elle.

— Abbey, sois raisonnable, dit-il avec véhémence. Accepte... Fais ça pour moi, en souvenir du bon vieux temps... Une infirmière supplémentaire ne grèvera pas le budget.

— Si je cède, aujourd'hui, que me réclameras-tu demain ? A présent, laisse-moi, s'il te plaît.

Tout en se levant, Frank secoua la tête d'un air dépité.

— Ce type a fait de toi une femme au cœur dur.

Il sortit en claquant la porte. Restée seule, Abbey eut un sourire amer. C'était *lui* le responsable. Il était la seule personne au monde pour qui elle *aurait* abandonné sa carrière. Mais il avait déserté.

A son grand soulagement, on ne la dérangea plus et, à 7 heures du soir, satisfaite de sa journée, elle referma ses dossiers et sortit, longeant le couloir où régnait un étrange silence. Alors qu'elle parvenait en haut de l'escalier, des éclats de rire lui parvinrent. Elle eut juste le temps d'apercevoir Frank et Helen qui quittaient l'immeuble.

Ainsi, Jane avait raison, songea-t-elle en regardant le couple s'éloigner à bord de la BMW bleu marine de Frank. Mais, maintenant, sachant ce qu'il en était, elle maîtriserait mieux la situation.

Du moins tenta-t-elle de s'en persuader, car un pincement au cœur inattendu la ramena des années en arrière.

Fermement décidée à ne pas se laisser submerger par l'émotion, elle redressa les épaules et se dirigea vers sa voiture.

⁂

Le lendemain, elle s'organisa pour trouver le temps de visiter les patients hospitalisés. Tous la complimentèrent sur les qualités du service, mais une fausse note lui vint de l'un des patients de Frank.

— Je vais très bien maintenant, mais l'hôpital m'a obligé à me faire opérer de la hanche bien plus tôt que je n'avais prévu.

Abbey fronça les sourcils.

— Je suis désolée, monsieur Murray, mais un grand nombre de chirurgiens travaillent chez nous et le bloc n'est pas disponible à la demande. Nous faisons notre possible, et je regrette de n'avoir pu vous satisfaire.

Le patient sourit.

— Vous n'êtes pas responsable, mademoiselle.

— Quand avez-vous été opéré ?

— Vendredi dernier.

— Vous marchez maintenant ?

— Oui. Et je ne souffre plus. Je ne me suis pas senti aussi bien depuis des années.

Rassurée de voir que le patient ne nourrissait pas d'autres griefs contre l'hôpital, Abbey gagna le bureau du service.

Le reproche de M. Murray ne surprit pas Penny, l'infirmière en chef.

— C'est une plainte commune à tous les patients de M. Darby. Il les oblige un par un à avancer la date de leur opération.

Abbey haussa les épaules.

— Peut-être a-t-il pensé que M. Murray devrait attendre trop longtemps...

L'infirmière sourit.

— Une semaine tout au plus. Nous ne sommes pas si surchargés de travail.

Cette dernière remarque plongea Abbey dans la perplexité. Etait-ce l'appât du gain qui poussait Frank à agir ainsi ? A moins que ce ne fût Helen pour justifier ses demandes de postes supplémentaires ?

— Etes-vous en nombre suffisant dans ce service ?

— Oui, ça va... Nous avons plusieurs infirmières remplaçantes auxquelles nous faisons appel quand le besoin s'en ressent.

Abbey hocha la tête, heureuse de constater qu'une personne au moins était contente de son sort. Regagnant son bureau, elle téléphona à Helen, la priant de monter la voir.

— En attendant d'employer du personnel supplémentaire, je vous autorise à faire appel à des stagiaires, dit-elle lorsque la jeune femme fut assise en face d'elle.

— C'est mieux que rien.

— Rédigez une annonce et laissez-la à Jane.

Les joues d'Helen se colorèrent légèrement.

— M. Darby ne vous a pas laissé un formulaire, hier ?

Abbey fouilla machinalement dans ses papiers comme si elle avait oublié.

— Oui, je crois... Vous étiez au courant ?

— C'est moi qui le lui ai suggéré. Bon... Si vous n'avez plus besoin de moi, je retourne au bloc. On m'attend là-bas.

Sans attendre de réponse, elle sortit sous le regard étonné d'Abbey.

A présent, cela ne faisait plus aucun doute que Frank et Helen étaient de mèche, mais, au moins, le problème du bloc était provisoirement résolu. Aussi fut-elle surprise de voir Frank faire irruption dans son bureau, l'air courroucé.

— Helen m'a appris que tu avais proposé d'embaucher des stagiaires.

— C'est exact, répondit froidement Abbey. Tu devrais être satisfait...

— Ce n'est pas suffisant.

— Je me suis déjà expliquée avec Helen.

— Je parle *au nom* de mes collègues qui se plaignent de travailler avec des infirmières étrangères au service. Et je suis d'accord avec eux.

— Cela ne t'a pas dérangé de travailler avec une étrangère lorsque tu m'as mise devant le fait accompli avant-hier.

— Quel fait accompli? Et, de toute façon, nous avions déjà travaillé ensemble.

— Alors veux-tu que j'annule cette annonce?

Frank fronça les sourcils.

— Non, bien sûr, mais c'est de personnel fixe que nous manquons. Cela dit, je crois qu'il est inutile que j'essaye de te convaincre... Mais si tu n'écoutes pas les conseils qu'on te donne, tu cours droit à l'échec...

— Nous verrons...

Frank se leva.

— Je t'aurai prévenue.

La porte se referma sur lui, laissant Abbey dans un état de tension extrême.

A son grand soulagement, les harcèlements de Frank et d'Helen cessèrent les deux jours suivants. Bien qu'exténuée, elle éprouva une vive satisfaction devant la somme de travail réalisée le vendredi soir.

Tous les départements de l'hôpital reçurent sa visite. Les membres du personnel lui réservèrent un accueil chaleureux, chacun reconnaissant qu'elle ne pouvait changer les structures en quelques jours, mais appréciant sa capacité d'écoute et son désir d'améliorer les conditions de travail.

Sa dernière visite fut pour le service de traumatologie.

En entrant dans le couloir, elle aperçut Denny, nonchalamment appuyé au chambranle de la porte de la salle de soins.

— Que faites-vous ici ? Vous devriez être au lit, dit Abbey faussement sévère. Comment va votre genou ?

— Bien. Enfin... la kinésithérapeute était inquiète à cause de ma cicatrice et elle m'a conseillé de faire vérifier mon pansement, mais les infirmières sont occupées.

— S'il ne s'agit que d'un pansement, je peux vérifier.

— C'est gentil... et mon genou n'a plus de secret pour vous.

Abbey informa l'infirmière du service qu'elle se chargeait de Denny. Une fois dans sa chambre, elle retira délicatement le pansement.

— La plaie est bien refermée, mais c'est un peu enflé. Le repos complet s'impose encore quelques jours.

— C'est ce que disait la kiné.

— Et c'est aussi ce que dirait M. Darby. Quand vous a-t-il examiné la dernière fois ?

— Lundi.

Délicatement, elle nettoya la plaie avant de bander le genou du jeune homme.

— Bon, si vous ne voulez pas le mettre en colère, vous feriez mieux de vous tenir tranquille jusqu'à sa prochaine visite.

— J'essaierai. Ne lui dites pas que vous m'avez vu debout aujourd'hui.

— Entendu, mais vous, tenez votre promesse.

C'est avec des sentiments mitigés qu'Abbey regagna son bureau. Elle aimait le contact avec les patients et souhaitait vivement que ses nouvelles fonctions ne la privent pas d'accomplir de petits actes comme celui-ci.

Jane était déjà partie pour un week-end bien mérité et Abbey n'avait qu'une hâte : l'imiter. Aussi, elle étouffa un juron lorsque des coups péremptoires résonnèrent à sa porte.

— Oui ?

En voyant Frank, elle alla décrocher sa veste du portemanteau, espérant qu'il comprendrait qu'elle était sur le point de partir.

— Abbey, as-tu une minute ?

Ses yeux noirs la fixaient intensément.

Renonçant à sa veste, elle retourna vers son bureau.

— C'est à quel sujet ?

— Je voulais te parler de l'argent que nous perdons au profit des autres hôpitaux.

Troublée par les intonations graves de sa voix et ce regard posé sur elle, Abbey baissa les yeux, fixant les papiers.

— Nous vivons dans un monde où la compétition est féroce, Frank, au cas où tu ne l'aurais pas remarqué... Mais la gestion de l'hôpital, c'est mon problème, pas le tien.

— Bien sûr que je l'avais remarqué... Mais je souhaiterais discuter avec toi, dit-il avec véhémence. Si tu veux mon avis, je ne pense pas que ce soit ton problème uniquement. Il en va de l'intérêt de tous ceux qui travaillent ici...

— Certainement, mais c'est à moi que revient cette responsabilité. Toi, tu as d'autres préoccupations : tes patients, ton cabinet, le MedCom...

— C'est justement ce dont je voulais te parler. Es-tu libre pour dîner ce soir ?

— Je crains...

— Demain, alors ?

— Je dois ranger mon appartement ce week-end. Je serai trop occupée.

— Parfait. Nous discuterons en travaillant.

— Je n'ai guère besoin d'aide, Frank.

« Et Helen n'apprécierait sans doute pas cela », ajouta-t-elle intérieurement.

— J'avais oublié que tu avais un chevalier servant pour te donner un coup de main.

Elle haussa les épaules sans répondre.

— Verrait-il vraiment un inconvénient à ce que nous bavardions chez toi en mangeant une pizza?

Abbey soupira profondément.

— Je suis désolée, Frank. Le week-end, je préfère me consacrer à autre chose qu'aux problèmes de travail.

Il secoua la tête.

— Entendu. Si c'est ainsi que tu l'entends, puis-je prendre un rendez-vous... pour lundi?

— Je ne suis pas libre avant 3 heures, dit-elle en consultant son agenda. Est-ce que cela te convient?

— Je m'arrangerai pour être disponible.

— Bon, je note. Lundi, 15 heures.

Elle se leva et se dirigea vers le portemanteau.

— Mais je te conseille de réfléchir néanmoins pendant ces deux jours..., dit Frank d'un ton rude. Si tu n'agis pas rapidement, les chirurgiens quitteront cet hôpital avant la fin du mois, et peut-être que je les imiterai.

— Bon week-end, Frank.

C'est en ressassant sa colère qu'elle monta dans sa voiture. Si Frank croyait que ce chantage allait la faire changer d'avis, il se trompait. Peut-être pensait-il que leur relation passée lui donnait tous les droits? Qu'il quitte l'établissement et sa tâche en serait facilitée.

En dépit d'un week-end bien rempli à installer son appartement, la jeune femme ne cessa de penser à

Frank. Selon toute vraisemblance, il imaginait qu'elle vivait avec Ben.

Victime d'une hémorragie cérébrale qui avait failli lui coûter la vie et condamné à rester chez lui durant de longues semaines, l'ami d'école d'Abbey avait reçu l'aide de celle-ci pendant que Cheryl achevait sa dernière année d'études.

Et maintenant, Frank l'accusait de s'être intéressée à un autre au moment où il avait le dos tourné... Qu'est-ce qui avait pu lui mettre une idée pareille dans la tête ? Et pourquoi s'en inquiétait-il maintenant ? A l'époque, elle avait cru que ses sentiments pour elle étaient profonds et sincères, mais quand il avait disparu sans crier gare, elle avait compris qu'elle s'était fait des illusions...

Le dimanche soir, Cheryl et Ben lui rendirent visite. Ils s'exclamèrent avec admiration devant les voilages écrus assortis aux murs coquille d'œuf et aux étagères de bois de couleur claire.

— Tu as fait des merveilles, comme d'habitude, dit Ben, articulant avec effort car, depuis son attaque cérébrale, il s'exprimait avec difficulté.

— Comme c'est joli... Tu as un goût exquis ! intervint Cheryl.

— Oui, je suis assez contente de moi, j'ai bien travaillé..., dit Abbey. Voulez-vous du café ? A moins que vous ne préfériez un verre de vin pour fêter mon nouvel appartement ?

— Pour moi, un café, s'il te plaît, dit Ben.

— Ben ne boit plus du tout d'alcool en ce moment, n'est-ce pas, chéri ?

Comme il confirmait d'un signe de tête, ils échangèrent un sourire complice et Abbey supposa que c'était une plaisanterie entre eux.

Cheryl se leva.

— Je viens t'aider à préparer les boissons, lança-t-elle gaiement.

— Et moi, je regarde le match de rugby, dit Ben.

Il alluma la télévision tandis que les deux femmes gagnaient la cuisine.

— Je ne le dis pas devant Ben, mais les gens sont cruels. Ils pensent que son défaut d'élocution est dû à un abus d'alcool.

Abbey hocha la tête.

— Pauvre Ben... Cela ne doit pas être facile. Mais je le trouve de mieux en mieux. Comme nous avons eu peur pourtant, tu te rappelles ?

— Oui, et je me rappelle aussi combien ton aide nous a été précieuse.

— Ben est comme un frère pour moi.

— Je sais, répondit Cheryl, les yeux brillants. En tout cas, ajouta-t-elle d'un ton volontairement enjoué, tu devrais me donner des leçons de décoration. Tu es une fée !

Abbey eut un petit rire.

— J'aurais préféré utiliser une baguette magique, cela aurait été moins fatigant. L'appartement était dans un état épouvantable...

— Tu es bonne à marier... Je suis certaine que tu ne fais aucun effort pour rencontrer quelqu'un, dit Cheryl en recouvrant son sérieux. Tu ferais pourtant le bonheur de milliers d'hommes avec tes talents exceptionnels...

— Si c'est tout ce qu'ils cherchent, merci, je préfère rester seule, et si, je dis bien *si*, je me marie un jour, je veux que mon couple ressemble à celui que vous formez, Ben et toi. Tu savais qu'il était malade du cœur lorsque tu l'as épousé. Et malgré les menaces qui pèsent sur sa vie, vous donnez l'impression d'être les personnes les plus heureuses que j'aie jamais rencontrées.

Cheryl sourit.

— Nous le sommes. Sa façon de me regarder me fait fondre comme au premier jour. Et toi ? Tu n'as donc jamais éprouvé ce genre de sentiment ?

Pensive, Abbey versa l'eau bouillante dans la cafetière.

— Si, une fois, murmura-t-elle.

Cheryl fronça les sourcils.

— Ah ? Et qu'est-il devenu ?

— Sa carrière l'a éloigné de moi. Je n'ai plus jamais entendu parler de lui.

— As-tu tenté de le retrouver ?

— Un jour, il est parti assurer différents remplacements dans des hôpitaux, m'assurant qu'il me donnerait des nouvelles dès son installation. Il ne l'a pas fait. De mon côté, je n'ai pas essayé de le joindre. Il savait parfaitement où me trouver, mais, apparemment, je ne l'intéressais plus.

En voyant l'air dépité de son amie, Abbey eut un petit rire.

— Rassure-toi, cette déception a plutôt été bénéfique car je me suis entièrement consacrée à ma carrière. Maintenant, allons boire notre café. Ben doit se demander ce que nous fabriquons.

Mais Cheryl ne bougea pas.

— Peut-être que ton ambition l'a effrayé...

Abbey sourit.

— J'en doute. Je n'étais qu'une petite infirmière sans envergure à l'époque. Cette histoire date de dix ans.

Le plateau dans les mains, Abbey se dirigea vers le salon.

— Mais cessons de parler de lui. C'est du passé, maintenant.

— Qu'est-ce qui est du passé ? demanda Ben.

— Juste un homme... Ton épouse essaie de comprendre pourquoi je ne suis pas mariée.

Ben prit la tasse de café qu'elle lui tendait.

— Cheryl souhaiterait voir tout le monde heureux autour d'elle.

— Mais je le suis. J'adore mon métier et j'ai de bons amis.

— Et ton nouveau poste ? s'enquit Cheryl d'un air suspicieux.

— Dans quelques jours, tout ira bien, répondit Abbey.

— Tu n'as pas l'air très convaincue.

— C'est différent de tout ce que j'ai fait jusqu'à présent. J'étais prévenue que les médecins ne prennent pas de gants avec les directeurs.

— Se seraient-ils ligués contre toi ? demanda Cheryl en riant.

— Non. Seul le président de la commission médicale se croit tout permis. C'est un chirurgien orthopédiste qui pense savoir mieux que moi ce qu'il faut faire. Il a même tenté de me faire du chantage si je n'agissais pas selon ses directives.

— Du chantage ? s'exclama Ben, horrifié. C'est grave.

— Oh, il n'y a là rien d'illégal... Il m'a juste menacée de quitter l'hôpital en emmenant tous les spécialistes avec lui.

— Un orthopédiste ? dit Ben, pensif. Frank Darby ?

Surprise, Abbey hocha la tête.

— Oui, c'est lui.

— Frank Darby..., répéta Cheryl. Il est très séduisant.

— Comment le connaissez-vous ?

— Le père de Ben est président du club de rugby, dit Cheryl. C'est Frank le médecin de l'équipe.

— Je vois.

Instinctivement, les mains d'Abbey se crispèrent. Heureusement qu'elle n'avait pas mentionné, quelques minutes plus tôt, le nom de l'homme qu'elle avait aimé.

— Les spécialistes seront perdants s'ils quittent la clinique, intervint Cheryl.

Abbey haussa les épaules.

— Bien sûr. C'est pourquoi les menaces de Darby ne m'impressionnent pas. Mais c'est difficile de débuter dans de nouvelles fonctions dans un tel climat d'hostilité. J'ai du mal à faire ma place.

— Ignore-le, Abbey. Si toutefois, tu y parviens...

Le ton taquin de Cheryl arracha un sourire à Abbey.

— Je me monte peut-être la tête après tout...

Cheryl fronça les sourcils.

— Ce n'est pourtant pas ton genre.

— C'est la première fois que j'assume autant de responsabilités.

— Es-tu certaine que ce n'est pas ton grand et bel adversaire la source de tes soucis ? demanda Cheryl, malicieuse.

— Tout à fait... D'autant plus qu'il a déjà une petite amie.

— Dommage ! s'exclama Cheryl. Sinon, je vois d'ici le scénario ! Le chirurgien et la nouvelle directrice se chamaillant avant de tomber dans les bras l'un de l'autre...

— Tu as toujours été une incorrigible romantique, Cheryl, dit Abbey, rouge comme une pivoine, en s'installant dans un fauteuil. Je me rappelle quand nous étions au lycée...

Cheryl leva les mains.

— Ne dévoile pas mes secrets d'adolescente.

— Très bien. A condition que tu cesses de te mêler de ma vie privée.

— Je te le promets. M'offrirais-tu un de tes succulents biscuits avec mon café ?

Abbey rit de bon cœur en lui tendant l'assiette, se jurant qu'à partir de cet instant, elle ne consacrerait plus une seule minute au cours de la soirée à penser à Frank.

Le lendemain matin, au bureau, elle se plongea dans ses dossiers pour préparer sa réunion avec lui et alors qu'approchait l'heure de leur rendez-vous, les paroles de Cheryl lui revinrent à la mémoire.

Selon son habitude, il entra directement dans son bureau sans frapper et Abbey secoua la tête, agacée.

— Si tu n'informes pas Jane de ta présence, elle ne saura pas que tu es là et nous risquons d'être dérangés.

— Crains-tu le scandale ?

Les joues d'Abbey s'empourprèrent, mais elle ne perdit pas son sang-froid.

— Ne sois pas stupide...

— Si cela peut te rassurer, j'ai prévenu Jane.

— Alors pourquoi ne m'a-t-elle pas avertie ?

— C'est moi qui l'ai priée de ne pas le faire. De vieux amis comme nous n'ont guère besoin de tant de formalités, tu ne crois pas ?

— Je suis flattée d'apprendre que tu me considères comme une vieille amie, mais tu as conscience, j'imagine, que la situation aujourd'hui est totalement différente.

Il sourit.

— Bien sûr... Mais j'ai sincèrement envie de t'aider. C'est pour cette raison que je souhaitais te rencontrer.

— Je t'écoute.

— A ton avis, quel est le principal problème de cet établissement ?

— Je donne ma langue au chat.

— Le manque de coopération...

— De la part de qui ?

— De tes prédécesseurs. Ils ont refusé d'écouter la voix du bon sens. J'étais certain qu'avec *toi*, ce serait différent.

Des coups frappés à la porte les interrompirent. Jane entra avec un plateau chargé d'une théière et de deux tasses.

— Merci, Jane.

Abbey versa le thé dans les tasses tandis que la secrétaire s'esquivait.

— Du sucre ?

— Je pensais que tu t'en souviendrais, dit Frank, feignant d'être offusqué.

— Beaucoup d'eau a coulé sous les ponts depuis cette époque, rétorqua-t-elle en lui tendant sa tasse et le sucrier.

Il lui sourit, cherchant son regard, mais elle se détourna.

— As-tu vu Denny Dale, aujourd'hui ? demanda-t-elle pour rompre le silence qui devenait embarrassant.

Frank consulta sa montre.

— Je n'ai pas oublié la raison pour laquelle tu as changé de profession. Je te ferai savoir si son opération est une réussite. J'ai rendez-vous avec lui à 17 heures.

Mais revenons à nos moutons. Après une semaine, quelle solution envisages-tu pour résoudre nos problèmes ?

— Le problème, c'est toi, ainsi que tes collègues du bloc.

Les sourcils de Frank se froncèrent. Il reposa sa tasse sur la soucoupe.

— De qui parles-tu ?

— Ne joue pas les innocents. Je connais parfaitement la raison de ta venue.

— Quelle est-elle ?

Son ton était si froid qu'Abbey frissonna comme si la température dans la pièce avait chuté.

— C'est Helen qui t'a poussé à me voir. J'ignore ce que vous manigancez tous les deux. Tu as dû lui raconter que tu me mettrais facilement dans ta poche — en souvenir du bon vieux temps...

Elle le regarda droit dans les yeux.

— Tu devais penser que je ne saurais résister à ton charme, ajouta-t-elle. Il est temps que tu saches que j'ai grandi, que je ne suis plus la petite oie blanche que tu as connue.

Le fait de constater qu'elle venait de marquer un point lui procura une joie intense. Comment osait-il venir dans son bureau pour discuter de la proposition de sa petite amie tout en prétendant vouloir l'aider, elle, Abbey ?

— Tu te trompes, Abbey. Mais si c'est ainsi que tu vois les choses, il est inutile de discuter...

Ignorant sa remarque et déterminée à garder l'avantage, la jeune femme poursuivit :

— Comment va ton beau-frère ? Bien remis de son opération ?

Les mâchoires de Frank se contractèrent.

— Tu le sais puisque tu lui as rendu visite.

Abbey se redressa, fière d'avoir fait mouche une seconde fois.

— Si je ne rendais pas visite aux patients, je ne ferais pas mon devoir.

— Dis plutôt que ton métier d'infirmière te manque. Je n'ai jamais vu tes prédécesseurs dans les chambres.

— C'est peut-être la raison de tous ces problèmes ? répondit-elle un peu vite car, au fond, elle savait que Frank avait vu juste.

— C'est ridicule... Mais puisque tu as décidé de ne pas m'écouter, ce serait une perte de temps que d'essayer de te convaincre, n'est-ce pas ?

La douceur du ton avec lequel il avait prononcé ces mots procura à Abbey un étrange frisson.

— Pour changer de sujet, reprit Frank, la ramenant sur terre, Melissa aimerait savoir si ton ami et toi accepteriez de vous joindre à nous pour dîner.

— Melissa ? répéta Abbey, incapable d'associer un visage à ce prénom.

Son expression devait refléter sa confusion, car il précisa aussitôt :

— Ma sœur... Elle a été très touchée par ce que tu as fait lundi dernier. Elle tient à te remercier.

— C'est très gentil à elle, mais... mais Ben est parti pour quelques jours.

Au moins, elle ne mentait pas. Ben et Cheryl étaient à la campagne pour la semaine.

— Viens seule dans ce cas. Je passerai te chercher. La maison de Melissa n'est pas facile à trouver, surtout la nuit.

Abbey hésita. Son cœur disait oui, mais sa raison lui soufflait qu'accepter serait se jeter dans la gueule du loup.

Mais, après tout, s'ils devaient travailler ensemble, mieux valait repartir sur des bases plus cordiales. Et refuser cette invitation ne serait pas très délicat vis-à-vis de Melissa. Afin d'éviter qu'il n'entre chez elle, elle l'attendrait dans le hall de l'immeuble.

— D'accord..., dit-elle enfin. Voici mon adresse. Je t'attendrai dans le hall de l'immeuble. J'habite à Woolley Road. C'est la route qui mène à l'aéroport.

Elle griffonna à la hâte sur un papier qu'elle lui tendit. Quand il le prit, leurs mains s'effleurèrent, et elle s'écarta en hâte comme si elle s'était brûlée. Impassible, Frank lut l'adresse et hocha la tête.

— Je connais. J'y serai à 8 heures moins le quart.

Se demandant si Helen était elle aussi invitée, Abbey le regarda fermer la porte. Peut-être, ce soir, pourraient-ils faire la paix ? Si une amitié débarrassée des fantômes du passé pouvait renaître entre eux, leurs rapports professionnels en seraient facilités.

3.

En fin d'après-midi, quand elle quitta l'hôpital, Abbey croisa Denny Dale.

— Bonjour, Denny... Comment va votre genou, aujourd'hui ?

— Mieux. J'ai bien fait d'écouter vos conseils. Je n'ai pas bougé du week-end. M. Darby est très content.

— C'est une bonne nouvelle.

Denny lui ayant communiqué sa bonne humeur, Abbey chantonna dans sa voiture durant tout le trajet du retour jusque chez elle.

Elle arriva à 6 heures et demie et elle se réjouit d'avoir une bonne heure pour se préparer. Toutefois, elle perdit beaucoup de temps à fouiller dans sa garde-robe. Perplexe, elle fit plusieurs essayages, mais rien ne convenait et elle finit par opter pour sa petite robe de soie noire qui se prêtait à toutes les occasions.

Puis elle courut dans la salle de bains, prit sa douche et enfila sa robe. Au moment où elle commençait à se coiffer, la sonnette de la porte retentit. Il était à peine 19 h 30.

Sans chaussures ni maquillage, elle eut l'impression d'être nue lorsque Frank l'examina de la tête aux pieds.

— Tu ressembles davantage à une collégienne qu'à une directrice d'hôpital..., dit-il, amusé.

— Helen... n'est pas avec toi ? demanda Abbey, nerveuse.

Frank fronça les sourcils.

— Helen ? Que viendrait-elle faire ?

— Heu... je ne sais pas... Bois un verre pendant que je finis de me préparer, ajouta-t-elle en hâte.

— Non, merci. Mais je voudrais te poser une question avant toute chose. Qu'est-ce que cette conspiration avec mes patients ?

Abbey crut deviner une pointe de malice dans ses yeux, mais, dans l'incertitude, elle resta prudente.

— Quels patients ?

— Denny Dale, en particulier. Tu lui as conseillé de se tenir tranquille car si je le voyais en train de batifoler dans les couloirs, j'allais le lui faire regretter.

— Je ne me suis pas exprimée en ces termes. Je... je...

Il éclata de rire en voyant son embarras.

— Je te remercie, en tout cas, dit-il en prenant les mains d'Abbey. Je n'aurais pas apprécié qu'il sabote mon travail.

— Alors, pour une fois, j'ai bien fait ?

Son ton sec sembla le surprendre.

— Autrefois, tu savais quand je te taquinais.

Son ton était gentil, mais l'intensité de son regard sombre la mit mal à l'aise.

— Entre dans le salon et installe-toi dans un fauteuil, dit-elle en se dégageant. J'en ai pour une minute...

Il obtempéra, mais avant de s'asseoir, il promena un regard admiratif autour de la pièce.

— C'est splendide.

— J'ai tout fait moi-même, dit-elle fièrement.

Consciente qu'elle venait d'avouer qu'elle vivait seule, elle se mordit la lèvre. Mais Frank se contenta de lui jeter un bref coup d'œil sans faire de commentaire.

— Ces couleurs claires et la disposition donnent une impression d'espace. Tu aurais fait une bonne architecte d'intérieur.

— C'est vrai qu'étant jeune, la décoration me passionnait, mais j'avais un autre idéal.

— Lequel ?

— Occuper un poste qui me permette d'améliorer le système hospitalier. Cela doit te sembler présomptueux, mais...

— Pas du tout, mais je crois que je commence à comprendre.

— Comprendre quoi ?

— Je me rappelle que tu m'avais raconté qu'avec ta mère, vous aviez rendu visite à ton père hospitalisé et que toutes deux aviez été choquées par le manque de disponibilité du personnel. Est-ce cette visite qui a motivé ta décision ?

— En partie...

Craignant que la couleur de ses joues ne lui révèle qu'elle ne lui disait pas toute la vérité, elle poursuivit en hâte :

— Mais depuis, j'ai assisté à pire. Les infirmières diplômées sont occupées à des tâches administratives tandis que les patients sont pris en main par des personnes, charmantes, certes, mais sans aucune qualification parce qu'on les paie moins et que...

Frank, qui l'écoutait en souriant, leva les sourcils.

— Parlerais-tu de toi en ce moment ?

— D'accord... Moque-toi tant que tu veux... De toute façon, assez parlé travail. Je finis de me préparer.

Elle courut s'enfermer dans sa chambre, où elle enfila ses bas et se maquilla, tout en s'interrogeant sur les intentions réelles de Frank. Essayait-il de la manipuler pour parvenir à ses fins ou bien espérait-il ressusciter leur ancienne liaison ? Cherchait-il une aventure ou une relation plus profonde ?

Et pourquoi Helen ne l'avait-elle pas accompagné ?

Incapable de trouver des réponses à ses questions, elle chaussa ses escarpins noirs et retourna dans le salon.

— Tu as fait vite, dit-il en l'aidant à enfiler la veste qu'elle tenait.

Dehors, quand elle aperçut la BMW bleu marine, elle revit Helen quittant le parking avec Frank et se demanda s'il l'avait informée du dîner de ce soir.

Puis, décidant que ce n'était pas son problème, elle se cala contre le dossier de son siège, décidée à se détendre et à profiter de la soirée.

Quelques minutes plus tard, Frank se garait devant une villa de style contemporain entourée d'un immense jardin où poussaient des grands conifères et des massifs fleuris.

Frank descendit pour lui ouvrir sa portière.

— Viens que je te présente la famille. Tu as de la chance. Melissa est un cordon-bleu.

— Ont-ils des enfants ?

— Deux. Un garçon et une fille, mais ils ne seront pas là ce soir. Ils sont pensionnaires dans un lycée du lundi au vendredi.

Abbey reconnut immédiatement la jeune femme entrevue à l'hôpital.

— Quel plaisir de vous revoir, mademoiselle Westray.

— Appelez-moi Abbey, répondit celle-ci en souriant. Merci de votre invitation.

— Nous tenions à vous manifester notre reconnaissance. Si Peter n'avait pas été soigné aussi rapidement, nous aurions dû renoncer à nos sports d'hiver. Nous partons au Canada, cette année.

Ainsi, c'était pour sauver les vacances de sa sœur que Frank avait tant insisté !

Elle fit un effort pour ravaler sa colère, mais ses joues la brûlaient. Aussi, c'est avec soulagement qu'elle s'installa dans le confortable fauteuil près de la cheminée où brûlait un bon feu qui expliquerait la couleur de son teint.

— Comment vous sentez-vous ? demanda-t-elle en se tournant vers Peter tandis que Melissa servait l'apéritif.

— Merveilleusement bien. Je ne peux que faire des compliments de St. Luke.

— Je vous remercie. Frank n'est pas aussi élogieux que vous envers l'hôpital, dit-elle d'un ton suave.

— Tu es injuste, Abbey, j'essaie seulement de te mettre sur la bonne voie. C'est mon rôle de président du MedCom.

Quand Melissa annonça que le repas était prêt, chacun prit place autour de la grande table garnie d'une nappe grenat sur laquelle étincelaient de jolies assiettes de porcelaine blanche. Abbey complimenta la maîtresse de maison pour ses avocats à la mousse de crabe.

— J'ai appris que Frank et vous aviez déjà travaillé ensemble..., dit Melissa.

— Oui, il y a longtemps.

— Saviez-vous qu'il travaillait à St. Luke ?

— Son nom figurait parmi la liste des spécialistes, mais je ne m'attendais pas à travailler en aussi étroite collaboration avec lui.

— Ce fut une bonne surprise, j'espère..., dit Frank, les yeux brillant de malice au-dessus de son verre de vin.

Comme Abbey ne répondait pas, il posa son verre.

— Apparemment non ! ajouta-t-il d'un air de défi.

— Si, naturellement, dit Abbey. Qui ne serait pas heureux de retrouver un ancien collègue ?

— Je vois...

Son regard songeur s'attarda sur Abbey qui commençait à regretter d'avoir accepté cette invitation. Peter dut ressentir la tension qui régnait entre eux car il changea brusquement de sujet.

— Partez-vous pendant les vacances, Abbey ?

Elle secoua négativement la tête.

— Je ne vais pas partir alors que je viens de prendre ce poste.

— Sais-tu skier ? s'enquit Frank.

— Non, pas vraiment. Je suis partie une seule fois aux sports d'hiver en Italie avec un groupe d'infirmières, mais je n'ai pas dépassé le stade du chasse-neige.

— Cela t'a plu ?

— Oui, et je me suis promis d'y retourner un jour.

— Savais-tu qu'on avait ouvert une piste artificielle pas loin d'ici ?

— Oui, mais ma confiance envers ce type d'installation est limitée. J'ai travaillé dans un service d'urgences situé tout près d'un lieu semblable, et nous y recevions de nombreux blessés. Il semblerait que cette piste soit plus dangereuse que les vraies, avec de la vraie neige...

— Je n'ai pas entendu dire qu'il y avait de tels problèmes à propos de celle-ci, en tout cas... Tu n'aimerais pas venir l'essayer avec moi, un jour ?

— Quand mon travail m'en laissera le temps... De toute façon, je n'ai pas envie de me casser une jambe pour me retrouver à l'hôpital...

— Seulement le travail et aucune distraction? dit Frank en riant. Tu sais ce qu'on dit...

Préférant ignorer sa plaisanterie, Abbey se tourna vers Melissa.

— Emmenez-vous les enfants avec vous?

— Oui, et c'est la raison pour laquelle nous partons si tard car nous devons attendre les vacances scolaires.

— Je vois... J'imagine que les enfants apprennent vite à cet âge.

— Melissa et moi sommes montés sur des skis dès que nous avons su tenir debout... Aujourd'hui, nous sommes de vrais champions, n'est-ce pas, sœurette?

Melissa pouffa de rire.

— Toi, peut-être, moi non.

— C'est formidable si vous avez eu cette chance, en tout cas. Tout le monde ne peut pas en dire autant, intervint Abbey.

— Il faut avouer, Abbey, que papa travaillait au Canada, alors nous en avons profité. Ne faites pas attention à Frank. Il vous fait marcher.

Ce qu'il n'avait cessé de faire depuis qu'ils s'étaient rencontrés, songea Abbey qui préféra s'intéresser au canard à l'orange que la maîtresse de maison venait de déposer au milieu de la table.

— C'est superbe, Melissa... Vous êtes une cuisinière hors pair.

— Nous n'avons ici que des personnes talentueuses, dit Frank. Toi comme infirmière et décoratrice d'intérieur, Melissa comme cuisinière, Peter a le don des chiffres, et moi celui des travaux d'aiguille.

— Des travaux d'aiguille? répéta Abbey, étonnée.

— Les points de suture..., dit-il avec un petit rire. Et nous devrions exploiter nos dons au lieu d'essayer de paraître ce que nous ne sommes pas, ajouta-t-il plus sérieusement.

— Mais si nous n'essayons pas, nous ne connaîtrons jamais nos talents cachés, répondit Abbey du tac au tac.

— Touché.

Il leva son verre, rieur, sans cesser de la fixer.

Embarrassée par la complicité qu'il tentait d'instaurer entre eux, Abbey évita de croiser son regard jusqu'à la fin du dîner. Quand ils partirent, vers 11 heures, Abbey remercia chaleureusement Melissa.

Sur le trajet du retour, elle perçut à plusieurs reprises le regard de Frank posé sur elle.

— Qu'est-ce qui ne va pas? demanda-t-il au bout d'un moment. Toute la soirée, je t'ai sentie sur la défensive.

— J'ai du mal à accepter que tu as fait cet esclandre à propos du manque de personnel tout simplement pour que ton beau-frère puisse partir aux sports d'hiver.

— D'accord, j'aurais dû te révéler l'identité du patient de Tom, mais j'avais peur de compliquer la situation. Quoi que tu penses, j'ai vraiment craint que Tom quitte la clinique ce soir-là. Il était à cran.

— Hum...

— Je sais combien Costwold lui offre parce qu'ils ont pris contact avec moi.

Abbey releva le menton d'un air de défi.

— Si on t'offre davantage ailleurs, pourquoi hésites-tu? Le chantage ne marche pas avec moi.

— Le chantage? Quel chantage?

— Tu m'as menacée de partir avec les autres médecins.

— Ce n'est pas du chantage. Je n'ai fait que t'avertir. Si la situation s'aggrave, ne viens pas me reprocher de ne pas t'avoir mise en garde.

Elle poussa un soupir agacé.

— Merci de t'inquiéter pour moi, Frank, mais j'agirai toujours selon ma conscience et non simplement parce que toi ou les autres médecins m'y inciterez... Lorsque j'ai eu mon entretien d'embauche, on m'a prévenue que vous essaieriez de faire pression sur moi.

— Abbey, ils t'ont engagée pour que tu remettes l'hôpital à flot et ils te laisseront les mains libres car eux-mêmes ne sont pas des experts... Mais St. Luke est le deuxième hôpital du groupe et sa faillite entraînerait celle de toute la société. Alors non seulement tu perdras ton poste, mais tu seras associée à cet échec.

Au moment où elle ouvrait la bouche pour répondre, le téléphone portable de Frank sonna.

— Allô ? Ici Frank Darby.

Il écouta attentivement.

— Oui. Oui. Je comprends. J'arrive..., dit-il en raccrochant. Des problèmes avec une patiente que j'ai opérée samedi d'une fracture du fémur. Si cela ne t'ennuie pas, je préfère passer par l'hôpital avant de te ramener chez toi.

— Aucun problème. As-tu besoin de moi ? demanda-t-elle alors qu'ils arrivaient sur le parking de l'hôpital.

— Bien sûr. Je vais peut-être être obligé de réopérer Mme Jenkins.

— Tu peux appeler une infirmière remplaçante, dit-elle, sans conviction, alors qu'ils attendaient devant les ascenseurs.

— A cette heure-ci ?

— On va encore me le reprocher, dit doucement Abbey.

— Mais non, rétorqua-t-il, visiblement agacé par ses scrupules. Qu'y aurait-il de si extraordinaire au fait que je t'appelle pour venir m'aider puisqu'il n'y a plus personne pour le faire ?

Quand ils entrèrent dans la chambre, Mme Jenkins était assise dans son lit, le dos calé contre ses oreillers. Son teint était cireux et ses yeux cernés.

— J'espère que vous n'avez pas sauté à la corde, dit gentiment Frank.

D'un air las, la patiente secoua la tête.

L'infirmière de nuit les rejoignit dans la chambre.

— Sa cicatrice a enflé brusquement, expliqua-t-elle, et maintenant, il y a un important écoulement de pus.

— Une infection ? suggéra Abbey.

— Je ne pense pas, répondit l'infirmière, mais l'interne était inquiète à cause de l'état général de Mme Jenkins.

— Avez-vous pris sa tension ? demanda Frank.

— Oui, mais ce n'est pas très significatif car elle est très basse depuis son accident.

— J'aimerais voir la cicatrice.

Frank recula d'un pas, laissant à Abbey le soin de retirer le pansement, puis il se pencha pour examiner la plaie.

— Apparemment, il n'est pas nécessaire de réouvrir, murmura-t-il après quelques instants à l'adresse d'Abbey. Mais je ne sais pas trop ce qui se passe. Je vais dire un mot à Ellie.

Quand Abbey eut aidé l'infirmière à refaire le pansement, elle alla retrouver Frank dans le bureau du service. Il rédigeait un rapport, affalé dans un fauteuil.

Après quelques secondes, il leva les yeux et lui sourit. Elle constata que son visage était creusé par la fatigue.

— Je viens de parler avec Ellie et je crois qu'il n'y a aucun problème majeur, mais nous devons la surveiller. Cette dame est âgée et en mauvaise condition physique. Je ne voudrais pas lui infliger une nouvelle opération sauf en cas d'absolue nécessité.

— Sa jambe était très congestionnée.

— C'est ce que j'ai vu. Pour éviter la phlébite, j'augmente légèrement sa dose quotidienne d'anticoagulants.

Il signa au bas de la feuille et conclut :

— Je reviendrai la voir demain à la première heure.

Dans l'ascenseur, Abbey lui proposa de rentrer chez elle en taxi.

— Tu as besoin de dormir si tu dois revenir ici tôt demain matin, ajouta-t-elle.

— Je ne suis pas à dix minutes près, et je n'ai pas pour habitude de ne pas assumer mes responsabilités.

Les portes de l'ascenseur s'ouvrirent et il s'effaça pour la laisser passer.

Tout en le suivant vers la voiture, ayant du mal à le suivre tant il faisait des grandes enjambées, Abbey pestait. Ses responsabilités ! Dans sa bouche, ce mot était grotesque. Au moment où il lui ouvrait la portière, elle se figea, le regardant droit dans les yeux.

— Je suis capable de rentrer seule chez moi, Frank.

— Je n'en doute pas, mais je te raccompagne quand même. Cesse de protester et monte dans la voiture.

Abbey s'exécuta de mauvaise grâce, mais ne desserra pas les dents du trajet.

Une fois garé devant l'immeuble où elle habitait, il coupa le contact et descendit pour aller la retrouver de l'autre côté du véhicule. Sans lui laisser le temps de réagir, il l'attira vers lui et effleura ses lèvres des siennes.

— Je suis content de travailler avec toi, Abbey. Quand pourrons-nous dîner en tête à tête tous les deux ?

Son baiser, bien que bref, avait éveillé des sensations qu'elle croyait oubliées depuis longtemps.

— Je... ne sais pas. Merci de m'avoir raccompagnée.

Elle dégagea son bras un peu brusquement.

— Bonne nuit, Abbey.

— Bonne nuit, Frank, dit-elle en commençant à s'éloigner. Frank... Remercie encore ta sœur pour le dîner...

Elle avait perçu comme une lueur d'espoir dans son regard et sa déception ne lui échappa pas. S'attendait-il qu'elle l'invite pour lui offrir un café ? Dans ce cas, tant pis pour lui. Elle n'avait aucune intention de renouer avec lui simplement parce que le destin les avait remis en présence — et quel que soit le pouvoir d'attraction qu'il exerçait encore sur elle.

Le lendemain matin, elle arriva à 8 heures au bureau, s'attendant que Frank lui donne des nouvelles de Mme Jenkins.

Comme, à 11 heures, il ne s'était toujours pas manifesté, elle se renseigna auprès de Penny qui était venue la trouver pour parler du budget.

— Sa jambe a désenflé. Elle ne se plaint plus.

Cette nouvelle rassura Abbey, mais elle ne put s'empêcher d'éprouver un pincement au cœur parce que Frank n'avait pas jugé bon de la prévenir.

Décidée à ne pas s'y attarder, durant plus d'une heure, elle se concentra sur sa réunion avec Penny. Toutes deux tentaient de trouver des solutions pour attirer plus de clientèle.

— Et si nous organisions deux journées portes ouvertes ? suggéra Abbey.

— C'est une bonne idée.

— Essayons cela et nous verrons les retombées. Si vous avez d'autres idées, Penny, n'hésitez pas à m'en faire part...

Penny venait à peine de quitter le bureau qu'Helen frappa à sa porte.

— Frank voulait vous parler, mais vous étiez occupée et il n'avait pas le temps d'attendre. Il m'a chargée d'une commission.

— Oui ? dit-elle, irritée qu'il utilise Helen comme messager.

— Deux de nos chirurgiens ont décidé d'opérer leurs patients à Costwold : M. Brewton, l'urologue, et M. Inklin, le gynécologue.

Abbey fronça les sourcils.

— Pourquoi ?

— Parce que je n'ai pas pu les programmer aux dates qu'ils exigeaient.

— Comment se fait-il que Frank soit au courant ?

— Il était au bloc quand ils ont commencé à faire du remue-ménage et je l'ai appelé à la rescousse.

Elle dut lire la colère dans les yeux d'Abbey car aussitôt, elle ajouta, sur la défensive :

— Il est le président du MedCom.

— Très bien..., dit Abbey, radoucie, car Helen n'y était pour rien, elle en avait conscience. Je leur parlerai.

— Avez-vous reçu des réponses à l'annonce ?

— Pas encore. Ecoutez, Helen, je suis désolée que vous ayez à subir ces désagréments, mais si un incident analogue se reproduit, venez m'en informer immédiatement.

L'expression butée d'Helen indiqua clairement à Abbey qu'elle n'en ferait rien et qu'elle suivrait aveuglément les directives de Frank.

— Il n'y a rien d'autre ? ajouta-t-elle.

— Non. J'assiste une opération en O.R.L. à 11 h 30. Je dois y aller.

Ses dossiers financiers absorbèrent Abbey jusqu'à 3 heures de l'après-midi. Elle en oublia de déjeuner, mais elle était plutôt satisfaite car, à force d'économies de bouts de chandelle, elle avait fini par trouver de quoi créer deux postes d'infirmière.

Restait à convaincre les deux praticiens rebelles de réintégrer les rangs et d'opérer dans la clinique.

L'arrivée de Jane l'interrompit dans ses calculs.

— Vous êtes convoquée à une entrevue avec le P.-D.G. du centre hospitalier de la Pitié la semaine prochaine. Ils souhaitent également la présence du président du MedCom.

Lors des entretiens avec le conseil d'administration, on l'avait avertie que cette rencontre aurait lieu pour qu'elle puisse se rendre compte de la façon dont était dirigé l'hôpital principal du groupe, mais elle ne s'attendait pas à y participer avec Frank.

— Est-ce normal ? Je veux dire... l'invitation de M. Darby ?

— Oui, M. Glennie y accompagnait souvent le directeur précédent.

— Quel jour ont-ils choisi ?

— Ils vous laissent décider.

— Cela dépendra plutôt de M. Darby s'ils tiennent tant à sa présence.

— Désirez-vous que j'appelle sa secrétaire pour voir à quel moment il serait disponible ? Il se pourrait qu'il n'ait pas le temps de vous accompagner.

Espérant que ce serait le cas, Abbey hocha la tête avec empressement.

— Ce serait très bien, Jane.

Jane revint une demi-heure plus tard.

— M. Darby est libre vendredi en huit, l'après-midi.

Abbey consulta son agenda et soupira.

— Je n'ai rien non plus. Vous pouvez appeler le P.-D.G. pour fixer le rendez-vous à vendredi.

Sans grand enthousiasme, Abbey reprit ses dossiers et la danse des chiffres recommença. Il lui fallut plusieurs minutes pour recouvrer sa concentration, et elle y parvenait enfin quand le téléphone sonna.

C'était Penny.

— Mademoiselle Westray, pouvez-vous venir dans le service de toute urgence, s'il vous plaît?

— J'arrive, répondit aussitôt Abbey sans demander d'explications car le ton de Penny était grave.

En se précipitant dans l'escalier, elle se demanda pourquoi elle avait accepté ce travail. Elle qui disait aimer les défis, elle était servie. Ni l'infirmière du bloc ni celle du service n'étaient prêtes à assumer des responsabilités pour lesquelles elles n'étaient pas payées. Alors oubliant le fait qu'elle était le patron de cet hôpital, elles la considéraient comme une sorte d'infirmière en chef. Mais après tout, elle seule était fautive. Si elle n'avait pas accepté d'assister Frank le premier jour de son arrivée, elle n'en serait peut-être pas là.

Elle retrouva Penny au pied de l'escalier. Le visage crispé par l'anxiété, celle-ci la fit entrer dans le bureau dont elle referma soigneusement la porte.

— Il y a un problème.

Une sourde appréhension gagna la jeune femme.

— De quoi s'agit-il?

— M. Tate, un des patients du Dr Renny, a eu un arrêt cardiaque à son retour du bloc. On s'en est aperçu quand on lui a pris sa tension et son pouls.

Le cœur d'Abbey s'affola, mais elle se força à garder son sang-froid.

— Comment va-t-il?

— Estimons-nous heureux qu'il soit encore en vie.

Abbey expira l'air qu'elle avait machinalement retenu dans ses poumons.

— Comment est-ce arrivé?

— Nous ne pouvons être dans les trente chambres en même temps, mademoiselle Westray..., dit Penny, prenant immédiatement la défense de son équipe.

— Je comprends. Est-ce que M. Renny l'a examiné?

— Lui, non, mais l'anesthésiste est venu immédiatement et il lui a fait un massage cardiaque. Le Dr Renny avait déjà quitté l'hôpital quand c'est arrivé, mais nous avons pu le joindre. Il revient dès que possible.

Abbey parcourut des yeux le rapport d'anesthésie.

— Opération de l'intestin. Tout s'est bien passé durant l'intervention?

— Oui, il ne s'agissait que de retirer quelques polypes bénins.

— Pouvez-vous me conduire à la chambre de M. Tate?

La respiration du patient était calme et régulière. Une infirmière était à son chevet.

— Où en sommes-nous? demanda Abbey doucement en examinant les tracés des différents appareils.

— Son électrocardiogramme est redevenu normal. Nous avons eu de la chance que l'anesthésiste soit encore là.

L'efficacité et la promptitude de l'équipe rassuraient Abbey, mais le patient n'étant pas totalement hors de danger et le Dr Renny absent, elle ne put se résoudre à quitter l'établissement. Aussi, à 7 heures, Frank la trouva encore dans son bureau.

— Je suppose que tu as appris ce qui s'était passé aujourd'hui ?

Avant de répondre, Abbey prit le temps de compter jusqu'à dix.

— Si tu parles du patient de M. Renny, oui, je suis au courant.

— Je suppose que tu as conscience que si M. Tate n'avait pu être ranimé, c'est à toi qu'on aurait fait porter le chapeau ?

4.

— Ce genre d'incident peut arriver dans n'importe quel hôpital!

— Un patient qui vient d'être opéré requiert une surveillance permanente...

— C'est ce que nous avons fait, Frank, dit-elle d'un ton calme. Les opérés ne sont ramenés de la salle de réanimation que lorsqu'ils sont hors de danger. Une fois dans leur chambre, leur tension et leur pouls sont contrôlés tous les quarts d'heure. Sans ces contrôles, le malaise de M. Tate n'aurait pas été détecté aussi rapidement.

L'assurance de la jeune femme dut le déconcerter car il changea de sujet.

— J'ai reçu une convocation. Pourquoi nous réclame-t-on tous les deux?

Consciente d'avoir pour une fois l'avantage, Abbey retint un sourire.

— Je suppose qu'ils souhaitent que tu comprennes comment on gère un établissement comme St. Luke.

— Je suis médecin, moi, pas homme d'affaires.

— Je suis contente de te l'entendre dire. Jane m'a informée que M. Glennie y participait aussi.

Elle releva la tête, le défiant du regard, et ajouta :

— Pourquoi fais-tu passer tes messages par Helen?

Tu aurais pu me prévenir toi-même que ces deux chirurgiens menaçaient de quitter St. Luke.

— Ils étaient tous deux dans une telle rage que j'ai dû consacrer beaucoup de temps à les calmer et j'ai chargé Helen de...

La sonnerie du téléphone l'interrompit. Abbey reconnut la voix de l'infirmière de service. Celle-ci lui apprit que M. Renny était auprès de son patient.

— Très bien. J'arrive, dit-elle en se levant.

Frank lui ouvrit la porte.

— Quand tu auras terminé, que dirais-tu de dîner rapidement quelque part ?

Elle secoua la tête. Après l'expérience de la veille, elle préférait limiter les moments d'intimité avec lui.

— Je n'aurai pas le temps ce soir...

— Juste un plat sur le pouce. Cela te prendra moins de temps que dîner chez toi.

De façon évidente, il cherchait à savoir si oui ou non, elle vivait seule.

— N'insiste pas. Merci, Frank.

— Avec l'âge, mon charme n'opère plus, dit-il avec un petit sourire triste qui l'étonna. Autrefois, tu ne m'aurais jamais refusé une invitation.

— Frank, je viens de t'expliquer que...

— D'accord... Je te laisse à ta solitude. Parce que c'est bien dans un appartement vide que tu rentres, non ?

Abbey fut tentée de nier, mais elle pensa que le mieux était de lui fournir le moins de détails possible sur sa vie privée.

— Cela ne te regarde pas.

Il fronça les sourcils, incrédule.

— Bon, très bien, marmonna-t-il. Tant pis pour toi.

Abbey, pensive, écouta son pas résonner dans le corridor tandis qu'il s'éloignait. Tant qu'il croirait qu'un homme partageait sa vie, elle le tiendrait à distance car, quoi qu'il en pensât, son pouvoir de séduction était le même qu'à vingt ans.

Elle ferma son bureau et se dirigea vers les chambres. Tom Renny l'accueillit avec le sourire et la rassura sur l'état de M. Tate.

— Je vous félicite, ajouta-t-il. Votre équipe a été parfaite.

Ce compliment la fit rosir de plaisir.

Cheryl et Ben, rentrés plus tôt que prévu de leur semaine à la campagne, l'avaient invitée à passer chez eux, mais épuisée après une telle journée, Abbey préféra regagner son appartement. Elle espéra que ses amis ne lui en voudraient pas si, ce soir, elle se contentait de leur téléphoner.

— Bonsoir, c'est Abbey. Comment allez-vous ?

— A peu près bien.

— Pourquoi êtes-vous rentrés si tôt ?

Cheryl eut une hésitation.

— Ben a été hospitalisé...

— Oh, mon Dieu ! Que s'est-il passé ?

— Il a eu une attaque pendant une marche à pied. Son côté droit est paralysé.

La main d'Abbey se crispa sur le combiné.

— Que disent les médecins ?

— Ses jours ne sont pas en danger... pour l'instant, ajouta-t-elle d'une voix sourde. Mais ils se réservent en ce qui concerne sa paralysie.

— Comment réagit-il ?

— Oh, tu le connais. C'est lui qui me remonte le moral. Si je l'écoutais, il serait déjà de retour à la maison.

— J'espère qu'il sera raisonnable.

— Ne t'inquiète pas, il est sous bonne garde. Mais assez parlé de nous. Et toi ? Où en es-tu avec ton beau chirurgien ?

Abbey sourit.

— Il me donne du fil à retordre, mais je me défends.

— Viens donc dîner avec moi demain soir, tu me raconteras.

— Avec plaisir, merci, Cheryl. Et ce soir ? Tu ne te sens pas trop seule ?

— Avant que tu n'appelles, si. Ton coup de fil m'a fait du bien. Je compte sur toi demain ?

— Bien sûr, Cheryl. Embrasse Ben de ma part.

— Je n'y manquerai pas. Au revoir, Abbey.

— Au revoir.

Terrassée par la fatigue, Abbey ne fut pas longue à s'endormir, mais son sommeil fut peuplé de cauchemars. Plusieurs fois, elle s'éveilla en nage, le cœur battant la chamade.

Le lendemain matin, elle se leva à l'aube et, anxieuse au sujet de M. Tate, elle arriva très tôt à l'hôpital pour se rendre directement à l'étage des chambres.

— Il est réveillé, lui dit l'infirmière de nuit qui était encore là.

Quand Abbey entra dans la chambre, le vieil homme maigre l'accueillit avec un pâle sourire.

— Je vous ai donné des émotions, mademoiselle ?

— Plutôt, oui, répondit Abbey, et je suis contente de vous voir en forme.

— Il en faut plus pour abattre un vieux cheval comme moi. Mais je préférerais un bon steak plutôt que votre bocal, dit-il en désignant du menton la perfusion fichée dans son bras.

— Vous devrez patienter encore quelques jours. Il faut que vos intestins retrouvent un transit normal. Votre lit est en désordre. Nous allons vous arranger ça...

Quand elle eut terminé, aidée de l'infirmière, M. Tate lui adressa un clin d'œil.

— Vous aviez raison. C'est plus confortable... Vous auriez fait une bonne infirmière, vous aussi.

Abbey eut un petit rire.

— Vous ne croyez pas si bien dire. Je vous laisse maintenant. Je reviendrai vous voir demain.

En sortant de la chambre, elle tomba nez à nez avec Frank.

— Mauvaise conscience ? dit-il pour la taquiner.

Elle le foudroya du regard.

— Certainement pas !

— On n'est guère habitué à croiser les gens de la direction dans les parages à cette heure de la journée.

Au lieu de relever la plaisanterie, elle contre-attaqua.

— Etant donné le peu de soutien que je reçois de mes confrères, je préfère veiller moi-même au grain. A présent, excuse-moi, mais j'ai du travail si ce n'est pas ton cas.

— Oh, tu te trompes. Je viens justement de voir l'un de tes fans les plus fervents à qui j'ai donné l'autorisation de rentrer chez lui demain.

Devant l'air interrogateur d'Abbey, il précisa :

— M. Murray.

— Le monsieur que tu as opéré de la hanche ? Je n'ai pas passé plus d'une minute dans sa chambre.

— Une minute qui l'a marqué, tu peux me croire... Depuis, il nc ccssc de me répéter que nous avons une chance inouïe d'être dirigé par une ancienne infirmière.

— Ce qui n'est pas ton opinion.

— Je n'ai jamais prétendu cela. Je pense que ce n'est pas un travail pour toi, c'est tout.

— Dommage... Parce que je me sens très bien à ce poste.

Au cours des deux journées qui suivirent, elle le croisa à plusieurs reprises et, chaque fois il la harcela des mêmes questions et des mêmes remarques.

Le jeudi après-midi, la patience d'Abbey était à bout, et l'entrée intempestive de Frank dans son bureau ne fit rien pour améliorer son humeur.

— C'est inadmissible, grommela-t-il. Non seulement hier soir, ma consultation a été interrompue parce qu'un psychiatre avait besoin de la salle, mais, par-dessus le marché, quand l'O.R.L. Jack Kirklan a voulu opérer en urgence, il n'y avait plus personne pour l'assister.

Calmement, Abbey s'appuya au dossier de sa chaise.

— Alors ? Quelle solution proposes-tu ? demanda-t-il comme elle se taisait.

— Aucune.

Frank explosa :

— Aucune ?

— C'est toi et toi seul qui crées les problèmes. Relis les tableaux de réservations de la salle de consultation et tu verras que, jusqu'à aujourd'hui, tu as bénéficié d'un régime de faveur. Nous avons eu la gentillesse de te permettre d'utiliser la salle en dehors de tes heures autorisées *à condition* que personne ne la réclame.

— Et pour le manque de personnel du bloc ?

— Qu'y puis-je ? Tu sais comme moi que nous ne sommes pas encore équipés pour les urgences. M. Kirklan n'a qu'à opérer son patient dans un autre hôpital.

— Tu perds la raison, Abbey.

— Non, c'est toi. Tu prétends vouloir m'aider, mais tu ne cesses de me mettre des bâtons dans les roues. A présent, je te prie de quitter ce bureau...

Sidéré par le ton d'Abbey, il la considéra un instant en silence.

— Ce n'est pas en niant la réalité que tu vas sauver les meubles, dit-il enfin.

Abbey soupira.

— Je suis consciente des défauts de cet établissement, mais encore une fois, je te demande de me laisser tirer moi-même les conclusions qui s'imposent.

— Comme tu voudras, dit-il en tournant les talons.

Lorsqu'il eut quitté la pièce, Abbey se leva, rouge de colère, et claqua la porte. Faisant un effort pour reprendre son calme, elle se versa une tasse de café tout en réfléchissant.

Le plus simple était d'interdire sa porte à Frank, non seulement parce qu'il la dérangeait dans son travail, mais il menaçait son propre équilibre. Elle n'y pouvait rien : ses yeux sombres, brillant de rage contenue, accéléraient chaque fois les battements de son cœur.

Le vendredi matin, quand Jane lui porta le courrier, Abbey l'informa des nouvelles directives.

— A partir de maintenant, je n'autorise plus M. Darby à entrer dans mon bureau comme dans un moulin.

Jane eut une moue ennuyée.

— J'essaierai, mais s'il monte sur ses grands chevaux...

— Je sais, mais il faudra qu'il s'y fasse, dit-elle avec un petit rire, un peu honteuse de confier à Jane une mission qui relevait du tour de force.

Plus tard, alors qu'Abbey déjeunait à la cafétéria en lisant son journal, une voix grave la fit sursauter.

— Quelle bonne surprise !

Frank venait de se glisser sur la banquette opposée. Un éclair malicieux animait ses yeux noirs.

— Tu ne vas pas pouvoir toujours m'éviter, tu sais... Vendredi, tu devras me supporter lors de notre réunion à la Pitié.

Abbey sourit.

— J'essaie simplement de travailler dans le calme.

— Que dirais-tu d'une escapade pour le week-end?

— Tu n'es pas sérieux, Frank...

— Pourquoi pas sérieux? Nous aurons envie de nous détendre après cet ennuyeux après-midi.

— Frank, je vais à la Pitié pour apprendre leurs méthodes de travail. Cela peut m'être utile pour St. Luke.

— Je crains que tu ne sois déçue. Gordon Glennie ne m'a pas caché que ces rencontres n'avaient qu'un but : nous convaincre de réduire les dépenses.

— *Nous?* s'enquit froidement Abbey. Je ne pense pas qu'on nous considère sur le même plan. A mon avis, on t'a convoqué en tant que représentant des médecins, pas comme directeur adjoint.

— Message reçu, dit-il d'un ton froissé. Bon après-midi.

En dépit de la peine qu'elle crut lire dans ses yeux, elle ne douta pas une seconde qu'il reviendrait à la charge à la première occasion, aussi fut-elle surprise de ne pas le voir reparaître durant plusieurs jours. Elle en ressentit même une certaine déception. Mais le fait de ne plus être interrompue lui permit de rattraper le retard accumulé les jours précédents.

Une visite rapide du côté des chambres lui fit découvrir un M. Tate en pleine possession de ses moyens. Il avait retrouvé des couleurs et parvenait à se lever.

— Vous allez bientôt rentrer chez vous.

— J'espère. J'en ai assez de vos jambon blanc-purée. Je rêve d'un cassoulet géant.

Abbey fronça les sourcils, faussement sévère.

— Allons, allons... Il faudra suivre les conseils du diététicien si vous ne voulez pas revenir pour une indigestion.

— Ne vous inquiétez pas, mademoiselle. Je m'arrangerai pour ne plus être malade. L'hôpital n'est pas mon fort.

Ce soir-là, elle quitta St. Luke plus tôt pour dîner au restaurant avec Cheryl. Mais au moment où elle sortait, un brancard franchit la porte principale et, comme elle s'écartait pour le laisser passer, elle reconnut avec surprise Melissa, la sœur de Frank, qui suivait. Alertée, elle s'approcha.

— Bonsoir, Melissa, dit-elle doucement.

Celle-ci sursauta et tourna vers elle un visage défiguré par l'anxiété.

— Oh ! Abbey. C'est... c'est Andy, mon fils aîné, bredouilla-t-elle. Sa jambe est cassée, je crois. Ou son genou, je ne sais pas...

— Qu'est-il arrivé ? demanda Abbey posément en espérant ainsi aider Melissa à recouvrer son calme.

— A l'école... ils ont...

La jeune femme s'interrompit, au bord des larmes.

— Attendez, je vais donner des instructions, ensuite vous me raconterez.

Quand les brancardiers s'éloignèrent pour conduire Andy dans une salle de consultation, Melissa reprit :

— Le professeur de sport a conduit la classe sur la piste artificielle de ski cet après-midi. Andy n'a pas pu éviter deux garçons qui avaient chuté. Quand l'école m'a téléphoné pour me demander si j'avais un médecin, je leur ai donné le nom de Frank.

— Sait-il que vous êtes ici ?

Melissa haussa les épaules.

— Je l'espère. Sa secrétaire m'a conseillé d'amener Andy ici et qu'elle le préviendrait pendant ce temps-là.

Elles entrèrent dans la salle où se trouvait Andy. Le visage très pâle, le jeune garçon avait fermé les yeux.

— Mon chéri..., murmura sa mère en repoussant une mèche de son front.

— Je vais appeler l'interne, dit Abbey. Pendant qu'elle verra Andy, je m'assurerai que Frank a bien reçu votre message.

Melissa hocha la tête avec gratitude.

— Merci... je... je ne sais pas où...

— Ne vous inquiétez pas, nous savons comment le retrouver.

De retour à son bureau, Abbey pria la réceptionniste de joindre Frank sur son bip tandis qu'elle-même appelait Ellie.

— La sœur de Frank Darby est en salle de consultation avec son fils. Sa jambe semble fracturée et il souffre énormément. Pourriez-vous l'ausculter et voir si on peut le soulager en attendant l'arrivée de Frank?

— Bien sûr. Quel est son nom?

— Andy Barnes.

Elle raccrocha et attendit l'appel de Frank en tapotant sur son bureau. Mais comme le téléphone restait silencieux, elle rappela la réceptionniste quelques minutes plus tard.

— Avez-vous pu joindre M. Darby?

— J'ai essayé à trois reprises, mais sans succès, et le numéro de sa secrétaire sonne toujours occupé.

— Donnez-le-moi... Je vais le faire... Mais M. Darby a un téléphone portable. Avez-vous son numéro?

La standardiste hésita.

— M. Darby n'aime pas qu'on l'utilise depuis qu'on a découvert qu'il avait une incidence sur les appareils de cardiologie.

— J'en prends la responsabilité...

La jeune fille sembla soulagée.

— Dans ce cas...

Abbey essaya plusieurs fois le numéro de la secrétaire, mais sans succès. Restait le portable. Elle compta patiemment les sonneries. Onze. Douze...

Où pouvait-il être ?

— Allô ? répondit enfin une voix douce. Qui est à l'appareil ?

Lorsqu'elle reconnut la voix d'Helen, il fallut plusieurs secondes à Abbey avant qu'elle puisse prononcer un mot.

— C'est Abbey Westray. Est-ce que Frank Darby est près de vous, Helen ? J'ai un message urgent pour lui.

Au ton de sa voix, Abbey comprit qu'Helen n'était pas ravie de l'entendre, et même plutôt gênée.

— Euh... oui. Il est... ici, bredouilla-t-elle. Puis-je prendre le message ?

— Dites-lui que son neveu s'est cassé la jambe. Il est à St. Luke en compagnie de Melissa. Frank devait être prévenu par sa secrétaire, mais j'ai préféré m'en charger moi-même car elle n'a pas réussi à le joindre et Andy souffre énormément.

— Euh... je ne pense pas qu'il sache. Son téléphone et son bip ont été... coupés durant une heure environ. Mais je lui transmets le message, ajouta-t-elle.

Abbey entendit Helen faire un bref résumé de la situation. A son tour, il prit le combiné.

— Je... j'arrive, Abbey, dit-il paraissant aussi embarrassé qu'Helen.

Il toussa pour s'éclaircir la gorge.

— Comment va Andy ? reprit-il. Il souffre beaucoup d'après... Helen.

— Oui, dit Abbey, étonnée par ce manque d'assurance inhabituel chez lui. Mais il est courageux et j'ai demandé à Ellie de s'occuper de lui en t'attendant.

— Ah, très bien... Ellie saura quoi faire.

Et il raccrocha sans même prendre congé. Interloquée, Abbey regarda le combiné silencieux.

Quoi qu'elle pensât de lui, elle considérait Frank comme un homme consciencieux qui s'arrangeait toujours pour rester joignable à n'importe quelle heure du jour ou de la nuit. Mais, à présent, Helen semblait plus importante que ses patients.

Essayant de se persuader que les affaires de cœur de Frank ne la regardaient plus, elle retourna dans la salle de consultation et informa Melissa et Ellie de l'arrivée de Frank.

— Où était-il? demanda Ellie.

— Je ne lui ai pas demandé. Mais je crois qu'il sera ici d'une minute à l'autre.

— Je l'espère, intervint Melissa.

Abbey, qui préférait ne pas être là quand Frank et Helen se présenteraient, regarda sa montre, puis elle posa sa main sur l'épaule de Melissa.

— Désolée, mais j'ai un rendez-vous. Tout se passera bien. Avant de partir, puis-je vous offrir du thé ou du café?

— Non, merci. J'attends Frank.

Après avoir pris congé, Abbey se précipita vers le parking en espérant ne pas croiser le couple. Son vœu fut exaucé et elle s'engouffra dans sa voiture. Quand elle arriva chez elle, Cheryl l'attendait sur le pas de la porte.

— Bonsoir, Cheryl, excuse mon retard.

Bras dessus bras dessous, elles se rendirent au nouveau restaurant italien qui venait d'ouvrir et où elles avaient réservé une table. Abbey fit un effort sur elle-même pour se montrer spirituelle et chaleureuse envers son amie. Devant un copieux plat de spaghettis à la bolognaise, elles rirent de bon cœur en évoquant leurs souvenirs de lycéennes. Le temps du dîner, les deux jeunes femmes oublièrent leurs soucis respectifs.

Mais dès qu'elles se séparèrent pour reprendre chacune le chemin du retour, l'humeur d'Abbey changea complètement. C'était comme si une lumière s'était éteinte à l'intérieur d'elle-même. Etait-ce parce qu'elle avait eu la confirmation de la liaison de Frank et d'Helen ?

Sa clé était dans la serrure quand elle entendit le téléphone sonner. Elle se précipita et décrocha d'une main fébrile.

— Allô ?

— Abbey, c'est moi. Je voulais te remercier pour ce soir.

— Je t'en prie, Frank, murmura-t-elle.

— Heureusement que tu étais là. Non seulement tu as rassuré Melissa, mais j'ignore quand j'aurais été prévenu si tu n'étais pas intervenue.

Elle réprima l'envie de lui dire qu'il ne pouvait être prévenu s'il décrochait son téléphone et son bip et l'interrogea sur la santé de l'adolescent.

— Il a une fracture de la malléole externe et une entorse au genou. Je l'ai plâtré des orteils à l'aine. Il en a pour cinq semaines.

— Restera-t-il à l'hôpital ?

— Deux, trois jours au plus.

— Et les sports d'hiver ?

— A moins d'un miracle, il devra y renoncer pour cette année.

— Pauvre enfant... Il va être déçu.

Après un silence, elle ajouta sur un ton taquin :

— Je t'avais prévenu des dangers de cette piste artificielle.

— Il n'y a pas de quoi plaisanter..., rétorqua Frank d'un ton sec. Un tel accident est inadmissible. Je soupçonne les professeurs d'avoir négligé l'encadrement des enfants.

— Ne te fâche pas, Frank. Je disais ça comme ça...

Il demeura silencieux un moment.

— Excuse-moi. Si je me suis emporté, c'est que je suis à la fois épuisé et inquiet. Avant de raccompagner Melissa chez elle, j'ai essayé de te téléphoner, mais tu étais absente. Je tenais vraiment à te remercier.

— Je n'ai fait que mon devoir.

— C'est très gentil, répondit-il aimablement. As-tu dîné ?

— Oui, au restaurant italien qui vient d'ouvrir près de chez moi.

— Quand puis-je t'inviter ?

Abbey n'en crut pas ses oreilles. Etait-il assez mufle pour courir deux lièvres à la fois ?

— Ce ne sera pas nécessaire, Frank. Bonne nuit.

A l'autre bout de la ligne, elle entendit un soupir qu'elle ne sut comment interpréter.

— Dans ce cas, bonne nuit, et merci encore.

Ce coup de téléphone laissa Abbey perplexe. Elle n'avait rien fait qui méritât autant de remerciements ni une invitation à dîner.

Et il avait déjà Helen. Alors que lui voulait-il ?

5.

Le vendredi matin, vêtue d'un tailleur noir et d'un chemisier de soie pêche, Abbey gagna directement l'étage des chambres.

— Comment va Andy Barnes, ce matin ? demanda-t-elle à Penny.

— Il est rentré chez lui.

Abbey la considéra, les yeux écarquillés.

— Rentré chez lui ?

— M. Darby et sa sœur sont venus le chercher tôt ce matin.

— Mais... pourquoi ?

— Je l'ignore. Le petit dormait bien. Ils l'ont réveillé.

Abbey regarda sa montre et constata qu'il n'était pas 9 heures. Perplexe, elle haussa les épaules et se rendit dans son bureau.

Toute la matinée, elle attendit des nouvelles de Frank ou de Melissa, mais ni l'autre ni l'autre ne se manifesta. Frank était peut-être vexé d'avoir essuyé un nouveau refus la veille ?

A l'heure du déjeuner, elle rencontra Ellie à qui elle demanda comment Andy avait passé la nuit.

— Bien.

— Pourquoi l'ont-ils retiré de l'hôpital dès l'aube ?

— Je sais que Melissa ne tenait pas à le laisser ici, et Frank ayant un emploi du temps chargé, il aura préféré régler ce problème avant de commencer sa journée.

— Pourquoi refusait-elle de le laisser quelques heures de plus ? M. Barnes semblait ravi de la façon dont il a été traité ici.

Ellie sourit.

— Peut-être qu'elle culpabilise de mettre son fils en pension ? Ne vous tracassez pas. St. Luke n'est pas en cause.

— Je ne me tracasse pas.

Néanmoins, Abbey avait du mal à croire que c'était là la vraie raison. Comme elle avait du mal à croire que Frank l'avait appelée uniquement dans le but de la remercier. Peut-être avait-il l'intention de lui expliquer ce qu'Helen et lui faisaient ensemble quelques heures auparavant ?

Perdue dans ses pensées, elle allait entrer dans son bureau lorsque la surprise lui fit marquer un temps d'arrêt sur le pas de sa porte. Un énorme bouquet de roses trônait sur sa table. Pensant que les Barnes lui témoignaient une nouvelle fois leur gratitude, elle prit la carte écrite à la main.

« Je passe te chercher vers midi. Frank. »

Aucune allusion à Andy.

On frappa à la porte et Abbey glissa le bristol sous son sous-main. Jane entra avec le courrier.

— Oh, c'est pour la Saint-Valentin ? Elles sont magnifiques.

Les joues d'Abbey s'empourprèrent. Jamais elle n'aurait imaginé un rapprochement entre ce bouquet et la fête des amoureux.

— Je ne pense pas qu'elles me soient destinées.

— N'y avait-il pas de carte ?

Abbey fit mine de chercher.

— Non, apparemment...

— Un admirateur anonyme, alors. Comme c'est excitant... Il ne s'agit pas d'une erreur car votre nom est inscrit en entier sur la porte.

— Oui, eh bien, j'en profiterai jusqu'à l'heure du déjeuner. Je vous les laisserai en partant. M. Darby vient me chercher à midi.

— Ooh... Et si c'était lui qui vous les avait envoyées ? demanda Jane en plissant les paupières.

— Certainement pas. Nos rapports sont plutôt tendus.

— Justement, pour se faire pardonner.

— Ce n'est pas son genre.

Cette conversation commençait à peser à Abbey. De plus, elle n'avait pas envie que ce bouquet alimente les rumeurs.

— Peu importe qui me les a envoyées... Rien de particulier aujourd'hui ? demanda-t-elle en reportant son attention sur le courrier que Jane venait de déposer.

— J'allais presque oublier..., dit Jane. Vous avez rendez-vous avec le chirurgien, M. Brewton, à 11 heures.

— Très bien. Il a répondu rapidement.

— C'est sa secrétaire qui a pris le rendez-vous. Elle était surprise que vous l'ayez convoqué. Auparavant, les directeurs gardaient leurs distances avec les médecins.

Les sourcils d'Abbey se haussèrent.

— Nous sommes tous sur le même bateau, non ?

— Ce n'était pas évident pour tout le monde. Je pense

que votre approche est différente à cause de votre expérience d'infirmière.

— Peut-être. Je me demande ce qu'en pensent les autres spécialistes.

— Ils vous approuvent, sans aucun doute. Enfin on leur offre l'occasion d'exposer leur point de vue...

Abbey joignit les deux mains sous son menton.

— J'espère qu'ils le comprennent bien ainsi. Rien d'autre ? Aucun signe de M. Inklin ?

Jane secoua la tête.

— Non.

A peine Jane eut-elle refermé la porte qu'Abbey récupéra la carte de Frank pour la ranger dans son sac et, pendant quelques instants, elle contempla le bouquet qui embaumait la pièce.

Jusqu'à 11 heures, la matinée sembla durer une éternité. Abbey avait du mal à se concentrer sur ses comptes car la fragrance enivrante des fleurs ramenait sans cesse ses pensées vers Frank.

Une minute avant l'arrivée de son visiteur, elle prit soin de placer le bouquet dans son dos de manière à ne pas se laisser distraire.

Quand Jane introduisit le médecin, elle se leva et alla à sa rencontre.

— Je suis heureuse de vous voir, monsieur Brewton. Désirez-vous un café ?

Au sourire franc du chirurgien, elle comprit qu'il paraissait aussi ravi de la rencontrer.

— Avec plaisir, répondit-il.

Abbey lui tendit une tasse.

— J'ai appris que vous aviez eu un problème au bloc, l'autre matin...

— Oui, ce genre d'incident s'est reproduit à deux reprises ces derniers temps, et comme Frank m'a dit que vous préfériez que nous emmenions nos patients à Costwold tant que les problèmes de personnel n'étaient pas réglés, c'est ce que j'ai fait.

— Il a dit cela? s'exclama Abbey au comble de la stupéfaction.

Le Dr Brewton sourit de nouveau.

— Cela ne remet pas en cause le fait que je reviendrai dès que la situation sera rétablie, ce qui d'après Frank ne saurait tarder. Je préfère de loin travailler ici.

Soulagée, Abbey ravala ses protestations et lui expliqua ce qu'elle avait envisagé pour remédier à cette situation.

— J'espère que tout rentrera dans l'ordre au plus tôt, conclut-elle.

Le médecin, qui l'avait écoutée attentivement, réitéra, avant de partir, son intention de revenir à St. Luke dès que les choses reviendraient à la normale.

Quand Frank arriva un peu plus tard, Abbey lui lança un regard accusateur.

— Comment va Andy?

— Bien. Melissa veille sur lui comme une vraie mère poule.

— Tu l'as sorti du lit de bon matin.

— Je ne l'ai pas sorti du lit, mais son hospitalisation était inutile. Melissa était avec moi lorsque j'ai pris mon service et nous avons décidé de le ramener à la maison.

— J'ai craint que tu n'aies pas confiance en notre équipe, dit-elle sèchement.

— Loin de moi cette idée..., rétorqua-t-il, sincèrement étonné. J'ai voulu faire plaisir à ma sœur qui tenait à garder son bébé près d'elle, c'est tout.

— Tu aurais pu m'en informer.

— J'ignorais que cela t'intéressait...

— Tout ce qui concerne nos patients m'intéresse, dit-elle, comprenant que son apparente indifférence l'avait bel et bien vexé.

— Bien sûr. Je reconnais bien là l'infirmière. A part cela, as-tu pris ton sac de voyage?

Elle soupira, exaspérée.

— Je rentre chez moi *après* notre visite à la Pitié.

— Ce n'est pas grave, dit-il, sans se formaliser. Nous passerons le chercher. Je suis venu plus tôt exprès.

Elle prit le vase de fleurs.

— Je vais le porter chez Jane.

— Pourquoi? demanda-t-il en lui prenant le bouquet des mains et le plaçant sur le bureau. Elles sont pour toi, pas pour Jane. Nous les laisserons chez toi en allant prendre ton sac.

Abbey sentit le feu lui monter aux joues.

— Ces fleurs n'étaient pas nécessaires, Frank.

— Cela m'a fait plaisir, Abbey, dit-il en posant les mains sur ses épaules. Tu mérites d'être gâtée... Pourquoi n'accepterais-tu pas, que pour une fois, un homme t'offre des fleurs le jour de la Saint-Valentin?

Troublée, elle ne répondit pas et, devant son silence, il soupira et la relâcha. S'écartant, elle enfila sa veste et prit un dossier posé sur sa table.

— Je pars, Jane, dit-elle depuis le seuil de son bureau. Pouvez-vous informer le service de sécurité que je prendrai ma voiture plus tard, mais j'ignore à quelle heure se terminera notre visite à la Pitié. N'oubliez pas les fleurs. Passez un bon week-end. A lundi.

Parvenus dans le parking, Frank prit le dossier des mains d'Abbey pour le mettre sur le siège arrière de la voiture.

— Je suppose que tu n'as pas dit à Jane que c'était moi qui t'avais envoyé les fleurs ? demanda-t-il en s'asseyant derrière le volant.

— Tu sais très bien que les bruits courent vite à St. Luke.

— Cela te gêne ?

— Evidemment, marmonna-t-elle. Pas toi ?

Frank haussa les épaules.

— Non.

Abbey lui jeta un regard courroucé. Peut-être était-il fier d'afficher ses conquêtes féminines ?

Perdue dans ses pensées elle s'aperçut soudain qu'ils ne prenaient pas la direction de la Pitié.

— Où allons-nous ?

— Je t'emmène au Spread Eagle. C'est un bar qui propose de bons petits plats chauds.

Elle fronça les sourcils.

— Où se trouve-t-il ?

— Au coin de ta rue. Ne me dis pas que tu ne l'as jamais essayé.

— Je ne fréquente pas les bars.

— Ah non ? Tu trouves le restaurant italien plus chic ? C'est bien là que tu as dîné avec ton soupirant, non ?

— Je te prierai de ne pas l'appeler mon « soupirant ».

— Comment puis-je le nommer autrement ? Tu ne portes pas d'alliance, j'en conclus que tu n'es pas mariée. Préfères-tu que j'utilise le terme « fiancé » ?

— Son prénom est Ben. De la manière que tu en parles, on croirait que tu es jaloux.

— Plus maintenant, mais j'avoue que le jour où j'ai découvert ton infidélité, je l'ai été.

Outrée, Abbey sursauta.

— Jamais je ne t'ai trompé !

— Cela m'a été difficile d'admettre la vérité. Je ne t'imaginais pas te jetant dans les bras du premier venu.

— Je le connais depuis l'école primaire.

— Je vois..., répondit Frank d'un ton glacial. Tu nous as trompés tous les deux dans ce cas-là.

Cette accusation était si injuste qu'Abbey ne fit pas l'effort d'éclairer sa lanterne. Il pouvait penser ce qu'il voulait, après tout, cela n'avait pas d'importance.

— Tu m'avais promis de me donner des nouvelles après ton départ, Frank, mais je n'ai plus entendu parler de toi. Qu'espérais-tu ? Que j'attende indéfiniment que le hasard nous réunisse ?

La voiture venait de se garer devant l'immeuble où résidait Abbey. Frank se pencha pour ouvrir la portière du passager.

— Va chercher ton sac. Dépêche-toi car nous risquons de ne plus avoir de place. L'Eagle est très fréquenté.

Irritée qu'il ignore sa question, Abbey la referma d'un geste sec.

— Je n'ai pas besoin de sac. Je rentrerai chez moi directement.

— On ne sait jamais. On peut être retardés. Prends au moins ta brosse à dents.

Préférant ne pas discuter, Abbey décida de le prendre au mot et jeta sa brosse à dents au fond d'un sac vide avant de ressortir pour le rejoindre.

Comme Frank l'avait prévu, le Spread Eagle était plein à craquer et ils durent partager la table avec un autre couple. La conversation roula sur des sujets d'une grande banalité, mais au moins, ils s'accordèrent sur un point : la qualité de la nourriture.

La cuisine se composait essentiellement de produits

de la mer. Abbey dégusta des cannellonis aux crustacés délicieusement parfumés au basilic et Frank choisit un pain de saumon à la crème, le tout accompagné d'un chablis frais.

Ils prirent le même dessert, une mousse au chocolat, qu'ils savourèrent jusqu'à la dernière cuillerée. Frank regarda sa montre en commandant les cafés.

— Une heure... Ne traînons pas ou nous serons en retard.

Au moment de récupérer sa voiture, Frank eut la désagréable surprise de constater que sa portière avait été enfoncée, mais qu'aucune carte de visite n'avait été laissée sous les essuie-glaces.

Le voyage se déroula sans autre incident. Ils roulaient en silence depuis quelques instants quand Frank se tourna vers Abbey.

— On fait la paix ?

Abbey garda les yeux fixés droit devant elle.

— Oui, cela vaut mieux pour l'image de St. Luke.

Se gardant de commentaire, Frank revint à sa conduite et Abbey en profita pour l'observer à la dérobée. Un sourire satisfait détendait ses traits. Avec sa mèche noire sur son front et sa cravate légèrement dénouée sur son col ouvert, il ressemblait au jeune interne dont elle avait été si follement amoureuse.

A regret, elle détourna son regard.

— Tu penses que nous serons à l'heure ?

Frank hocha la tête.

— Oui, nous sommes presque arrivés. Tu es très tendue, ajouta-t-il. Es-tu toujours en colère après moi ou appréhendes-tu notre visite ?

— Mais non, rien de tout cela... Tu te fais des idées.

— Hmm...

Elle se tourna vers lui.

— Mais encore ?

— Je ne te crois pas, mais ce n'est pas grave.

Déçue par son manque d'intérêt, elle acquiesça.

— Tu as raison, ce n'est pas grave.

Le centre hospitalier de la Pitié se dressait devant eux et Frank s'engagea dans l'allée centrale bordée de magnifiques massifs de fleurs aux couleurs vives.

— C'est sur la droite, dit Abbey.

Frank longea le bâtiment principal de l'hôpital, élégante construction moderne, toute de vitre et de brique, avant de rejoindre une aile adjacente, plus ancienne, en pierre blanche, d'allure victorienne.

— C'est ici.

Il se gara.

— Ils peuvent être fiers de leurs locaux..., commenta-t-elle.

D'après l'aspect extérieur, il était clair qu'ici, on n'avait pas lésiné sur la dépense. La jeune femme eut un pincement au cœur en pensant au mince budget qu'on lui octroyait pour la gestion de St. Luke.

Ils pénétrèrent dans le hall d'entrée au sol recouvert de moquette gris pâle. Un immense lustre vénitien éclairait le plafond orné de moulures.

Une hôtesse, très élégante dans un tailleur bleu marine, se détourna de son ordinateur et se leva.

— Puis-je vous aider ? demanda-t-elle en souriant.

— Nous avons un rendez-vous avec M. Barratt à 14 h 30, dit Abbey. Nous venons de St. Luke.

— Il vous attend. Veuillez me suivre.

Chaloupant sur ses hauts talons, la jeune femme les guida à travers un large et spacieux couloir jusqu'à une porte à double battant en chêne verni sur laquelle la plaque en laiton annonçait « Président-Directeur Général ». Elle frappa et ouvrit.

— Entrez, mademoiselle Westray. Ravi de vous revoir... Et vous êtes M. Darby, n'est-ce pas ?

M. Barratt traversa son bureau, la main tendue vers eux.

— Je suis heureux de vous rencontrer, dit Frank en répondant à sa poignée de main.

— Installez-vous, dit M. Barratt, désignant les fauteuils de cuir noir éclairés par le soleil qui entrait à flots par l'immense baie vitrée qui donnait sur les jardins de l'hôpital. J'ai demandé à M. Ambrose, le président de notre MedCom, de venir nous rejoindre. Je pense qu'il est intéressant que vous le rencontriez, monsieur Darby. En attendant, je vais vous expliquer nos projets pour St. Luke.

Au bout de quelques minutes, tandis que M. Barratt poursuivait son exposé en abordant le thème des dépenses à réduire, Frank haussa un sourcil amusé en jetant un bref coup d'œil à Abbey qui avait elle aussi du mal à garder son sérieux. Heureusement l'arrivée de l'homologue de Frank fit diversion. Les deux médecins échangèrent quelques mots et le président du MedCom de la Pitié invita Frank à visiter les services.

Resté seul avec Abbey, M. Baratt examina le dossier financier de St. Luke.

— Je vois que vous avez considérablement diminué les dépenses côté matériel.

— L'hôpital étant équipé, cette économie va nous permettre d'embaucher deux infirmières supplémentaires.

M. Barratt ouvrit de grands yeux.

— Vous rêvez ? Au contraire, vous devez encore réduire vos dépenses.

— Je ne pense pas que je puisse réduire davantage.

— Mais, si vous le pouvez. On vous a engagée pour

ça, ma chère. Nous ne pouvons continuer à vous subventionner. Je vais vous présenter notre directeur financier qui vous donnera toutes les ficelles.

Elle savait qu'il était inutile de rappeler — et qu'elle devait encore moins se plaindre — qu'on ne l'avait absolument pas alertée sur ce point lors de ses entretiens d'embauche. On lui avait confié ce poste uniquement dans le but de remettre l'hôpital à flot, le bien-être des patients étant la dernière des préoccupations de la direction.

M. Barratt accompagna la jeune femme dans le bâtiment central de l'hôpital où il la présenta à Bob Holl, le directeur financier.

A peine le président avait-il tourné les talons que Bob Holl adressa un sourire rassurant à Abbey.

— *On* vous a envoyée chez moi afin que je vous explique comment réduire votre budget... Juste ?

Ne sachant trop comment réagir, Abbey hocha la tête avec hésitation.

— Ne le prenez pas trop à cœur, mademoiselle Westray.

— Appelez-moi Abbey.

— Et moi, je suis Bob. Soyons clairs, Abbey. Peu importent vos qualités de directrice. Ils feront pression sur vous pour que vous économisiez et eux dépenseront l'argent durement gagné, dit-il avec un petit rire. Mais dans deux mois, vous n'aurez plus de scrupules, et vous les ignorerez comme je le fais maintenant. Je veux bien vous montrer mes comptes, mais ils ne vous apprendront pas grand-chose. Je ne doute pas de vos compétences de gestionnaire.

Abbey sourit, reconnaissant en Bob un camarade d'adversité !

— Vous me rassurez, mais je suis quand même déçue.

— De nos jours, la santé est une affaire d'argent. Tout ce que je vous propose, ce sont quelques ruses pour les calmer. Moi, ils me laissent en paix maintenant.

Ce que lui apprit Bob cet après-midi-là fut très instructif, et lorsque Frank et John Ambrose vinrent la rejoindre, Abbey se sentait très détendue.

— Allons boire un thé à la cafétéria, dit John. Frank et moi avons la gorge sèche d'avoir autant parlé.

— Nous aussi, dit Abbey.

Elle lança un coup d'œil complice à Bob qui acquiesça d'un signe de tête.

Il était 18 heures passées lorsque Frank et Abbey quittèrent la Pitié.

Sur le chemin qui menait au parking, Frank soupira en faisant la grimace.

— Ils sont sympathiques, mais j'ai perdu mon temps.

— Pas moi.

Frank eut l'air étonné.

— Ah bon ?

— Tout d'abord, j'en ai appris de belles sur les motivations réelles de mes patrons, mais, du même coup, je me suis découvert un allié qui m'a enseigné la manière de les bluffer.

— Je t'avais prévenue que tu serais déçue. Ce Barratt est un filou. J'aurais aimé être une petite souris pour l'entendre te débiter son discours.

Elle éclata de rire.

— Tu devines aisément ce qu'il m'a demandé : réduire, réduire et encore réduire les dépenses.

— Comment ose-t-il avoir de telles exigences tout en affichant ce luxe ? Ces malversations me donnent la nausée.

— Malversations ? Le terme est un peu fort, mais c'est vrai qu'ils tentent de faire du profit par tous les moyens.

— Tu joues leur jeu depuis le début.

— Merci pour ton vote de confiance.

— Ne prends pas la mouche, Abbey. Je ne mets pas en cause ton honnêteté, mais les méthodes de Barratt. Il profite de tes talents pour se remplir les poches. Enfin, n'en parlons plus... Allons nous changer les idées.

— Moi, je rentre chez moi, Frank, dit Abbey avec fermeté.

Frank leva les mains en signe de capitulation.

— Entendu, je te ramène chez toi, mais pas avant de t'avoir offert un bon dîner.

— Non, Frank, j'ai vraiment envie de rentrer, dit-elle avec un peu moins de conviction toutefois.

Son hésitation n'échappa pas à Frank qui renchérit :

— Abbey, j'aimerais te voir détendue, loin de St. Luke où nous sommes toujours dérangés...

— Tu n'acceptes toujours pas, n'est-ce pas ?

— Abbey, si ce que tu fais te plaît, c'est très bien... Mais je ne crois pas que tu sois heureuse... Et contrairement à ce que tu penses, le fait que tu le sois est important pour moi.

Surprise, Abbey leva les yeux, cherchant les siens, espérant y trouver la confirmation de ses paroles.

— Alors, tu viens dîner avec moi ? murmura-t-il.

Son regard intense, et tendre, balaya toutes les résolutions d'Abbey, même si, l'espace d'un éclair, elle entendit la voix d'Helen répondant au téléphone.

— Entendu, Frank, allons dîner.

« Et j'espère que je ne le regretterai pas », ajouta-t-elle intérieurement.

6.

Frank démarra et prit la direction opposée à Bleasdon.

— Où allons-nous ?

— Dans une petite auberge en pleine campagne. Elle s'appelle Les Charmilles...

La route traversa effectivement une région de collines riantes, émaillées de prairies verdoyantes et de petits bois et après une dizaine de kilomètres, Frank pénétra sur un parking vide qui flanquait une grande maison en granit entourée de pergolas.

— Comme c'est joli... Ce doit être un paradis à la saison des roses.

— Il s'agit d'une variété très ancienne et très parfumée. Peut-être reviendrons-nous ensemble en été pour profiter de leur senteur ?

Comme elle ne répondait rien, il murmura :

— Je savais que cet endroit te plairait...

A la pensée qu'il avait choisi ce lieu particulier pour passer la soirée avec elle — et qu'il projetait d'y revenir en été — Abbey sentit ses jambes devenir faibles.

— Pourquoi sommes-nous venus ici ? demanda-t-elle, un peu suspicieuse, néanmoins.

Poussant la porte de l'auberge et s'effaçant pour la laisser passer, Frank se pencha vers elle.

— Je t'ai amenée ici parce que la cuisine et le service sont excellents et raffinés.

Ignorant la moue dubitative de la jeune femme, Frank s'avança vers la réception pour réserver une table puis il l'entraîna vers un somptueux salon où trônait un bar en acajou.

— Que veux-tu boire?

Résolue à garder la tête froide, elle commanda un citron pressé.

Quelques clients élégamment vêtus prenaient un verre en devisant à voix basse. Après cet après-midi à la Pitié, Abbey éprouva soudain le besoin de se refaire une beauté.

— Avant, j'aimerais me rafraîchir un peu.

— Entendu. Je vais chercher ton sac dans la voiture.

Estimant que ce n'était pas le moment qu'il découvre qu'elle n'avait emporté qu'une brosse à dents, elle secoua la tête.

— Non, merci, j'y vais.

Il lui tendit les clés.

Quelques instants plus tard, de retour dans le salon, elle trouva Frank confortablement installé dans l'un des fauteuils de cuir brun. Leurs verres avaient été servis.

— Je n'ai pas remporté le sac dans la voiture, mais je...

— Inutile. Je vais le poser à la réception.

Avant qu'elle ait pu protester, il le lui prit des mains et leva les sourcils.

— Au moins, tu ne t'encombres pas de bagages... Ton sac est léger comme une plume.

Les joues d'Abbey s'enflammèrent, mais, à son

grand soulagement, il s'éloigna et elle put reprendre contenance.

Ensuite, tout en dégustant son verre de bordeaux, Frank lui fit part des propos de John Ambrose.

— Au début, les chirurgiens ont dû affronter la même carence en personnel qu'à St. Luke, mais la Pitié étant à l'époque le seul hôpital de la ville, les clients accouraient, quitte à s'inscrire sur des listes d'attente.

A son tour, Abbey raconta le stratagème que Bob Holl avait mis au point pour pallier les restrictions financières.

— Il ne montre qu'une partie édulcorée de la comptabilité. Apparemment, la direction n'y voit que du feu et tout fonctionne très bien ainsi.

Ils discutèrent agréablement de choses et d'autres, mais Abbey avait conscience que Frank la scrutait avec attention et elle se sentait un peu mal à l'aise.

Après l'apéritif, ils gagnèrent la salle à manger aux murs lambrissés. Le choix du menu impressionna Abbey.

— Que me conseilles-tu, Frank ?

— Je n'ai pas oublié tes goûts, dit-il doucement. A part les calamars, il y a ici tout ce que tu aimes. Je me souviens de ce dîner dans un restaurant grec où tu avais fait un esclandre parce qu'on t'avait servi des calamars pour des coquilles Saint-Jacques, ajouta-t-il en riant.

— Je te promets de ne pas recommencer, répondit-elle, embarrassée.

— Je l'espère bien...

Une fois la commande passée, Frank s'appuya au dossier de sa chaise.

— St. Luke était bien le dernier endroit où je pensais

te retrouver, Abbey. Je te croyais mariée et mère d'une ribambelle de chenapans aux yeux bleus.

Abbey ne sut ce qui motivait son sourire pensif : l'image qu'il s'était faite d'elle ou la satisfaction de s'être trompé ?

— Quand j'ai appris que tu avais été engagée comme directeur, poursuivit-il, j'ai immédiatement cherché un prétexte pour te rencontrer. Entre-temps, j'ai été élu président du MedCom et je me suis dit que la chance était avec moi.

Elle faillit protester, mais devant l'éclat sombre des yeux de Frank, elle se tut.

— Il était écrit que nos chemins devaient se croiser de nouveau pour nous donner une nouvelle chance...

— Je serais très heureuse que nous redevenions amis, avança-t-elle prudemment.

— Rien de plus ?

Elle secoua la tête.

— A cause de ce camarade d'école ?

C'était le moment ou jamais de rétablir la vérité, mais Abbey trouva plus avisé de n'en rien faire pour ne pas être vulnérable.

— C'est l'une des raisons..., dit-elle d'une voix douce.

Elle remarqua que son regard se posait ostensiblement sur sa main gauche vierge de toute bague.

— Ce n'est pas un argument suffisant pour moi...

— Dix ans se sont écoulés, Frank. Les choses ne seront plus jamais pareilles. Nous avons parcouru des chemins différents, tissé des relations avec d'autres personnes...

« Comme toi avec Helen », faillit-elle ajouter.

— Pour moi, rien n'a changé, dit-il en entrelaçant ses doigts aux siens. Mes sentiments pour toi sont restés les mêmes malgré le temps.

Un frisson parcourut Abbey qui s'cfforça de répondre sur le ton de la plaisanterie :

— Tu es très fleur bleue ce soir...

Mais il ne rit pas et lâcha sa main avec un soupir las.

L'arrivée des plats détendit l'atmosphère. Le serveur versa du vin dans le verre de Frank qui le goûta avec un hochement de tête appréciateur. Quand Abbey fut servie, il leva son verre.

— A nos retrouvailles, Abbey...

— A nos retrouvailles, répondit-elle doucement.

Le vin fruité et chambré qui coulait dans la gorge d'Abbey lui procura une douce sensation de chaleur et elle ne pensa plus qu'à savourer les gambas parfumées à l'aneth.

— C'est vraiment délicieux. Et le pain... On n'en trouve plus ayant cette saveur dans les boulangeries...

— Ils le font eux-mêmes dans un four à bois, commenta Frank, amusé de la voir se délecter.

— Mais cette entrée est trop copieuse. Je ne sais pas si je vais pouvoir avaler autre chose.

Frank sourit.

— Tu vas vexer le chef. Jamais on ne lui a renvoyé ses plats. Tu ne manges pas assez et tu travailles trop.

— Je n'ai pas ta stature... Mais je consens à faire un effort, pour le chef.

Il approuva d'un sourire et le dîner se déroula ensuite dans une ambiance sympathique et agréable.

Quand ils eurent terminé, Frank parvint à la convaincre de goûter une liqueur à base de plantes, spécialité de la maison.

— J'avais oublié que tu aimais bien terminer un repas ainsi...

Il se pencha vers elle et lui effleura le menton.

— Il y a tellement de choses que tu as oubliées à mon sujet, Abbey, dit-il sur un ton de reproche.

La jeune femme se crispa aussitôt.

— Ton père est toujours aumônier dans l'armée? demanda-t-elle pour éviter un nouveau dérapage de la conversation.

Visiblement déçu qu'elle change de sujet, Frank se redressa en soupirant.

— Non, il est à la retraite. Maman et lui vivent près de Mel. Il sert la messe de façon occasionnelle.

— Il était à l'étranger lorsque je t'ai rencontré et je n'ai jamais eu la chance d'assister à l'un de ses prêches.

— Si tu en as réellement envie, je t'emmènerai un jour prochain...

— Merci. Cela me ferait plaisir.

Le maître d'hôtel, toujours très prévenant, leur proposa de boire leur café dans le salon et ils s'empressèrent d'accepter.

— Et si, au lieu de nous préoccuper de nos parents respectifs, nous parlions un peu de nous, dit Frank quand ils furent installés dans les grands fauteuils devant la cheminée.

Puis il fronça les sourcils en voyant l'expression d'Abbey.

— Je suis désolé, je ne t'ai pas demandé des nouvelles de tes parents...

Abbey s'absorba un instant dans la contemplation de ses ongles.

— Papa est décédé il y a plusieurs années... Maman est partie habiter sur la côte Ouest chez une vieille amie d'école qui avait besoin de soutien. Je ne la vois pas souvent.

Il se pencha vers elle et lui étreignit l'épaule.

— Cette nouvelle m'attriste, Abbey. Je me rappelle combien tu étais proche de ton père.

— Il est mort d'une tumeur au cerveau.

Elle le laissa faire quand il prit l'une de ses mains, mais lorsqu'elle sentit son pouce qui lui caressait doucement la paume, un frisson la parcourut et elle l'arrêta aussitôt.

— C'était il y a longtemps, Frank, j'ai eu le temps de faire mon deuil même s'il me manque énormément.

Puis elle repoussa doucement ses mains et prit sa tasse de café comme pour se protéger contre toute tentation intempestive — et contre toute tentative de la part de Frank.

Il secoua la tête.

— Pourquoi te débats-tu toujours comme un cheval sauvage chaque fois que je m'approche de toi ?

— Je ne me débats pas !

Elle ferma les yeux, au supplice. Mon Dieu... Pourquoi avait-elle cédé à son invitation ?

— Je me fais du souci pour toi, Abbey, murmura-t-il. Tu es sur les nerfs depuis ton premier jour à St. Luke. J'aimerais tant revoir cet éclair de malice qui brillait autrefois dans tes yeux.

— J'étais jeune, Frank. Aujourd'hui, j'ai des responsabilités.

— Nous en avons tous, Abbey.

Il la scruta pensivement, puis comme s'il venait de prendre une décision, il demanda :

— Aimerais-tu savoir ce que j'ai fait durant les dix dernières années ?

— Pour être arrivé où tu en es aujourd'hui, tu as dû te consacrer à ta carrière et étudier.

— Oui, j'ai étudié, mais je suis aussi parti en Inde du Nord où j'ai travaillé dans des conditions précaires. Notre système médical pourrait certainement être amélioré chez nous, mais quand on a vu comment sont soignés les Indiens et bien d'autres peuples de la planète, nous n'avons plus le droit de nous plaindre.

Cette révélation laissa Abbey stupéfaite. Dire qu'elle avait jugé Frank comme un égoïste qui n'agissait que dans son propre intérêt !

— Mais alors pourquoi me réclames-tu sans arrêt du personnel ?

— C'est simple... Plus je travaille à St. Luke, plus je peux aider le tiers-monde.

Un vif sentiment de culpabilité submergea Abbey. Comme elle avait été injuste dans ses critiques !

— Tout l'argent que tu gagnes est... pour les autres ?

Frank sourit d'un air gêné.

— J'ignore pourquoi je te raconte cela. Peu de personnes sont au courant de mon action, et je ne tiens pas à ce que cela se sache.

— Je te remercie de m'en avoir parlé, Frank, murmura-t-elle. Je considère tes exigences sous un nouveau jour.

Il eut un geste de la main, comme pour écarter le sujet.

— C'est pour cette raison que je te l'ai caché : je ne voulais pas t'attendrir dans le but d'obtenir gain de cause. Je tenais simplement à te faire remarquer que nos tracasseries administratives ne sont rien par rapport à l'enfer que vivent ces pays.

— Je n'en doute pas. Tu as dû assister à des scènes éprouvantes.

— Oui, mais j'ai rencontré des gens formidables et vécu des expériences passionnantes.

C'était un autre Frank qui se trouvait devant elle. Le brillant chirurgien aux succès faciles tant dans le domaine professionnel que sur le plan des conquêtes féminines s'effaçait devant un être profondément humain.

— Tu travailles dans un hôpital là-bas ?

— Pas exactement. Je circule à bord d'un train entièrement équipé de matériel médical et chargé de médicaments. C'est le plus sûr moyen d'accéder aux populations isolées des villages.

— A part toi, qui finance ce projet ?

— Des organisations humanitaires.

— Quels sont les maux les plus fréquents ?

— De nombreux patients souffrent de déformations dues à des maladies comme la polio. Certains sont opérables. Aux autres, nous essayons d'offrir une meilleure qualité de vie en les appareillant ou en leur fournissant des béquilles.

— Il n'y a pas de campagne de vaccinations contre les maladies contagieuses ?

— Si, mais les vaccinations réclament la plus grande prudence car ces populations souffrent de déficience immunitaire.

— Je n'avais pas réfléchi à ce risque. La vaccination ferait plus de mal que de bien, effectivement, car elle serait à l'origine d'une épidémie. Mais assez parlé de mes exploits... Il est tard. A moins que tu n'aies changé d'avis, il est temps de partir.

A la flamme qui dansait dans ses yeux, Abbey devina qu'il espérait encore la voir revenir sur sa décision. Grisée par le vin, la chaleur du feu de cheminée, et ce qu'elle venait d'apprendre, elle aurait bien cédé à la tentation. Néanmoins la raison l'emporta.

— Rentrons, Frank.

Il lui prit la main pour l'aider à se lever. Après avoir payé, récupéré vêtements et bagages, ils gagnèrent le parking. Dehors, une petite brise glacée leur cingla le visage.

Frank passa son bras autour des épaules de la jeune femme.

— Serre-toi contre moi. Nous nous réchaufferons mutuellement.

Abbey se nicha contre son torse, appréciant ce contact rassurant, mais, soudain, elle vacilla car il la lâcha brusquement.

— Ma voiture ! s'exclama-t-il. Elle n'est plus là.

Abbey ouvrit de grands yeux.

La BMW avait disparu.

— As-tu remis le système d'alarme lorsque tu es venue chercher ton sac ? demanda-t-il.

— Evidemment. Je ne suis pas stupide.

— Je n'ai pas dit cela, mais tu aurais pu commettre une erreur.

Agacée, elle s'écarta de lui. Frank la retint par le coude.

— Ne te fâche pas, Abbey, mais avoue que voler une voiture munie d'un système d'alarme est plutôt surprenant.

Abbey le considéra, les yeux brillants de colère.

— C'est un coup monté...

— Qu'insinues-tu ? demanda-t-il d'une voix sourde.

— Tu as tout arrangé pour que je passe la nuit avec toi... D'abord, tu me racontes tes prouesses et, ensuite...

Il secoua la tête, incrédule.

— Abbey... Quelle piètre opinion tu as de moi !

Sans attendre de réponse, il se dirigea vers la réception de l'hôtel et lança par-dessus son épaule :

— Rentre à l'intérieur. Je téléphone à la police.

Elle resta seule suffisamment longtemps pour se calmer et réfléchir. L'état d'énervement de Frank prouvait que la voiture avait bel et bien été volée. Ses soupçons étaient absurdes.

Puis Frank la rejoignit dans le hall de l'hôtel.

— Alors?

— J'ai tout expliqué à la police, mais elle n'est guère optimiste, dit-il en haussant les épaules d'un air impuissant. Les voleurs changent les plaques. Autant chercher une aiguille dans une meule de foin... Mais comme ça, je n'aurai pas à changer ma portière! ajouta-t-il avec un sourire amer.

Soudain Abbey sursauta.

— Frank! Le dossier concernant le budget est dans le coffre!

— Espérons que notre voleur n'est pas un espion industriel.

— Ne parle pas de malheur. Comment allons-nous rentrer?

— Si tu as une idée, n'hésite pas. Mais, à mon avis, il serait plus raisonnable de prendre des chambres ici.

— Je ne vois effectivement pas d'autre solution pour ce soir.

— Je vais voir si c'est possible, mais à cette époque de l'année, l'hôtel ne doit pas être complet, dit-il en s'éloignant.

Abbey rejoignit Frank à la réception juste à temps pour entendre :

— Désolé, monsieur, il ne nous reste plus qu'une chambre à deux lits.

7.

Frank s'éloigna du bureau.

— Le mauvais sort s'acharne sur nous..., grommela-t-il. Evidemment, tu crois que cela aussi fait partie de mon plan.

Abbey secoua la tête.

— Je regrette ce que j'ai dit, Frank...

— Alors ? As-tu des objections ?

— Et si nous appelions un taxi ?

— Nous sommes isolés ici. Nous risquons d'attendre longtemps, surtout un vendredi soir. Abbey, nous sommes des adultes, non ?

Devant son silence, Frank chuchota :

— Ne t'inquiète pas. Il y a *deux* lits.

— Je n'ai guère le choix, il me semble, dit-elle en soupirant.

— Je te donne ma parole que je serai sage comme une image.

Il retourna à la réception pour confirmer la réservation. En prenant les clés, Abbey l'entendit commander deux grogs pour la chambre.

— Toi, au moins, lui murmura-t-il à l'oreille tandis qu'ils suivaient l'employé de l'hôtel qui les précédait dans le couloir, tu auras ta chemise de nuit puisque tu as ton sac. Le mien est parti avec la voiture.

Sauf que le sac d'Abbey ne contenait qu'une brosse à dents... Le comique de la situation lui apparaissant, elle réprima un fou rire au moment où le jeune homme ouvrait la porte de la chambre.

Le froncement de sourcils de Frank lui indiqua que son amusement ne lui avait pas échappé, mais il ne fit aucun commentaire.

— Je te laisse la priorité pour la salle de bains, dit-il lorsqu'ils furent seuls. Je fermerai les yeux quand tu seras en chemise de nuit, ajouta-t-il, devant son mutisme.

Décidant qu'il n'était plus temps de jouer la comédie, Abbey ouvrit son sac, révélant son maigre contenu.

— Voilà ce qui me faisait rire. Je n'avais pas l'intention de rester, Frank, et je n'ai emporté que ma brosse à dents.

Frank regarda le sac avec des yeux ébahis.

— Toi qui prétendais que j'avais perdu le sens de l'humour..., reprit-elle. Tu avais dit une brosse à dents et je t'ai pris au mot.

Le rire de Frank se joignit au sien. Il la prit dans ses bras.

— C'était donc ça... Tu as été si rapide pour remplir ton sac que j'ai cru qu'il était déjà prêt et que tu protestais uniquement pour le principe, alors que...

Hilare, il ne put achever sa phrase.

Ils reprenaient leur sérieux quand trois coups frappés à la porte leur annoncèrent l'arrivée du garçon qui apportait les grogs. Abbey profita de l'occasion pour se libérer des bras de Frank et s'assit sur l'un des lits.

Frank lui tendit un verre.

— J'ai pensé que cela nous réchaufferait.

Pensive, la jeune femme avala une gorgée du liquide chaud et sucré.

Frank vint s'asseoir à côté d'elle, l'enlaçant par les épaules.

— Je suis content de t'entendre rire, mon Abbey...

Elle tenta de se lever, mais il la tenait fermement.

— Tu as promis, Frank...

— J'ai promis d'être sage, mais cela c'est sérieux.

Il se pencha vers elle et sa bouche trouva la sienne. Une bouche à la fois douce et exigeante, dont le goût familier fit renaître des émotions qu'Abbey croyait enfouies au plus profond de son être.

— Abbey, ma chérie, murmura-t-il, contre ses lèvres.

Etourdie, elle se laissa emporter par les sensations délicieuses qu'il faisait naître en elle et répondit à son baiser avec passion. La respiration de Frank s'accéléra lorsqu'elle se pressa contre lui.

Puis la conscience lui revint. Que lui arrivait-il ? Elle n'aurait pas dû boire ce grog sachant qu'il lui ôterait toute velléité de résistance.

— Non, Frank..., dit-elle en s'écartant. Voilà pourquoi je ne voulais pas rester.

Il ouvrit la bouche pour protester, mais elle posa la main sur ses lèvres en murmurant :

— Nous allons tout gâcher.

— Gâcher quoi, Abbey ? Tu vas peut-être me dire que Ben est le seul homme de ta vie, mais, durant ces quelques instants, tu m'as prouvé le contraire... Tu t'es servie de lui pour te protéger de moi, mais, maintenant, je *sais* que tu ne l'aimes pas...

Furieuse contre elle-même et contre lui, elle se libéra violemment de ses bras.

— Rien ne te permet d'affirmer cela!

Frank soupira.

— Abbey, lorsque tu t'abandonnes dans mes bras avec autant de...

— Tu sais que je suis vulnérable et tu en profites... C'est tout. Tu te joues de moi et de mes sentiments! J'avais raison de ne pas te faire confiance.

Frank se leva et, pensif, fit quelques pas dans la chambre.

— Parce que tu n'as pas su me résister? Ou parce que tu n'as pas su *te* résister?

— Parce que tout arrive dix ans trop tard, Frank...

Sans attendre sa réponse, elle courut s'enfermer dans la salle de bains et se glissa sous la douche. Sur son visage, l'eau se mêla à ses larmes.

Quand elle fut un peu apaisée, elle ferma les robinets et s'enroula dans une large serviette-éponge avant d'entrebâiller la porte. Voyant Frank debout devant la fenêtre, elle gagna son lit en hâte et se glissa entre les draps.

— Abbey...

— Je ne veux plus discuter, Frank. Je suis fatiguée.

Avec un soupir, il se dirigea vers la salle de bains.

— Je regrette beaucoup d'en être arrivés là.

— Pas autant que moi, grommela-t-elle.

Il s'enferma dans la salle de bains. Quand il en émergea, après ce qui parut une éternité à Abbey, il lança d'un ton faussement enjoué :

— Tu es plus riche que moi. Je n'ai même pas de brosse à dents.

Les paupières baissées, Abbey feignait de dormir, mais elle l'observait à travers ses cils. Il se coucha vêtu seulement de son caleçon. Avant d'éteindre la lumière, il murmura :

— Bonne nuit, Abbey. Fais de beaux rêves.

Il n'obtint aucune réponse.

Dès que la chambre fut plongée dans l'obscurité, Abbey ouvrit les yeux, réfléchissant à ce qui s'était passé. Bientôt, la respiration de Frank, profonde et régulière, lui indiqua qu'il devait déjà dormir et elle resta figée de crainte de le réveiller, ne cessant de s'interroger, se demandant qui était le véritable Frank et si elle devait croire ce qu'il racontait. Elle s'endormit sans avoir trouvé de réponse.

Un léger bruit sortit Abbey du sommeil. C'était Frank qui se déplaçait à pas de loup dans la chambre. Voyant qu'elle était réveillée, il lui tendit une tasse de thé en souriant, comme si de rien n'était.

— Il a fait froid cette nuit car il y a de la gelée blanche, mais avec le soleil, tout va fondre rapidement. Je vais voir s'il y a du nouveau au sujet de ma voiture. Petit déjeuner au lit ?

Abbey étouffa un bâillement.

— Pourquoi pas ?

— Ne bouge pas. Je m'occupe de tout.

A peine avait-il quitté la chambre qu'Abbey posa sa tasse et sauta de son lit. A son retour, Frank la trouva habillée et assise devant la baie vitrée.

— Je pensais que tu resterais au lit.

— Eh bien, tu te trompais... Nous avons une vue imprenable d'ici.

Il s'approcha d'elle et déposa un baiser sur sa joue.

— Tu m'en veux toujours ?

Sa question la plongea dans la plus grande perplexité, mais l'arrivée du petit déjeuner la dispensa de répondre.

Frank posa le plateau sur la table située devant la baie.

— C'est appétissant...

Une bonne odeur de brioches chaudes et d'œufs au bacon embaumait déjà la chambre.

— Et ta voiture? demanda Abbey en servant le café.

— Aucune nouvelle. Elle s'est littéralement volatilisée. L'hôtel se renseigne pour une location. Dès mon retour, je devrai m'en racheter une car je ne peux rester sans véhicule.

— Je pourrai toujours te prêter la mienne.

— Je te remercie, mais je ne peux priver la directrice de l'hôpital de voiture, même si elle vit dans son bureau quinze heures par jour, dit-il, la taquinant gentiment.

— Si je n'étais pas aussi souvent dérangée, je terminerais aux mêmes heures que lorsque j'étais infirmière, répondit-elle un peu sèchement.

— Un poste de direction comporte ce genre de risque.

Il prit une brioche qu'il fendit par le milieu et Abbey resta un instant silencieuse, le contemplant.

— Je le savais, mais c'est à ta présence que je ne m'attendais pas...

— Je te répète que c'est le destin qui nous a réunis, dit-il avant de mordre à pleines dents dans la brioche. Qu'as-tu projeté pour le reste du week-end?

— Si rien ne m'oblige à rester à l'hôpital, je remplirai mon réfrigérateur, et si on ne retrouve pas ta voiture, je devrai reprendre tout mon budget qui était dans le dossier.

— Ne nous affolons pas. Elle va peut-être réapparaître.

Abbey releva brusquement la tête, se demandant s'il ne lui cachait pas une partie de la vérité à propos de la voiture, mais son regard innocent la rassura.

— Et demain ? Que fais-tu ?

— Je vois des amis.

— Des amis ? répéta-t-il, ironique.

— Tu penses que je n'en ai pas ? rétorqua-t-elle sur la défensive.

— Je ne doute pas que tu en as de nombreux. Mais il y en a un qui m'intéresse particulièrement.

N'ayant guère envie de revenir sur le sujet Ben, Abbey but une gorgée de café.

— Tu refuses de me parler de lui ? Alors, j'ai vu juste hier soir, n'est-ce pas ?

Abbey soupira et tourna ostensiblement la tête vers la baie vitrée. Il se pencha vers elle et lui caressa la joue du bout de son index.

— Qui ne dit mot consent, Abbey.

— Toi et tes proverbes !

Le téléphone sonna à cet instant. Frank abandonna sa brioche, visiblement agacé, et se leva pour décrocher.

— Oui ?

Il écouta quelques instants et répondit, laconique :

— Je descends.

Sa réponse ne sembla guère convenir à son interlocuteur, car après avoir écouté une autre longue tirade, il marmonna :

— Entendu. Envoyez-le-moi. C'est la police..., expliqua-t-il après avoir raccroché. Le directeur refuse que je rencontre le policier à la réception car cela nuirait à l'image de l'établissement.

Abbey s'essuya la bouche avec sa serviette.

— Je m'éclipse...

Les sourcils de Frank se haussèrent.

— Pourquoi ? Nous sommes assez loin de Bleasdon pour que ta réputation ne soit pas compromise.

— Ce n'est pas ce que je voulais dire.

— En es-tu certaine ? J'ai l'impression qu'il n'y a que cela qui compte depuis quelque temps.

Nul doute qu'il faisait allusion au bouquet de roses qu'elle avait refusé d'emporter chez elle.

L'arrivée du policier mit un terme à leur discussion. Il resta près de la porte pour expliquer le déroulement des opérations, se perdant dans des détails inutiles, mais ne laissant guère d'espoir à Frank.

— Des autos comme la vôtre sont volées pour être revendues.

— J'ai besoin d'être remboursé rapidement pour me racheter un autre véhicule. Puis-je prévenir mon assurance à présent ?

Le policier dansait d'un pied sur l'autre.

— On ne sait jamais, monsieur. Je vous donne mon avis parce que le directeur de l'hôtel a tenu à ce que je vous rencontre. Si nous le retrouvons, vous serez aussitôt prévenu...

Après les salutations d'usage, le policier s'esquiva très vite, laissant Frank perplexe.

— Je me demande pourquoi il avait l'air si ennuyé... Je vais rendre visite à mon assureur avant midi. La voiture de location devrait être arrivée, maintenant. Nous partirons dès que tu seras prête.

Abbey s'empressa de ranger sa brosse à dents dans son sac.

— Mes *bagages* sont prêts, dit-elle pour le dérider car elle était troublée par l'humeur morose qu'il affichait.

Sa plaisanterie le laissa indifférent.

Quelques minutes plus tard, à la réception, Frank signa les formulaires de location et prit les clés de la voiture. Le directeur de l'hôtel leur serra chaleureusement la main en exprimant ses regrets pour l'incident. En sortant, ils aperçurent l'Astra grenat qui les attendait dans le parking.

Le voyage se déroula dans le silence. Quand ils arrivèrent à St. Luke, Frank se gara à côté de la Fiesta d'Abbey. Toujours sans desserrer les dents, il descendit ouvrir le coffre pour prendre le sac de la jeune femme et le déposer dans celui de la Fiesta. Abbey le rejoignit.

— Je me contenterai de te serrer la main au cas où quelqu'un nous verrait..., dit-il d'un ton acerbe.

— Frank...

Elle aurait voulu lui expliquer que leur amitié lui était précieuse, que sa présence était un réconfort pour elle et que si elle refusait une aventure avec lui, c'était uniquement pour ne plus souffrir et ne pas faire souffrir Helen.

Mais au lieu de cela, elle se contenta de balbutier un remerciement qu'il écouta à peine avant de remonter dans sa voiture et partir sans un regard en arrière.

Une boule se forma dans la gorge de la jeune femme.

— Je pensais que vous seriez rentrée hier soir...

La voix du vigile dans son dos fit sursauter Abbey. Nul doute que l'homme avait vu Frank la déposer.

— M. Darby s'est fait voler sa voiture, ce qui nous a contraints à dormir à la Pitié.

C'était tout ce qu'elle avait trouvé pour détourner ses soupçons.

En traversant le hall de l'hôpital, un sentiment de culpabilité l'envahit. Peut-être Frank avait-il raison.

Elle se souciait trop de sa réputation, au point qu'elle en devenait ridicule et agissait de façon stupide.

— Bonjour, mademoiselle Westray, lança gaiement l'hôtesse d'accueil.

— Bonjour, répondit Abbey en souriant. Du courrier pour moi ?

La jeune fille fouilla les casiers et lui tendit deux enveloppes.

Dans son bureau, au moment où elle retirait sa veste pour l'accrocher au portemanteau, elle vit que Jane avait replacé les roses sur sa table près de la fenêtre.

Après avoir mis en marche sa machine à café, elle s'installa devant sa table pour prendre connaissance des messages de sa secrétaire, mais sa concentration n'était pas totale. La fable qu'elle avait inventée pour l'homme du service de sécurité la tourmentait. Elle craignait en effet, qu'au cours d'une conversation, quelqu'un mentionne cette information à Frank et qu'il ne puisse cacher sa surprise. Ils auraient vraiment l'air d'avoir quelque chose à cacher.

Pour parer à tout malentendu, elle se promit d'en parler à Frank. Mais lui téléphoner uniquement pour cette raison n'avait pas de sens...

En feuilletant le carnet de bord de l'hôpital, elle découvrit qu'un incident était survenu au bloc. Helen avait indiqué qu'une infirmière remplaçante s'était blessée en manipulant un appareil orthopédique.

Abbey ferma son cahier et se rendit au bloc.

— Comment est-ce arrivé, Helen ?

— C'était tard, hier soir. Apparemment, elle ne savait pas comment utiliser le treuil et n'a pas attendu qu'on lui explique. En le soulevant, elle s'est fait mal au dos.

— A-t-elle été examinée ?

— Non, elle a refusé.

Abbey se mit en quête de la jeune fille pour apprendre qu'elle était rentrée chez elle car elle souffrait trop. Elle la joignit au téléphone.

— Avez-vous vu un médecin ? s'enquit-elle.

— Non. Si cela ne s'arrange pas au cours du weekend, je prendrai un rendez-vous lundi.

— Je peux demander à l'un de nos spécialistes de vous rendre visite.

— Merci, je veux bien, répondit l'infirmière qui parut surprise par la proposition.

Abbey retourna à son bureau, satisfaite. Non seulement elle anticipait une plainte éventuelle de la jeune stagiaire contre l'hôpital, mais elle tenait là un bon prétexte pour téléphoner à Frank.

Quand il décrocha et qu'elle s'annonça, il eut un petit rire.

— Je te manque déjà ?

— Non. Si. Enfin, j'ai besoin de tes services.

— Je vois... En quoi puis-je t'être utile ? Je n'ai pas beaucoup de temps. J'ai deux patients en consultation.

Rapidement, Abbey lui expliqua l'accident survenu à l'infirmière.

— Il serait plus prudent de la voir maintenant, conclut-elle. On ne sait jamais, elle pourrait attaquer l'hôpital. Le budget de St. Luke paiera ta visite et tous les frais occasionnés.

Il ne répondit pas immédiatement et elle crut qu'il réfléchissait, cherchant les termes appropriés pour lui opposer un refus poli.

— As-tu son nom et son adresse ?

Soulagée, Abbey lui fournit les coordonnées de la jeune fille.

— J'irai avant le déjeuner.

— Je suis dans mon bureau pour une partie de l'après-midi. N'hésite pas à m'appeler pour me donner des nouvelles. Ah, au fait, Frank...

— Oui ? s'enquit-il, soupçonneux.

— J'ai... menti, tout à l'heure, au vigile. Je lui ai raconté que nous avions dormi à la Pitié où ta voiture aurait été volée. Il faudrait que tu dises la même chose...

— Si tu crois que cela va faire cesser les rumeurs, tu te trompes, répliqua-t-il, amusé. Tu aurais mieux fait de te taire.

— J'ai été prise de court et j'ai répondu sans réfléchir.

— Si tu avais accepté mon invitation dès le début, tu n'aurais pas annoncé ton retour pour hier soir et tu n'aurais pas eu à te justifier.

— Je pensais que ce n'était pas une bonne idée et j'avais raison, n'est-ce pas ?

— Alors tu veux que je dise que nous avons dormi dans des chambres séparées à la Pitié ? demanda-t-il doucement, ignorant sa question. D'accord, je veux bien. Mais à une seule condition.

— Laquelle ? demanda Abbey sur ses gardes.

— Je t'expliquerai plus tard.

8.

Le téléphone sonna à l'instant où elle raccrochait.

— Mme Jenkins ne va pas très bien, dit l'infirmière de service. Je dois laisser quelqu'un auprès d'elle en permanence. Puis-je faire appel à du personnel intérimaire ?

— Oui, bien sûr... J'attends un coup de téléphone, mais je viendrai aussitôt après.

Frank rappela une heure plus tard.

— J'ai vu ton accidentée, Abbey. Rien de grave... Je lui ai administré des anti-inflammatoires. Si elle souffre autant lundi, nous ferons une radio.

— Pourquoi pas maintenant ?

— Ce n'est pas la peine de l'exposer aux rayons X inutilement.

— Bon, tiens-moi au courant. Si son absence dure au-delà de trois jours, l'hôpital est tenu de faire une déclaration d'accident auprès du ministère de la Santé.

— Pas de problème...

— Merci, Frank.

— Si nous embauchions du personnel qualifié, nous n'aurions pas de problème.

— Je sais, mais un peu de patience, Frank, dit-elle en soupirant.

— Bon. A présent pouvons-nous discuter de notre marché ?

— Je t'écoute.

— J'ai beaucoup réfléchi et j'aimerais éclaircir certains malentendus entre nous... Pourrions-nous dîner ensemble ce soir ?

— Oui, peut-être...

— Tu ne sembles pas très enthousiaste...

— Pardonne-moi, Frank, mais... je suis soucieuse car j'ai beaucoup de travail en retard. Et l'une de tes patientes, Mme Jenkins, ne va pas très bien. Je dois aller la voir.

Frank soupira.

— Je passe dès que je peux. Qui est l'interne de service ?

— Ellie Wycliffe.

— Très bien. Je lui confierais ma mère... Je viens dès que possible et nous aviserons.

— Entendu.

Abbey raccrocha non sans ressentir une pointe de jalousie devant l'attention particulière que Frank portait à Ellie.

« Mon Dieu ! Si tu ressens la même chose chaque fois que Frank regarde une femme, tu n'as pas fini de souffrir ! »

La jeune infirmière qui l'avait appelée plus tôt, une jolie brunette aux yeux noirs, l'accueillit au niveau des chambres avec un sourire aimable.

— Comment ça se passe ?

— On s'en sort...

— Serez-vous assez nombreuses pour le week-end ? demanda Abbey en consultant le tableau de service affiché sur le mur du bureau.

— Tout dépend de l'état de Mme Jenkins.

— Quel est son numéro de chambre ? Je vais aller la voir.

— Le 45.

Deux infirmières bordaient le lit de la patiente et Abbey attendit qu'elles terminent.

— Bonsoir, madame Jenkins. Comment vous sentez-vous ?

La respiration de la vieille femme était courte et rapide. Elle était assise, appuyée contre ses oreillers, et ses mains posées sur le drap tremblaient.

— Laissez-moi partir d'ici, je vous en supplie.

Avec un mouchoir, Abbey essuya les larmes qui roulaient dans les rides des joues parcheminées.

— Vous savez bien que ce n'est pas possible. Ne perdez pas courage, madame Jenkins, autrement vous ne guérirez pas.

La dame secoua la tête.

— J'en ai assez. Je n'ai plus rien à faire dans ce monde.

— Vous avez vécu un moment difficile, mais, bientôt, vous vous sentirez mieux. Nous faisons tout pour cela. Ne vous laissez pas abattre.

Mme Jenkins adressa à Abbey un faible sourire et lui prit la main.

— Vous, au moins, vous m'écoutez. Vous n'êtes pas comme ces médecins qui s'acharnent à nous sauver la vie à n'importe quel prix. Ou comme ces jeunettes sans expérience.

Abbey sourit.

— Vous ne me rajeunissez pas, madame Jenkins.

La vieille femme ferma les yeux et se laissa glisser dans le sommeil. Abbey demeura près d'elle jusqu'à ce que les doigts noueux relâchent les siens.

Lorsqu'elle regagna le bureau du service, l'infirmière préparait les médicaments pour la nuit.

— Pauvre Mme Jenkins..., dit Abbey. Elle a perdu le goût de vivre.

— C'est difficile pour elle. Elle n'a plus de famille et elle dit que toutes ses amies sont décédées.

— Je sais, acquiesça Abbey. Il faut être gentil avec elle.

— Nous faisons le maximum.

— Je n'en doute pas. En ce moment, elle dort tranquillement, mais au moindre problème, n'hésitez pas à m'appeler chez moi. M. Darby va arriver. Dites-lui que j'aimerais lui parler.

— Entendu, mademoiselle Westray.

Une heure plus tard, Frank frappa à la porte du bureau d'Abbey.

— J'ai eu ton message. Que se passe-t-il?

— C'est à propos de Mme Jenkins... Elle m'inquiète. J'ai l'impression qu'elle n'a plus la volonté de vivre...

— Ellie m'en a parlé.

— Elle accuse les médecins de faire de l'acharnement thérapeutique.

— Je ne suis pas de ceux-là. Je lui ai simplement donné des analgésiques pour qu'elle ne souffre pas. Nous allons tout faire pour la sortir de cet état dépressif, je te le promets...

Il se pencha et déposa un bref baiser sur sa joue.

— Tu es toujours d'accord pour ce soir? Je passe te chercher chez toi à 7 heures, ajouta-t-il comme pour parer à un éventuel refus.

— Je serai prête.

A 4 heures et demie, Abbey décida qu'elle avait assez travaillé pour la journée et quitta l'hôpital. Sur le chemin, elle fit quelques emplettes pour le week-end et, en arrivant chez elle, elle se relaxa dans un long bain.

L'expérience précédente l'incita à être prête largement avant l'heure prévue. Elle choisit un tailleur pantalon noir et un chemisier bleu lavande qui lui semblait être une tenue simple et confortable pour un dîner entre camarades de travail.

A 7 heures pile, le téléphone sonna.

— Allô, Abbey ? Je suis désolé, mais je dois annuler notre rendez-vous.

— Ah bon ? dit-elle, dissimulant sa déception.

— Au moment où j'allais sortir, j'ai reçu un appel en urgence. Tu te souviens de Denny Dale ? Il a voulu rejouer trop tôt au football et son genou est de nouveau abîmé. Je dois l'opérer immédiatement.

— As-tu besoin de mon aide ?

— Non, merci. Ellie m'assistera.

— Très bien. Bonne chance. A lundi.

Le cœur gros, elle raccrocha sans lui laisser le temps de répondre. Tout était sa faute. Son attitude de la veille au soir conduisait Frank droit dans les bras de la première femme qui lui manifestait un quelconque intérêt.

Elle surprit son reflet dans la glace et son visage lui parut soudain pâle et défait. Morose, elle troqua son tailleur et son chemisier contre un T-shirt et un jean.

La déception lui avait coupé l'appétit bien qu'elle n'eût rien avalé depuis le dîner à l'hôtel, mais la seule idée de préparer une salade lui soulevait le cœur. Prenant un plateau, elle y posa un verre de lait et un sandwich avant de s'installer devant la télévision.

Sans s'en rendre compte, elle sombra dans un sommeil lourd et agité. A 11 heures, quand elle s'éveilla, la télévision marchait toujours. Sur le plateau, le verre de lait et le sandwich étaient intacts.

⁂

Le dimanche, Penny, qui était de service, appela Abbey.

— Désolée de vous déranger, mademoiselle Westray, mais l'état de Mme Jenkins s'est aggravé. J'ai cherché à joindre l'une de nos remplaçantes habituelles, mais elles ne sont pas disponibles. Puis-je faire appel à une agence ?

Abbey réfléchit rapidement. Le coût d'une infirmière envoyée par une agence était élevé, surtout le dimanche, et c'était pour cette raison que son prédécesseur y avait renoncé. Elle s'apprêtait néanmoins à répondre par l'affirmative quand la détresse de la vieille dame lui revint à la mémoire.

— Je viens m'occuper d'elle.

Après une seconde de silence, Penny demanda :

— Vous êtes sûre ?

— Oui, elle préférera la présence d'une personne familière.

— Oui, j'imagine..., dit Penny qui parut surprise. Notre équipe sera au complet à partir de 9 heures ce soir. Vous pourrez rentrer chez vous, murmura-t-elle.

La vieille femme ne dormait pas et dès qu'elle reconnut Abbey, son regard s'anima, mais elle demeura silencieuse. La jeune femme s'asseyait à son chevet quand Frank et Ellie entrèrent dans la chambre. La jeune interne lui décrivait la subite dégradation de l'état de la malade.

— Je vais l'examiner, dit Frank.

Ellie sortit de la chambre tandis qu'Abbey aidait Frank à dévêtir le haut du corps de la patiente. Alors qu'il l'auscultait, son regard croisa celui d'Abbey et il secoua imperceptiblement la tête.

Lorsqu'il eut terminé, il demanda à Abbey de l'accompagner dans le bureau du service, laissant Mme Jenkins sous la surveillance d'une aide-soignante.

— Je crains que Mme Jenkins ne passe pas la journée, dit-il en refermant la porte sur eux.

— Je m'en doutais. Que pouvons-nous faire pour elle ?

— Seulement soulager la douleur car elle a toujours refusé aide et assistance. Même quand il s'agissait de sa sœur.

— De sa sœur ?

— Celle-ci est restée grabataire durant plusieurs années. Les seules personnes à qui Mme Jenkins permettait d'entrer étaient deux infirmières qui venaient laver sa sœur chaque jour. Pour le reste — les courses, le ménage et la cuisine —, elle s'occupait de tout elle-même.

— Et qu'est-il advenu de sa sœur ?

Frank grimaça.

— Elle est morte il y a un mois. Depuis, Mme Jenkins ne mange plus. Quand elle s'est cassé le col du fémur, il y a trois semaines, elle ne voulait même pas être hospitalisée.

Le désespoir de la vieille dame inspirait une profonde compassion à Abbey. Mme Jenkins avait tout fait pour éviter l'hôpital à sa sœur et, aujourd'hui, elle n'avait plus personne pour s'occuper d'elle.

— Je vais tenter de la réconforter. C'est ce dont elle a le plus besoin.

— Ah, je retrouve l'infirmière..., dit Frank, amusé.

— L'avantage de travailler dans une petite structure, c'est que je peux demeurer proche des patients, rétorqua Abbey sur la défensive.

— Ne prends pas la mouche, Abbey... Je plaisantais. Bon, je reviendrai plus tard.

Plongée dans ses pensées, Abbey retourna dans la chambre de Mme Jenkins. La jeune aide-soignante se leva dès qu'elle entra.

— Elle s'est endormie, murmura-t-elle. Avez-vous besoin de quelque chose, mademoiselle Westray ?

— Non, merci. Depuis combien de temps travaillez-vous ici ? demanda-t-elle avec un sourire. Myra, n'est-ce pas ? ajouta-t-elle, lisant le badge épinglé sur la blouse blanche.

Celle-ci hocha la tête.

— Depuis presque sept mois, répondit-elle avec nervosité.

— Votre travail vous plaît ?

— Oui, beaucoup. C'est une expérience très enrichissante.

— Je suis heureuse que vous aimiez ce métier.

Après le départ de la jeune fille, comme Abbey s'asseyait près du lit, la patiente ouvrit les yeux. Un faible sourire étira ses lèvres exsangues.

Abbey lui prit la main.

— Avez-vous besoin de quelque chose, madame Jenkins ?

Les paupières fripées voilèrent le regard morne.

— Rien qui me maintienne en vie. Il n'y a plus personne pour se soucier de moi.

— Si, moi, et le Dr Darby..., dit Abbey doucement. Nous allons vous administrer des calmants pour apaiser la douleur...

Mais la vieille dame secoua imperceptiblement la tête.

— Je veux rejoindre Bessie...

Quelques minutes plus tard, Mme Jenkins dormait, la bouche ouverte.

Livrée à ses pensées, Abbey ne put s'empêcher d'établir un parallèle entre cette vieille dame et elle. Les mots qu'elle avait prononcés trouvaient une étrange résonance en elle-même.

Qui se souciait d'elle depuis la mort de son père ?

Elle connaissait beaucoup de gens, certes, mais ses seuls vrais amis étaient Ben et Cheryl. Après sa désillusion amoureuse, dix ans auparavant, elle avait opté pour une indépendance qui, aujourd'hui, s'apparentait à la solitude.

S'était-elle autant endurcie que Frank le prétendait ?

Qu'attendait-elle de la vie ?

Un gémissement de Mme Jenkins interrompit le cours de ses réflexions. La vieille femme passa sa langue sur ses lèvres desséchées, et Abbey lui fit boire un peu d'eau avant de lui prendre le pouls et la tension. L'état de la malade déclinait. Serait-elle toujours de ce monde lorsque Frank reviendrait ?

A 17 h 30, l'aide-soignante apporta une tasse de thé à Abbey et lui proposa de la relayer quelques minutes, mais elle refusa, sachant que Mme Jenkins avait besoin du réconfort qu'elle lui apportait.

Frank arriva à 7 heures.

— Comment va-t-elle ? chuchota-t-il.

Abbey secoua la tête et lui tendit les courbes de température.

Ayant vérifié le pouls de Mme Jenkins, il aida Abbey à la changer de position puis s'assit au chevet de la vieille dame. Le fait de venir partager avec elle cet accompagnement émut profondément Abbey.

La sonnerie du bip de Frank brisa désagréablement le silence de la chambre. Il regarda le numéro affiché et dit à voix basse :

— Désolé de te quitter, Abbey, mais j'ai un patient à voir en médecine générale.

Et Abbey resta seule à veiller Mme Jenkins dont la respiration était régulière et le visage détendu, à lui humecter les lèvres régulièrement.

Ellie sur ses talons, Frank revint une heure plus tard. Abbey tourna la tête quand ils arrivèrent.

— Je crains qu'il ne soit trop tard, dit-elle tranquillement.

— Cela ne me surprend pas... Je suis navré, mais je n'ai pas pu être là plus tôt, Abbey. Comment te sens-tu ?

— Bien, dit-elle d'un ton brusque, faisant un effort pour ravaler ses larmes.

Conscient de son émotion, il l'enlaça par les épaules.

— Je suis triste de ne pas l'avoir assistée avec toi.

— Oh, ce qui est triste, c'est de penser que personne ne la pleurera.

— Elle ne voulait plus vivre de toute façon, intervint Ellie.

Abbey lui lança un regard noir.

— Je *sais* ce qu'elle ressentait.

La jeune interne ne fit aucun cas de son hostilité.

— Pour le certificat de décès... Je marque 20 h 14.

Tirant doucement le drap sur le visage de Mme Jenkins, Abbey compléta la fiche de renseignements et sortit de la chambre, le dossier sous le bras.

Dans la salle de service, Penny la remercia chaleureusement.

— Nous regrettons d'avoir gâché votre week-end, mademoiselle Westray.

— Je suis contente du peu d'aide que j'ai pu lui apporter. Pendant que j'étais à son chevet, je m'interrogeais sur son mari. La seule personne qui semble avoir compté pour elle est sa sœur.

— Je crois qu'il a été porté disparu durant la Première Guerre mondiale. Ils s'étaient mariés très jeunes, mais n'avaient pas eu le temps d'avoir des enfants.

— Triste destin...

— C'est vrai qu'on ne devrait jamais rater les occasions d'être heureux.

Les mots de Penny résonnèrent de façon particulière dans le cœur d'Abbey. N'avait-elle pas laissé filer sa chance de bonheur en éconduisant Frank ?

Au moment où elle formulait cette pensée, elle l'aperçut se dirigeant vers les ascenseurs, tenant Ellie par le coude.

— Je ne serai pas long, lui dit-il avant de retourner vers Abbey.

— Tu viens à la cafétéria ?

Ainsi c'était là qu'Ellie allait l'attendre.

— Non, je dois rentrer. J'ai du rangement à faire. Je n'ai pas été chez moi du week-end.

— Tu n'as pas dîné.

— Je dînerai chez moi.

Comme Frank la scrutait en silence, elle poursuivit :

— Tu te souviens du dossier que j'ai perdu dans ta voiture ? Je dois le reconstituer.

Frank soupira.

— Je me sens responsable de tout cela. Si je ne t'avais pas invitée à sortir vendredi, tu n'aurais pas perdu tes précieux documents, et si j'avais pris moi-même soin de ma patiente, tu aurais eu le temps de travailler aujourd'hui.

— Tu n'es responsable de rien, rétorqua-t-elle sèchement.

Regrettant aussitôt la dureté de son ton, elle se radoucit :

— Mme Jenkins était autant ta patiente que la mienne. Je suis là aussi pour m'occuper des malades. Bonsoir.

Abbey savait que son attitude était irrationnelle, mais Frank avait le don de la plonger dans une telle confusion que son comportement finissait par en être affecté.

Sans attendre qu'il réponde, elle se rua dans son bureau, rassembla ses papiers, descendit l'escalier quatre à quatre, s'engouffra dans sa voiture et rentra chez elle à vive allure.

Une longue douche froide lui éclaircit enfin les idées.

« La balle est dans ton camp, ma fille, songea-t-elle. Pourquoi Frank s'engagerait plus avec toi qu'avec Helen ou Ellie quand tu t'obstines à le tenir à distance ? »

Il fallait jouer cartes sur table, ne plus mentir et cesser de se protéger en prétextant une relation avec Ben, partir sur de nouvelles bases, montrer à Frank qui elle était vraiment.

Forte de ses nouvelles résolutions, Abbey acheva sa toilette, enfila un pyjama de coton et se glissa entre ses draps. La tête à peine sur l'oreiller, elle s'endormit.

9.

Ce fut le radio-réveil qui sortit Abbey du sommeil. Voyant l'heure, elle fut étonnée d'avoir autant dormi, mais, néanmoins, elle se rendit à St. Luke sans trop d'énergie. Toutefois, son humeur s'épanouit lorsqu'elle découvrit sur son bureau une sélection de candidatures en réponse à l'offre d'emploi lancée la semaine précédente.

Après examen minutieux de chaque dossier, cinq noms retinrent son attention et elle convoqua Helen pour qu'elles puissent discuter de la possibilité d'une embauche au bloc.

Cette nouvelle sembla ravir la jeune femme qui entra tout sourire dans le bureau d'Abbey.

— Frank va être fou de joie. Depuis le temps qu'il réclame une infirmière supplémentaire.

— Je connais son avis sur la question, dit froidement Abbey.

— L'argent qu'il gagne ici n'est pas pour lui, vous savez. Il s'en sert pour aider les populations du tiers-monde.

— Je suis au courant des actes de bienfaisance de M. Darby, et serais ravie de le servir en ce sens. Mais si j'ai pris cette décision, c'est en priorité pour le bon fonctionnement de l'hôpital.

— Oh, bien sûr, ce n'est pas ce que je voulais dire...

— Je sais, Helen, coupa Abbey, consciente que ses sentiments personnels influençaient son attitude vis-à-vis de l'infirmière. Je viens de passer les semaines les plus difficiles de ma carrière, ajouta-t-elle, radoucie, mais je pense que la situation va s'améliorer. A moins que le corps médical ne me réclame l'impossible.

— Je ne crois pas que ce sera le cas...

— Peut-être pas cette semaine, dit Abbey d'un air sombre, mais j'ignore ce qu'ils me réservent pour l'avenir.

Helen fixa les doigts d'Abbey qui tournaient et retournaient un stylo.

— Pourquoi avez-vous renoncé à votre métier d'infirmière ?

— Pour différentes raisons, dit Abbey, évasive.

— Excusez-moi, je suis...

— Non, je peux vous expliquer... En fait, j'avais un projet de carrière et vous savez comme moi que le seul moyen pour une infirmière de progresser dans la hiérarchie, c'est de faire une croix sur son métier.

— Oui. C'est dommage. Mais cela ne me conviendrait pas. Et puis il faut être célibataire pour cela.

— Vous voulez dire que... vous êtes mariée ? demanda Abbey, qui s'efforçait de masquer son émotion.

Helen sourit timidement.

— Je devrais me taire, mais j'aime tellement parler de lui. Nous devons rester prudents tant que son divorce n'a pas été prononcé. C'est un généraliste.

— Ne vous inquiétez pas, je serai muette comme une tombe. Et vous serez la bienvenue chaque fois que vous aurez envie de bavarder.

— Merci. Je m'en souviendrai.

Dès qu'Helen eut pris congé, Abbey s'appuya contre le dossier de sa chaise, le cœur gonflé de joie. Comme elle avait été stupide ! Elle aurait détesté être victime des rumeurs de l'hôpital, mais elle avait néanmoins cru sans hésiter celles qui couraient sur le compte de Frank et d'Helen.

En même temps que son espoir renaissait, une certitude s'imposait à elle : elle devait avouer ses sentiments à Frank.

Il n'était pas trop tard pour donner une seconde chance à leur histoire. Et si elle échouait, du moins elle aurait essayé.

Mais Frank ne se manifesta pas, sauf pour lui faire dire que la jeune infirmière blessée était rétablie.

Et si, de guerre lasse, Frank avait fini par renoncer à elle ?

Le jeudi matin, après une nuit agitée, elle fit le tour des chambres et fut étonnée de trouver Denny sagement allongé dans la sienne.

— J'ai l'impression que notre jeune lion s'est calmé, dit-elle à Penny.

L'infirmière sourit.

— Oui, il a compris la leçon.

L'absence de Frank permettait à Abbey d'avancer dans son travail, mais son silence se prolongeant, elle commençait à s'inquiéter sérieusement.

— Je fais un saut à la banque, annonça-t-elle à Jane le jeudi. J'ai besoin d'un état de nos comptes avant de rencontrer nos candidats cet après-midi. Comme la ville est calme à cette heure-ci, je serai de retour d'ici à une demi-heure.

— Ne vous inquiétez pas. M. Darby n'insiste plus autant qu'avant... Il m'effrayait un peu au début.

Abbey s'efforça de rire.

— Je vous ai dit qu'il n'était pas dangereux.

— Je vous crois, dit Jane avant de se retourner vers son écran.

La rue principale étant déserte, Abbey se gara sans problème devant la banque et régla rapidement ses opérations. Elle s'apprêtait à reprendre le volant lorsqu'au coin de la rue, devant le bureau de poste, un homme s'effondra sur le trottoir.

Jetant son sac et ses dossiers sur la banquette de sa voiture, elle se précipita au secours de l'homme. Son sang ne fit qu'un tour lorsqu'elle reconnut M. Murray, le patient que Frank avait opéré de la hanche quelques semaines auparavant.

Elle s'accroupit près de lui tandis qu'un attroupement se formait sur le trottoir encore désert quelques minutes auparavant.

— Monsieur Murray... Vous souvenez-vous de moi ? Je suis la directrice de St. Luke. Rien de cassé ?

Le vieil homme secoua la tête.

— Je ne crois pas. Laissez-moi vérifier.

Soutenu par la jeune femme, il remua ses jambes.

— C'était à ma pension qu'il en voulait...

— Comment ? dit-elle, horrifiée. Quelqu'un vous a attaqué ?

— Il m'a suivi dans la poste, dit M. Murray en haussant les épaules. En sortant, il m'a arraché ma canne, mais il n'a pas eu le temps de prendre mon argent.

— Souffrez-vous ? demanda Abbey.

— Non, mais j'ai peur pour ma hanche. J'espère qu'elle n'est pas déplacée. Qu'en pensez-vous, mademoiselle ?

— Je vais vous aider à vous redresser. Si vous parvenez à tenir debout, c'est que tout va bien et je vous raccompagnerai chez vous en voiture. Sinon, j'appelle une ambulance.

Elle glissa un bras sous ses aisselles.

— A la moindre douleur, vous me dites d'arrêter. Entendu ?

Désappointée que rien de plus grave ne fût arrivé, la foule se dispersa rapidement. Seul un jeune homme en jean râpé et aux cheveux hérissés resta pour aider et Abbey lui sourit avec gratitude.

— Ma voiture est là-bas, dit-elle.

Dès que M. Murray fut en sécurité dans la voiture, Abbey remercia le jeune homme qui s'éloigna et disparut rapidement au coin de la rue.

— Sale petit garnement..., grommela M. Murray.

— Pourquoi dites-vous cela ? s'étonna Abbey.

— C'est lui qui m'a arraché ma canne.

— Pour vous aider ensuite ? Vous devez vous tromper, monsieur Murray ! Ne vous fiez pas aux apparences. Ce n'est pas parce qu'il est mal coiffé et que son jean est en pièces que c'est un mauvais garçon.

Mais le vieil homme secoua la tête avec véhémence.

— Je ne me trompe pas. Il espérait que vous me laisseriez à ses bons soins, ainsi il aurait pu terminer son travail.

— Mais pourquoi ne l'avez-vous pas dit quand il était encore là ? Quelqu'un aurait pu appeler la police.

— Jamais ils n'auraient cru un vieux fou comme moi, mademoiselle...

Abbey ne chercha pas à discuter davantage. Ramener M. Murray chez lui était plus important.

— Où habitez-vous ?

— A côté de la gare.

— Il y a quelqu'un chez vous ?

— Non. Je vis seul. Une aide ménagère vient deux fois par semaine, mais ce n'est pas son jour.

Abbey démarra et suivit les indications du vieil homme. Il se trompa plusieurs fois, et elle en conclut qu'il avait des trous de mémoire.

— Avant de descendre, dites-moi où se trouve votre clé.

M. Murray fouilla dans la poche de sa veste avec difficulté et tendit son trousseau à la jeune femme qui partit ouvrir la porte d'entrée.

Elle revint l'aider à sortir de la voiture.

— Connaissez-vous quelqu'un qui pourrait vous tenir compagnie pour la journée ?

— Je préfère rester seul.

En dépit de ses protestations, Abbey ne céda pas. Elle avait l'intention, dès que le vieil homme serait confortablement installé chez lui, de retourner au bureau de poste pour vérifier si un témoin avait assisté à la chute de M. Murray. Au moindre indice, elle préviendrait la police.

M. Murray s'assit dans un fauteuil.

— Prendriez-vous une boisson chaude, monsieur Murray ?

— Oui, du thé, s'il vous plaît. La cuisine est par là.

Pendant que l'eau bouillait, Abbey prépara un plateau avec une grande théière, une tasse et le sucrier.

— Prenez-vous du lait ?

Ne recevant aucune réponse, elle retourna dans le salon. M. Murray s'était endormi.

« Me voilà dans de beaux draps ! » se dit-elle car il était hors de question qu'elle l'abandonnât pendant son sommeil.

Restait à prévenir Jane de son retard. Elle chercha en

vain un téléphone. Résignée, elle but une tasse de thé en attendant le réveil de M. Murray. Une heure plus tard, le vieil homme ouvrit un œil.

— Le thé doit être froid, à présent, dit Abbey en souriant. J'en prépare une autre théière.

— Cela m'a fait du bien de dormir.

Abbey constata qu'effectivement il avait meilleure mine.

— Vous n'avez pas de téléphone, monsieur Murray ? demanda-t-elle en lui apportant une tasse.

— J'ai un portable dans ma poche. Vous désirez appeler ?

— Oui car je ne partirai pas avant qu'un médecin vous ait vu et ensuite j'aimerais informer ma secrétaire de l'endroit où je me trouve.

— Je vais bien. Je n'ai pas besoin de médecin. Ce sont tous des charlatans. Mais si vous désirez appeler l'hôpital, ne vous gênez pas.

Il sortit le portable de sa poche, l'ouvrit et le tendit à Abbey qui composa le numéro de l'hôpital.

— Où êtes-vous ? s'enquit la secrétaire d'une voix inquiète. J'ai appelé la banque et...

— Je suis chez l'un de nos anciens patients. Il est tombé et je l'ai raccompagné chez lui.

— Dans quel quartier ?

— La gare.

Entendant Jane répéter ses réponses à quelqu'un, Abbey demanda qui se trouvait là.

— M. Darby. Vous m'aviez dit n'en avoir que pour trente minutes et je ne comprenais pas ce qui avait pu vous retarder à ce point. Je suis même allée sur le parking voir si votre voiture y était et c'est là que j'ai croisé M. Darby.

— Abbey..., dit Frank. Tu vas bien ?

Les battements de cœur de la jeune femme s'accélérèrent.

— Bien sûr. J'ai trouvé plus prudent de demeurer chez M. Murray après sa chute.

— Est-il blessé ?

— Je ne pense pas.

— A-t-il été examiné par un médecin ?

— Il ne veut pas que j'en appelle un.

— Donne-moi son adresse. J'arrive.

Après avoir fourni tous les renseignements, Abbey raccrocha et rendit l'appareil à M. Murray.

— Vous serez examiné que vous le vouliez ou non. M. Darby était dans le bureau de ma secrétaire et il veut vous voir lui-même. Il sera là dans quelques minutes.

— Je préfère lui à n'importe quel médecin, et je parie que vous aussi, dit-il avec un clin d'œil.

— Ah oui ? Qu'est-ce qui vous permet de penser cela ?

— M. Darby est bel homme.

Abbey sourit.

— Vous êtes un coquin, monsieur Murray, mais je dois vous avouer que je suis contente qu'il vienne vous ausculter. Je partirai plus tranquille.

Quelques minutes plus tard, une voiture s'arrêta devant la maison et, par la fenêtre, Abbey vit Frank franchir le portail de bois. Elle ouvrit la porte d'entrée.

— Bonjour, Abbey. Alors que s'est-il passé ?

— Ce n'est pas ma faute, intervint M. Murray. Un voyou m'a agressé pour me voler ma pension.

Abbey, l'air dubitatif, regarda Frank.

— Il accuse un jeune homme qui nous a aidés ensuite.

— Pourquoi n'as-tu pas prévenu la police ?

— J'ai jugé plus urgent de ramener M. Murray chez lui.

Frank opina et se tourna vers le vieil homme pour l'examiner.

— Vous n'avez rien, dit-il lorsqu'il eut terminé. Vous êtes solide comme un roc.

— Avant que nous nous en allions, monsieur Murray, avez-vous ce qu'il faut pour déjeuner ? demanda Abbey.

— On me livre un plateau tous les midis. Ils ont ma clé.

— Voulez-vous une autre tasse de thé ?

— Non, merci. Partez donc, tous les deux.

A peine sortis, Frank adressa un chaleureux sourire à Abbey.

— Heureusement que tu étais là.

— C'était le plus pur des hasards. Mais M. Murray doit se tromper lorsqu'il accuse le jeune homme qui nous a aidés.

— Je ne sais pas si nous devons informer la police... Enfin, le plus important est qu'il se repose tranquillement.

— Je pensais repasser par le bureau de poste pour savoir s'ils avaient remarqué quelque chose. Si c'est le cas, j'alerterai le commissariat.

— C'est une bonne idée. Vas-y, moi, je rentre à St. Luke.

Aucun des trois employés de la poste ne vint confirmer les dires de M. Murray. Personne ne croyait à cette agression. Le caissier précisa même que M. Murray n'avait pas toujours toute sa tête.

Abbey les remercia et retourna à l'hôpital.

A sa grande surprise, Frank l'attendait dans le bureau de Jane.

— Des nouvelles ? s'enquit-il.

— Personne n'a rien vu. Où est Jane ?

— Elle est partie déjeuner. Si nous en faisions autant ?

Frustrée de devoir décliner l'offre de Frank car les candidats seraient dans son bureau dans une demi-heure et ses comptes n'étaient pas prêts, Abbey soupira.

— Cela m'aurait fait plaisir, Frank, mais j'ai pris beaucoup de retard avec M. Murray.

— A ta guise, dit-il, dubitatif.

— Retrouvons-nous un autre jour dans la semaine, ou même ce soir... Je peux préparer quelque chose à la maison.

— C'est très gentil, mais ce soir, je suis pris.

Ce fut au tour d'Abbey de ne pas le croire, mais, impuissante, elle se contenta de le regarder tourner les talons.

Les jours suivants, Frank demeura invisible. Abbey préféra mettre son silence sur le compte des interventions au bloc qui, après l'embauche d'une infirmière, augmentaient quotidiennement. Si sa vie privée était un désastre, elle réussissait de façon indéniable professionnellement. Son plan de gestion pour relancer l'hôpital fonctionnait à merveille.

Pour la première fois depuis qu'elle était à St. Luke, elle attendait avec hâte que se tienne la réunion du MedCom pour pouvoir annoncer que le nombre d'admissions ne cessait de croître.

Mais surtout, elle allait revoir Frank.

Le mercredi, Frank ouvrit la réunion en exposant l'ordre du jour et Abbey nota qu'il évitait soigneusement de tourner la tête dans sa direction, mais lorsqu'elle prit la parole, elle dut faire beaucoup d'efforts pour ignorer son regard hostile.

Au moment des rafraîchissements, il vint vers elle, avec un sourire ironique.

— Félicitations, Abbey, tu peux être fière. En fait, j'avais tort. Tu as choisi la bonne voie.

Abbey crut qu'elle allait fondre en larmes, mais elle lui rendit son sourire et répondit avec calme :

— L'hôpital est beaucoup plus rentable depuis que nous avons deux infirmières supplémentaires.

— N'est-ce pas ce que j'essaie de t'expliquer depuis le début ?

Mais Abbey, qui n'avait pas envie de retomber dans les querelles qui les opposaient depuis son arrivée, lui adressa son plus beau sourire.

— Tu aurais dû me faire confiance, voilà tout, dit-elle gentiment.

Le visage de Frank resta de marbre.

— Je ne doute pas que tu t'en serais aussi bien sortie sans moi. Tu as un don particulier pour te débrouiller seule.

Peinée par son ton indifférent, elle demeura quelques secondes sans voix.

— Frank..., reprit-elle enfin, je sais que ce n'est ni le bon moment ni le bon endroit, mais...

— Ce n'est jamais le bon moment ni le bon endroit... Excuse-moi, Abbey, je dois dire un mot à Ellie.

En cet instant, Abbey aurait volontiers échangé sa réussite professionnelle contre les moments d'intimité partagés avec Frank quelques semaines plus tôt.

— Allons-y, l'entendit-elle dire à Ellie tandis que la salle se vidait.

En regardant le couple s'éloigner, elle sut que ce n'était pas le travail qui avait tenu Frank éloigné.

10.

Rentrer dans son appartement vide, ce soir-là, était au-dessus des forces d'Abbey.

Aussi, avant de quitter St. Luke, elle téléphona à Cheryl qui était seule puisque Ben était toujours à l'hôpital et s'invita à dîner.

— Alors ? Comment s'est passée ta réunion, aujourd'hui ? demanda Cheryl, penchée dans le réfrigérateur pour inventorier son contenu.

— Bien.

— Comment réagissent les médecins devant ton succès ?

— Ils sont contents.

Se redressant pour lui jeter un coup d'œil, Cheryl fronça les sourcils.

— Pourquoi cette tête d'enterrement ? Hier tu ne tenais plus en place.

Abbey sourit.

— Excuse-moi, Cheryl, mais j'ai des soucis en tête. Dis-moi plutôt comment va Ben ?

— Il allait mieux cet après-midi. Il remue son bras. Mais, permets-moi d'insister. Qu'est-ce qui te tracasse ? Ton métier te passionne, ton appartement est magnifique, et...

Elle hésita avant d'ajouter :

— Et tu n'as personne avec qui le partager, c'est cela ?

Abbey s'apprêtait à protester, mais Cheryl leva la main.

— Non, c'est à mon tour de faire quelque chose pour toi...

— Mais je vais bien.

— Peut-être, mais tu irais mieux avec un homme dans ta vie. J'ai une idée.

— Tu me fais peur...

— Le club de rugby donne son dîner annuel demain soir. De nouveaux joueurs sont arrivés. Certains sont très beaux garçons, et célibataires en plus. Viens, tu feras des rencontres intéressantes.

— J'en doute.

— Ne sois pas si défaitiste, Abbey. Sors un peu de ton hôpital. Et si tu ne viens pas pour rencontrer le prince charmant, j'apprécierai ta compagnie.

— Entendu, mais si tu me promets de ne pas jouer les marieuses !

— Je ne me le permettrais pas..., dit Cheryl en souriant.

Le jeudi fut une journée interminable. Abbey en arrivait presque à souhaiter qu'un problème surgisse pour la détourner de ses sombres pensées, mais aucun incident ne vint rompre la routine.

Tard dans l'après-midi, pour se changer les idées, elle décida d'aller bavarder avec les infirmières et rejoignit Penny au bureau du service pour boire une tasse de thé.

— M. Tate a complètement récupéré, me semble-t-il.

— Il part demain. Le Dr Renny nous a complimentées, dit Penny en souriant. C'est agréable de se sentir appréciées pour une fois au lieu d'être continuellement critiquées ou rabrouées.

— A propos de ceux qui ne sont jamais contents, dit Abbey sur le ton de la plaisanterie, c'est curieux que M. Darby n'ait pas de patient hospitalisé en ce moment.

Malgré son air détaché, elle retint sa respiration jusqu'à ce que l'infirmière l'eut rassurée sur le fait que Max n'avait pas emmené sa clientèle ailleurs.

— Il a deux entrées prévues pour la semaine prochaine, ajouta Penny qui feuilletait l'agenda du service.

— Parfait, dit Abbey, soulagée que leur relation n'affecte pas le travail. Je vous laisse. Bon courage...

Le soir, en quittant l'hôpital, elle croisa le Dr Renny.

— J'ai appris que M. Tate rentrait chez lui. Il nous manquera, c'était un patient sympathique.

— Je suis très content de la façon dont votre équipe s'en est occupée. Lors de notre petite soirée, tout à l'heure, j'offrirai le champagne en votre honneur. Après tout, c'est à vous que revient le succès de notre hôpital.

Abbey fronça les sourcils.

— Euh... A vrai dire... J'ignorais que...

Tom Renny parut surpris.

— Hier, Frank nous a proposé de nous retrouver tous pour dîner ce soir. Il n'a pas oublié de vous prévenir, quand même ?

— En fait... J'étais déjà prise, dit-elle en hâte, consciente qu'elle n'était pas très crédible. C'est dommage, la prochaine fois, peut-être...

Il la dévisagea d'un air intrigué en lui ouvrant la porte et elle s'éloigna, les joues en feu.

⁂

Mortifiée, Abbey serait volontiers rentrée se réfugier sous sa couette, mais elle ne pouvait faire faux bond à Cheryl. Après une longue douche et avoir enfilé un jean et un sweat-shirt, elle prit la route du club de rugby.

De toute évidence, Cheryl avait abandonné tout espoir de la voir arriver car elle parut soulagée quand elle l'aperçut.

— Tu voulais faire une entrée remarquée, n'est-ce pas ? dit-elle pour la taquiner.

Effectivement, tous les regards s'étaient tournés vers elle quand elle avait traversé la salle noire de monde.

— Non, pas du tout, mais je suis allée rendre visite à un patient qui nous quitte demain et...

— Ce n'est pas grave. Prends un verre. Je vais faire les présentations.

— Les présentations ?

— Oui, à quelques personnes.

— Tu veux dire des hommes, répondit Abbey d'un air sombre.

Cheryl ne parut pas le moins du monde troublée.

— C'est pour cela que je t'ai invitée, non ?

Pendant que Cheryl parlait, Abbey prit conscience que tous les hommes qui l'entouraient avaient bien dix ans de moins qu'elle et semblaient immatures. Elle ne put s'empêcher de les comparer à Frank.

— Je t'ai réservé le meilleur pour la fin, chuchota Cheryl à son oreille. C'est Kevin, la dernière recrue de Jack.

Abbey se laissa entraîner vers un grand gaillard bâti comme une armoire à glace.

— Kevin, je vous présente Abbey, la directrice de l'hôpital St. Luke, annonça fièrement Cheryl.

Le sourire de Kevin s'effaça.

— Une parmi tous les autres, je suppose...

— Ce qui signifie? demanda Abbey, sur la défensive.

— Tout le système de la santé croule sous le poids de l'administration, dit-il avec amertume.

— St. Luke est un hôpital privé...

— Quelle différence? Ce sont toujours les infirmières qui font le travail et la direction qui empoche l'argent.

— Je suis moi-même infirmière, dit froidement Abbey, et j'ai choisi le management avec l'intention de défendre les droits des infirmières.

Son commentaire ne sembla guère intéresser le rugbyman qui se contenta de hausser les épaules.

— Vous n'avez pas une tête à occuper un tel poste.

— Vous semblez connaisseur. Travaillez-vous dans un hôpital?

Il s'esclaffa.

— En quelque sorte. Bon, j'ai une faim de loup. Si nous nous approchions du buffet?

Alors que, déjà, il s'éloignait, Cheryl murmura à l'oreille d'Abbey :

— Kevin est étudiant en médecine.

— Et moi, je ne suis pas désespérée au point de prendre les hommes au berceau. Il y a longtemps que j'ai cessé de sortir avec des étudiants en médecine.

Cheryl sourit.

— Il n'est pas aussi jeune que tu le penses. Il prépare une spécialité en pédiatrie.

Devant le buffet, Kevin mangeait de bon appétit.

— Excellentes, ces bouchées au saumon!

Il tendit le plateau aux deux jeunes femmes, mais Abbey refusa.

— Non, merci, je n'ai pas très faim.

Tous trois se lancèrent ensuite dans une conversation décousue mais agréable. La soirée se déroula ainsi à bavarder avec les uns ou les autres, et Abbey se détendit après les épreuves de la journée.

Lorsque, plus tard, elle voulut commander un taxi pour rentrer chez elle, Cheryl l'en dissuada.

— Ce n'est pas la peine. Kevin va te raccompagner. Je le lui ai déjà demandé.

— Mais...

— Il n'a bu que de l'eau. Rassure-toi.

A contrecœur, Abbey accepta.

— Je suis désolée de vous arracher à cette soirée, dit-elle lorsque Cheryl revint avec Kevin.

— Aucun problème. Je dois rentrer tôt. J'ai un rapport à rédiger pour demain.

Cheryl assista à leur départ, le visage aussi rayonnant que celui d'une mère devant sa couvée, et Abbey l'aurait volontiers étranglée.

— Pourquoi n'aimez-vous pas votre métier d'infirmière? demanda Kevin alors qu'ils roulaient sur une large avenue.

Il la regarda, dans l'attente de sa réponse.

Et ce qui devait arriver arriva. Il ne vit pas la voiture qui les précédait arrêtée à un feu rouge. Instinctivement, lors du choc, Abbey ferma les yeux. Quand elle les rouvrit, ce fut pour voir Frank émerger de l'Astra de location.

Elle gémit et referma les paupières, espérant que le cauchemar s'évanouirait. Des heurts permanents parasitaient leur relation depuis le début. Il ne manquait qu'un accident en compagnie d'un étudiant lunatique qu'elle connaissait à peine!

— Tout va bien? s'enquit Kevin, inquiet.

— Oui... sauf que je préférerais éviter le chauffeur de cette voiture.

— Mince, alors ! Vous le connaissez ?

Frank marchait droit vers eux. Abbey releva le col de son manteau.

Comme Kevin avait baissé sa vitre, la tête de Frank apparut. Il avait l'air furieux, mais alors qu'il ouvrait la bouche pour invectiver le conducteur, il aperçut Abbey.

— Eh bien..., dit-il, les yeux écarquillés. Alors, mon vieux, à quoi jouez-vous ? ajouta-t-il en fixant Kevin.

— Je... Je... J'étais distrait.

— Je peux l'imaginer..., dit-il en jetant un bref regard à Abbey. Comme je ne voudrais pas troubler votre petit tête-à-tête, j'attendrai demain pour remplir le constat.

Sans ajouter un mot, il retourna vers sa voiture, considéra un bref instant le pare-chocs enfoncé puis démarra en trombe.

— Ouf, il m'a fait peur..., dit Kevin. Heureusement que vous le connaissiez. Vous travaillez ensemble ?

— Oui. Euh... Comme je n'habite plus très loin, je peux poursuivre à pied. Je connais un raccourci. C'est gentil à vous de m'avoir raccompagnée, mais j'ai besoin de prendre l'air. Bonne nuit, Kevin.

— Comme vous voulez, dit-il, paraissant soulagé. Je vous donne mes coordonnées pour votre collègue.

Malgré l'air vif et froid, la jeune femme soupira d'aise quand elle se retrouva seule. C'est en tournant le coin de sa rue qu'elle aperçut la voiture de Frank garée sur le parking devant son immeuble. Dès qu'il l'aperçut, il descendit et vint à sa rencontre, les yeux furibonds.

— Cet imbécile ne t'a quand même pas laissée rentrer à pied ?

— Cela ne te regarde pas et je ne comprends pas ce que tu fais ici, marmonna-t-elle. Tu m'espionnes maintenant ?

Frank secoua la tête.

— J'ai réfléchi un peu tard que je n'avais même pas vérifié si tu n'avais rien et j'ai décidé de t'attendre... Il conduit toujours de cette façon ?

— Aucune idée. C'est la première fois que je monte avec lui.

— Vu son âge, je ne suis même pas certain qu'il ait son permis. Comment peux-tu sortir avec un tel...

— Frank, je ne *sortais* pas avec lui. C'est une amie qui lui a demandé de me raccompagner à la maison.

— Qui est-ce ?

— Cela ne te regarde pas.

— Je crois que si, Abbey, dit-il d'un ton radouci. Je venais chez toi quand cet incapable a embouti ma voiture.

— Chez *moi ?* Y aurait-il un problème à l'hôpital ?

— Non, cela n'a rien à voir avec le travail. Je souhaitais te parler.

— Je t'écoute...

— Avant je tiens à savoir ce que ce garçon représente pour toi.

— Je te l'ai dit : rien. Tout ce que je sais de lui, c'est qu'il joue au rugby et qu'il est étudiant en médecine. Mais rentrons si tu veux me parler. Il fait froid...

Le cœur battant la chamade, la jeune femme tourna les talons et gravit les marches de l'escalier qui menait à son appartement. Elle ouvrit la porte sans jeter un regard derrière elle, ne doutant pas qu'il l'avait suivie.

— Veux-tu un café ? demanda-t-elle, accrochant son manteau à la patère, avant de pénétrer dans le salon où elle alluma le lampadaire.

— Excellente idée...
— Installe-toi. Je reviens.

Mais la main de Frank se posa sur son épaule. Doucement, il l'obligea gentiment à lui faire face.

— C'est moi qui prépare le café. A cause de cet idiot, tu grelottes.

— C'est moi qui ai voulu partir à pied. Il m'a laissé sa carte avec le numéro de sa police d'assurance, dit-elle, sortant le bristol de sa poche de jean avant de s'asseoir sur le canapé.

— Je verrai cela demain... Pour l'instant, un café chaud... Cela nous fera le plus grand bien à tous les deux.

— Toi aussi, tu as dû être choqué par cet accident?

Il sourit.

— C'était fait avant que j'aie eu le temps de dire ouf.

— De quoi voulais-tu me parler?

— Le café d'abord.

Il disparut dans la cuisine d'où parvinrent des bruits de porte, de vaisselle et de petites cuillères. Bientôt un délicieux arôme de café emplit l'appartement.

Chargé d'un plateau, il revint avec deux tasses fumantes qu'il posa sur la table basse.

— As-tu passé une bonne soirée? s'enquit-il d'un air dégagé en s'asseyant à côté d'elle.

— Euh... oui, une de mes amies m'avait invitée à un dîner.

— Cheryl?

Abbey reposa sa tasse sur la table.

— Comment connais-tu Cheryl?

Frank ne répondit pas, mais prit l'air de celui qui en savait long.

— Cheryl et moi sommes amies depuis le lycée, ajouta Abbey.

— Et Ben, aussi, son mari ?

Les yeux d'Abbey s'arrondirent. Elle ignorait qui avait pu le renseigner, mais elle commençait à comprendre la raison de sa présence ici.

— C'est pour cela que tu étais aussi furieux ?

— Non, pas du tout. J'étais en colère après cet incapable qui, non seulement met ta vie en danger en roulant comme un fou, mais, surtout, te laisse rentrer seule à pied.

— C'est moi qui ai insisté, Frank. J'avais besoin de respirer.

— Cela ne l'excuse pas. Pour un étudiant en médecine, c'est impardonnable. Tu aurais pu avoir un malaise.

— Cela me touche que tu t'inquiètes pour moi, dit-elle embarrassée.

— Enfin tu t'en rends compte !

— Pardonne-moi, Frank, murmura-t-elle, mais tu m'avais plutôt habituée à l'inverse.

Frank la scruta avec attention.

— Tu m'en veux d'avoir rompu brutalement il y a dix ans, n'est-ce pas ? Mais ce n'est pas moi qui...

— Si, c'est toi !

— Ecoute-moi, Abbey, insista doucement Frank. Ce soir, on m'a appelé pour examiner le genou d'un joueur de l'équipe de rugby.

Perplexe, incapable de comprendre où il voulait en venir, Abbey attendit.

— C'est le président du club de rugby qui a amené ce jeune homme. Il se nomme Jack Wicham. Et je crois que tu le connais..., dit-il, amusé.

Abbey hocha lentement la tête. Voilà comment il avait appris l'existence de Cheryl et de Ben. Mais cela n'expliquait toujours pas son attitude passée.

— Pendant que nous attendions les résultats de la radio, reprit Frank, Jack Wicham et moi avons eu une conversation très intéressante. Dans un premier temps, il a encensé la nouvelle directrice de St. Luke, m'expliquant quelle personne merveilleuse elle est.

Abbey sentit le rouge lui monter aux joues.

— J'ai fini par lui demander s'il te connaissait depuis longtemps et que m'a-t-il répondu ? « Si je la connais ? Elle est comme ma propre fille, surtout depuis la mort de son père. » Il m'a expliqué que son fils était à l'école avec toi, ainsi que l'épouse de son fils, et que vous êtes comme les doigts de la main.

— Nous sommes toujours amis, effectivement.

— Je le sais. Car Jack a poursuivi : « Abbey a été sensationnelle quand Ben a eu ses problèmes de santé. Cheryl était prise par ses études et moi par mes activités professionnelles... Si Abbey n'avait pas été là, Ben serait resté des journées entières seul chez lui avec, pour toute visite, celle d'une infirmière quelques minutes par jour. »

Emue, la jeune femme ferma les yeux, ravalant ses larmes. Frank prit sa main dans la sienne.

— Tu comprendras, ajouta-t-il, que j'ai eu l'impression de recevoir un coup sur la tête. Pourquoi me l'as-tu caché à l'époque ?

— Ben refusait qu'on parle de sa maladie. C'est à cause de lui que tu es parti ? ajouta-t-elle à voix basse.

— Oui. Oh, Abbey, quel imbécile j'ai été ! J'étais persuadé que tu me trompais et toi, de ton côté, tu me prenais pour un goujat. Mais lorsque nous nous sommes retrouvés, pourquoi m'as-tu fait croire que Ben était ton amant ?

— Je ne voulais pas courir le risque de subir une nouvelle humiliation, murmura-t-elle.

La jeune femme leva la tête et le défia de ses yeux bleus.

— Et toi ? Pourquoi ne m'as-tu jamais envoyé de nouvelles ?

— Le premier emploi que j'ai accepté était une mission sanitaire en Inde du Nord. A mon arrivée là-bas, il y avait des problèmes avec les Sikhs. Après avoir mis le feu aux temples ils avaient envahi l'aéroport, empêchant les avions d'atterrir. Toutes les lignes téléphoniques étaient coupées et je n'ai pu appeler personne. Lorsqu'à mon retour, un mois plus tard, ton ex-camarade de chambre m'a appris que tu étais partie habiter avec un garçon dont le père pourrait t'aider dans ta carrière, j'ai cru que le ciel me tombait sur la tête.

— Mais où est-elle allée chercher une histoire pareille ? s'exclama Abbey. Même si Jack était directeur régional du service sanitaire, cela n'avait rien à voir avec mon amitié avec Ben.

— En tout cas, je suis reparti convaincu que tu m'avais trahi et oublié. En apprenant à St. Luke que tu n'étais pas mariée, j'ai cru à une seconde chance.

— Oh, Frank, dix ans de gâchés...

— Non, pas tout à fait, dit-il tendrement en la prenant dans ses bras. Chacun de nous a progressé dans sa carrière et notre expérience nous a permis de mieux comprendre les autres.

Quand sa bouche se posa sur la sienne, Abbey s'abandonna à son baiser sans se poser de questions. Elle le désirait de tout son être, de toute son âme, comme lors de la nuit passée dans l'auberge, à cette différence près qu'il n'y avait plus aucun interdit.

— J'ai cru qu'Helen était ta maîtresse ou ta fiancée, dit-elle quand il s'écarta.

— Helen?

— Que penser d'autre? Je vous voyais quitter l'hôpital bras dessus bras dessous en plaisantant et lorsque je t'ai cherché lors de l'accident d'Andy, tu étais chez elle. Votre embarras a confirmé mes doutes et c'est pour cette raison que je t'ai tenu à distance. J'ai même cru que tu me faisais du charme pour obtenir de moi des avantages au niveau du bloc.

A sa grande surprise, Frank éclata de rire.

— Qu'y a-t-il de si drôle? s'enquit-elle.

— Helen et moi sommes de grands amis et c'est vrai qu'au début, nous avons beaucoup comploté pour te pousser à prendre des dispositions. Et le soir où tu as appelé, je n'étais pas chez elle, mais dans un autre hôpital. Je lui avais demandé de venir m'aider et elle craignait que tu l'apprennes.

— Ce qu'elle fait en dehors de ses heures à St. Luke ne me concerne pas.

— C'est ce j'ai tenté de lui expliquer, mais elle craignait que tu la juges mal en apprenant qu'elle travaillait ailleurs, alors que nous manquions de personnel à St. Luke.

Pensif, il hocha la tête.

— Je comprends pourquoi tu me repoussais... Oh, Abbey, mon amour, murmura-t-il en la serrant contre lui, tu ne m'échapperas plus cette fois.

Des larmes de bonheur roulèrent sur les joues d'Abbey et, enfin, elle trouva le courage de lui avouer ce qu'elle gardait secret depuis si longtemps.

— Je t'aime, Frank, je t'ai toujours aimé.

— J'espère entendre cela longtemps...

De nouveau, il se pencha vers ses lèvres où il déposa un tendre baiser, qu'il répéta avec plus de passion, et elle y répondit avec ardeur. Ce fut une sonnerie — le bip de Frank — qui les arracha l'un à l'autre. Il soupira.

— Puis-je utiliser ton téléphone ?

— Bien sûr.

Il bavarda quelques instants puis revint près d'elle, sur le canapé.

— Devine qui c'était.

— L'hôpital ?

— Exactement. Un étudiant vient d'arriver aux urgences en se plaignant d'un mal au dos à la suite d'un accident de voiture. Sais-tu quel est son nom ?

Il sortit de sa poche de pantalon la carte qu'elle lui avait donnée et l'agita.

— Kevin Allen... Je brûle d'envie de le revoir.

11.

— Puis-je venir avec toi ? demanda Abbey.

Amusé, Frank haussa un sourcil.

— Penses-tu que ce soit une bonne idée ?

— Non, mais je n'ai pas envie de te quitter.

Un sourire radieux éclaira le visage de Frank. Il se pencha pour l'embrasser.

— Chacun son tour. Avant, c'était toi qui me repoussais... Je ne te quitte pas de gaieté de cœur, ma chérie, mais je trouve plus raisonnable que tu dormes. La nuit sera courte... Retrouvons-nous pour dîner demain.

— Oui, mais tard. J'ai un rendez-vous avec M. Barratt à 17 heures, et j'ignore combien de temps il va durer.

— Des problèmes ? demanda-t-il en fronçant les sourcils.

— Ils envisagent de regrouper les deux hôpitaux.

— Qu'en penses-tu ?

— C'est peut-être plus intéressant d'un point de vue financier, mais au quotidien, cela risque d'être contraignant.

— Ne te laisse pas marcher sur les pieds par ce Barratt. A 8 heures et demie demain, O.K. ?

Abbey hocha la tête avec empressement et Frank lui donna un long baiser avant de prendre congé.

Après son départ, elle resta un moment sur le canapé, savourant son bonheur retrouvé, puis elle se décida à gagner son lit où l'attendaient, elle le savait, de merveilleux rêves.

Le lendemain matin, elle s'éveilla tôt. Dehors, des paillettes de glace couvraient l'herbe et les branches des arbres scintillaient sous le soleil hivernal, mais c'est en chantonnant qu'Abbey nettoya son pare-brise tout blanc.

— Vous semblez en pleine forme, ce matin, dit Jane lorsqu'elle lui apporta le courrier.

Abbey sourit.

— C'est une très belle journée...

La secrétaire la regarda, intriguée.

— Pourtant, cette visite à la Pitié ne s'annonce pas comme une partie de plaisir. Vous n'avez pas oublié votre rendez-vous cet après-midi, n'est-ce pas? demanda-t-elle, comme prise d'un doute.

— Non, je n'ai pas oublié, mais avec les résultats financiers que j'ai obtenus, je pars confiante.

La matinée s'éternisa. Abbey espérait que Frank allait venir lui dire un petit bonjour, mais il ne se manifesta pas. Alors, n'y tenant plus, elle descendit à l'étage des chambres dans l'espoir de le rencontrer.

Dans le couloir, elle croisa Penny.

— Tout va bien, Penny?

— Oui. A part le patient qui est entré hier soir après un accident de voiture. Apparemment il a eu plus de peur que de mal, mais à lui seul, il se plaint plus que tous les patients de l'étage réunis. Il souffrirait des cervicales.

— Je vais le voir. Quel est son numéro de chambre?

— 21.

Un sourire amusé aux lèvres, Abbey enfila le couloir.

Quand elle frappa trois coups légers à la porte, elle entendit un impérieux :

— Entrez !

— Bonjour, Kevin. Je ne m'attendais pas à vous revoir ici.

Il était allongé sur le lit tout habillé, le cou prisonnier d'une minerve, les bras croisés sur le torse, l'air maussade.

— Ah, c'est vous...

Abbey sourit.

— Je suis désolée de ce qui vous arrive...

— Votre M. Darby ne me croit pas. J'imagine qu'il me fait payer l'emboutissement de sa voiture.

— Cela m'étonnerait de la part de M. Darby. Il est seulement consciencieux.

— Peut-être pourriez-vous m'obtenir des analgésiques ?

— C'est aux infirmières du service qu'il vous faut demander les médicaments. Moi, je ne suis qu'une personne de l'administration, vous vous rappelez ? Etes-vous satisfait de votre chambre et de la nourriture ?

Toujours aussi renfrogné, Kevin tourna la tête vers la fenêtre.

— Je vous souhaite un prompt rétablissement, Kevin.

Quand elle sortit, elle se retrouva nez à nez avec Frank.

— Comment va notre grand blessé ? s'enquit-il aussitôt.

— Incroyable ! Il ne m'a même pas demandé si je m'étais remise de l'accident. Quel genre de médecin sera-t-il...

— J'espère qu'il prendra un peu de plomb dans la cervelle d'ici là. Je suis venu lui annoncer qu'il pouvait sortir. J'ai examiné ses radios et échographies, tout est parfait. Il est un peu douillet. Comment fait-il pour supporter les chocs qu'il reçoit au rugby?

Avant d'entrer dans la chambre, Frank décocha à Abbey un clin d'œil tendre qui fit courir un délicieux petit frisson sur sa peau.

Réconfortée et pleine d'énergie, elle décida de sauter l'heure du déjeuner pour faire des emplettes et, surtout, pour se trouver une toilette en prévision de son dîner avec Frank.

Le soleil brillait dans un ciel sans nuages, mais il faisait froid et les passants étaient emmitouflés dans des écharpes et des manteaux. En cette période de Noël, les boutiques décorées arboraient un air de fête et jamais Abbey ne savoura autant le plaisir de faire du lèche-vitrines.

Son choix s'arrêta sur un tailleur jade qui seyait parfaitement à ses cheveux blonds et à son teint clair. En allant payer, tandis que la vendeuse emballait soigneusement les vêtements, elle consulta sa montre pour découvrir qu'elle n'avait plus que dix minutes avant son rendez-vous. De crainte d'être en retard, elle pressa le pas vers sa voiture.

Les portes de l'hôpital étaient en vue lorsque des travaux sur l'avenue ralentirent brusquement la circulation.

Etouffant un juron, Abbey décida de se garer dès que possible et de poursuivre à pied. C'est alors qu'une BMW de la même couleur que celle de Frank attira son attention, et, machinalement, elle regarda le numéro qui se révéla complètement différent. Toutefois, en doublant la voiture, elle vit que la portière côté passager était enfoncée.

C'était bien celle de Frank. Les plaques d'immatriculation avaient dû être changées. Abbey réfléchit à toute allure. Soit elle suivait cette voiture où se trouvaient deux hommes, et elle manquait son rendez-vous, soit elle s'arrêtait pour téléphoner à la police et le véhicule disparaissait sans laisser de traces.

Sans en avoir conscience, Abbey ralentit et la BMW revint immédiatement à sa hauteur. Stupéfaite, elle découvrit alors que le conducteur était l'homme que M. Murray avait accusé de l'avoir agressé.

Déterminée cette fois à ne pas le perdre de vue, elle suivit la voiture qui dépassa l'hôpital de la Pitié. Plusieurs kilomètres plus loin, sortant de la ville, la BMW s'engagea sur une petite route qui menait vers l'auberge où elle avait dîné avec Frank.

Le cœur d'Abbey se mit à battre à grands coups sourds et la panique commençait à la gagner lorsque, soudain, la BMW freina et se mit en travers du chemin.

— Encore vous? hurla le conducteur penché par la vitre de la BMW. Vous croyez que je ne vous ai pas reconnue? Qu'est-ce que vous espérez à me suivre ainsi?

— Je ne vous suis pas, répondit Abbey d'une toute petite voix. Je me suis perdue.

— Et vous pensez que je vais vous croire? Vous n'allez plus me casser les pieds longtemps...

La portière s'ouvrit. Pétrifiée, incapable de hurler ou de se débattre, Abbey se sentit tirer à l'extérieur de la Fiesta puis son crâne explosa en milliers d'étoiles.

Pour la cinquième fois, Frank composa le numéro de téléphone d'Abbey.

Comme prévu, il était passé chercher la jeune femme à 20 h 30 à son appartement. Ne trouvant personne, il avait patienté une demi-heure sur le parking avant de rentrer chez lui d'où il essayait vainement de la joindre.

Après leur conversation de la veille, il était impossible qu'elle lui eût fait faux bond. Mais quelle autre explication donner? En cas d'urgence à l'hôpital, elle aurait trouvé le moyen de le joindre, ne fût-ce que par l'intermédiaire de son bip.

Il se mit à arpenter le salon puis décida d'appeler St. Luke. Personne n'avait vu la jeune femme depuis le début de l'après-midi.

Il réessaya chez elle, sans succès.

Soudain, le nom de Jack Wicham lui revint à l'esprit et il composa son numéro tout en s'exhortant au calme.

— Jack, je cherche à joindre Abbey Westray. Pensant qu'elle pourrait se trouver chez votre fils et sa femme, pourriez-vous me donner leur numéro?

— Il ne vous sera pas très utile, je le crains. Ben est à l'hôpital et Cheryl dîne chez moi. Mais attendez. Je lui demande si elle sait quelque chose.

Frank patienta une longue minute.

— Désolé, reprit Jack. Elle ignore où est Abbey.

— Merci, Jack. Comment va Ben?

— Il a presque récupéré l'usage de son bras... Il sortira en fin de semaine.

— Je prendrai de ses nouvelles. A très bientôt, Jack.

Plus que jamais déterminé à en avoir le cœur net, Frank appela la Pitié. Ce fut l'hôtesse d'accueil qui répondit.

— Savez-vous à quelle heure la directrice de St. Luke, Mlle Westray, a quitté la Pitié? Elle avait rendez-vous avec M. Barratt en fin d'après-midi.

— Je viens d'arriver pour prendre mon service, monsieur. Les bureaux sont fermés et il n'y a plus que l'équipe de nuit ici. Je contrôle dans le livre de bord du portier.

Frank entendit qu'elle feuilletait des pages.

— Rien n'est mentionné à son propos, dit la jeune

femme, reprenant la ligne. Apparemment, elle n'est pas venue.

Une sourde anxiété commença à le gagner. La voiture d'Abbey était peut-être tombée en panne ? Ou pire, elle avait eu un accident...

Après avoir raccroché, il appela le poste de police.

— Y a-t-il eu des accidents de voiture entre St. Luke et la Pitié aujourd'hui ?

La réponse fut négative. Reposant le récepteur, Frank se laissa tomber sur une chaise, envahi par un terrible sentiment d'impuissance. Au bout de quelques instants, l'inactivité lui devenant intolérable, il se leva et prit ses clés de voiture.

Il roula jusqu'au parking de St. Luke pour vérifier si la Fiesta était sur le parking et pesta quand il aperçut la place d'Abbey désespérément vide. Puis, hébété, d'une main tremblante, il recomposa le numéro de la Pitié. La même jeune femme lui répondit.

— Mademoiselle, dit-il d'une voix blanche, pourriez-vous demander à l'un de vos vigiles d'aller voir si la voiture de Mlle Westray se trouve sur le parking.

— Vous faites bien de rappeler, monsieur, car entre-temps, j'ai eu la secrétaire de M. Barratt, et elle m'a confirmé que Mlle Westray n'était pas venue à son rendez-vous.

Balbutiant un vague remerciement, Frank sentit une sueur froide couler dans son dos.

Il était arrivé quelque chose à Abbey...

Il rappela la police à qui, cette fois, il signala la disparition de la jeune femme en mentionnant la marque et le numéro de sa voiture.

— J'envoie ces informations à nos brigades volantes, mais c'est tout ce que je peux faire pour le moment, monsieur. Il faut attendre quarante-huit heures avant de commencer des recherches. Cependant, nous enregistrons votre demande.

A la fois frustré, désemparé et furieux, Frank gara sa voiture et entra dans le hall de l'hôpital. La télévision donnait les nouvelles locales, mais il n'y prêta guère attention et s'apprêtait à ressortir, ayant pris la décision de sillonner la région, lorsque la caméra cadra en gros plan une voiture que des truands avaient utilisée et abandonnée : une BMW bleu marine, exactement la même que la sienne volée sur le parking des Charmilles. La police réclamait des informations sur le propriétaire.

La caméra tourna autour de la voiture et les soupçons de Frank se confirmèrent lorsqu'il découvrit l'état de la portière passager. Son intuition lui disant que cette voiture et la disparition d'Abbey étaient liées, il se rua alors dehors et démarra sur les chapeaux de roues. Au poste de police, l'agent qui bâillait derrière son bureau sursauta en le voyant surgir.

Quand il eut expliqué toute l'affaire, le policier soupira.

— Qu'est-ce qui vous permet de dire que les deux affaires ont un lien, monsieur Darby ? demanda-t-il, dubitatif.

— Où a été retrouvée la BMW abandonnée ?

— Près de l'auberge Les Charmilles.

— Ma voiture a été volée exactement à cet endroit alors que je m'y trouvais avec Mlle Westray.

— Je ne vois pas le rapport...

Exaspéré, Frank décida le prendre le taureau par les cornes et il sortit en trombe sous l'œil effaré du policier.

Quand il parvint à l'endroit indiqué, un agent lui barra la route.

— Désolé, monsieur, on ne passe pas.

— Je suis à la recherche d'une Fiesta qui a disparu.

— Si elle circule dans les parages, nous la retrouverons. Nous ratissons la région.

Frank fit les cent pas devant la barrière comme un animal en cage, convaincu qu'Abbey se trouvait tout près d'ici, qu'il ne devait pas s'éloigner. Il se rendit alors à l'auberge d'où il appela St. Luke pour indiquer où on pouvait le joindre.

Deux heures s'écoulèrent dans l'angoisse la plus totale. Frank rappela plusieurs fois la police, toujours sans nouvelles d'Abbey. Il essaya chez la jeune femme, avec le fol espoir que tout cela n'était qu'un cauchemar et qu'elle y serait, mais le téléphone sonna dans le vide. Il laissait des messages partout où il appelait, au cas où Abbey le chercherait de son côté.

— Monsieur Darby, un appel pour vous, annonça soudain la réceptionniste. Prenez-le dans la cabine.

Frank bondit sur le combiné.

— Darby...

— Bonsoir, Frank, John Ambrose de la Pitié. J'essaie de vous joindre depuis un moment.

— Sauf s'il s'agit d'une urgence, je n'ai pas le temps de parler avec vous.

— Je pense que c'est urgent. Nous avons une patiente ici qui vous réclame.

— Vous avez bien des orthopédistes chez vous, non? répondit Frank, conscient d'être peu aimable.

— Bien sûr, mais cette patiente insiste, et quand je vous apprendrai que c'est la directrice de St. Luke...

— Mon Dieu! Que lui est-il arrivé? Comment va-t-elle?

— Une question à la fois, dit John en riant. Elle va bien. Elle a juste un peu mal à la tête parce que...

Mais Frank avait déjà raccroché et, vingt minutes plus tard, il se garait dans le parking de la Pitié.

John Ambrose vint l'accueillir dans le hall.

— Calmez-vous, Frank. La police l'interroge, mais je vous assure qu'elle va bien.

— Où est-elle? Je veux la voir.

— Par ici. Il semblerait qu'elle ait été enlevée parce qu'elle a reconnu votre voiture. Celle-ci a été utilisée pour un hold-up. Mlle Westray a été relâchée à plus de trente kilomètres d'ici. C'est Bob Holl, en venant prendre son service, qui a remarqué une silhouette qui marchait à travers champs en boitant.

— En boitant! s'exclama Frank. Mais que lui ont-ils fait?

— Ils l'ont assommée — oh, pas très fort, rassurez-vous —, mais elle s'est tordu la cheville. Bob s'est arrêté, et quand il a reconnu la directrice de St. Luke, il n'en croyait pas ses yeux. Les policiers l'interrogent...

John s'arrêta devant une porte et passa la tête par l'entrebâillement.

— Frank Darby est arrivé. Peut-il entrer? Rien qu'une minute pour qu'il puisse s'assurer qu'elle est entière.

Abbey était assise dans un fauteuil. Ses cheveux ébouriffés encadraient son visage pâle et fatigué. De la boue séchée maculait sa veste et son chemisier était déchiré. Elle leva vers Frank un regard brillant de larmes. Elle avait l'air d'une petite fille perdue.

Frank traversa la chambre en deux enjambées et, ignorant les gens qui se trouvaient là, s'agenouilla à ses pieds. Il prit les mains de la jeune femme.

— Abbey, oh, mon Dieu! Tu vas bien?

— C'est nous qui posons les questions, intervint gentiment un policier. Maintenant que vous êtes rassuré, nous aimerions poursuivre. Pouvez-vous nous laisser...

A regret, Frank se releva.

— Jamais je ne me serais pardonné s'il t'était arrivé quelque chose.

— Il nous faut une description précise de ses agresseurs, monsieur. Accordez-nous encore quelques minutes.

— Va, Frank, dit Abbey d'une voix faible. Ce ne sera pas long.

Un quart d'heure plus tard, quand les deux policiers sortirent, il se précipita et courut serrer la jeune femme dans ses bras.

— Maintenant, raconte-moi tout.

— C'est l'homme qui a attaqué M. Murray qui conduisait ta voiture. M. Murray n'avait pas du tout perdu la tête. Je suis fatiguée, Frank, murmura-t-elle, prête à fondre en larmes. Je veux rentrer chez moi.

— Certainement pas. Tant que ce chenapan n'aura pas été arrêté, tu seras en danger. Il faut trouver un endroit où tu seras en sécurité. Demain, je préviendrai Jane que tu n'iras pas travailler pendant quelques jours. Et, pour cette nuit, l'auberge n'est pas loin...

— Non, Frank, emmène-moi chez moi, s'il te plaît...

Il la serra contre lui.

— J'ai une meilleure idée. Allons chez moi. Mes parents seront là pour veiller sur toi.

Les joues d'Abbey se colorèrent.

— Mais Frank... Je ne les connais pas.

— Eh bien, tu vas faire leur connaissance... J'habite chez eux en attendant que ma maison soit terminée.

— Ils risquent d'être choqués.

Frank eut un petit rire.

— Pas si je leur annonce notre mariage.

— Mais, Frank, tu ne me l'as même pas proposé.

— J'allais le faire ce soir. Mais tu m'as posé un lapin...

La plaisanterie rendit son sourire à la jeune femme.

— Abbey, je t'aime tant. J'ai eu tellement peur ce soir...

— Tout va bien, à présent, Frank. Même si j'ai la tête un peu lourde...

— Avant de t'emmener à la maison, j'aimerais examiner ta cheville, dit-il en prenant doucement son pied nu dans ses mains. Que s'est-il passé ?

— J'ai simplement trébuché sur une motte de terre, murmura-t-elle, troublée par le contact des doigts de Frank sur sa peau.

Quand il eut terminé de faire un bandage bien serré, Abbey se redressa, soutenue par Frank qui avait passé un bras sous ses aisselles, et fit quelques pas. Sa cheville, bien maintenue, était à peine douloureuse.

Lentement, ils sortirent de l'hôpital et se dirigèrent vers l'Astra.

— Où est ta voiture ? demanda-t-il en l'aidant à s'installer.

— Après s'être débarrassés de moi, ils ont filé avec la Fiesta.

Frank ne put réprimer un rire.

— Décidément... Jamais deux sans trois... J'ai intérêt à surveiller celle-là. C'est bizarre... Avant de te retrouver, je n'avais jamais fait de déclaration de vol à une compagnie d'assurances.

— Ni moi ! rétorqua-t-elle, indignée.

Mais elle recouvra le sourire quand il se pencha pour l'embrasser.

Leur première halte fut pour l'appartement d'Abbey où elle prit des vêtements de rechange tandis que Frank l'attendait dans le salon. Lorsqu'elle réapparut, elle s'assit à côté de lui et noua les mains derrière sa nuque.

— Puis-je te demander une faveur ?

— Hmm...

— Restons ici cette nuit. Je te veux tout à moi. Ce sera différent chez tes parents.

— Non, je ne céderai pas. Je t'emmène d'ici dès que tu auras fait tes bagages.

Il réfléchit un instant, puis :

— Nous pourrions dormir chez moi, après tout... Il y a un lit, du chauffage, et la salle de bains est installée. Il me manquait juste quelqu'un de bon conseil pour la décoration.

— Frank Darby... Est-ce la raison pour laquelle tu veux m'épouser ?

— Qui sait ? Cela dit, tu ne m'as jamais donné l'impression de vouloir jouer les femmes au foyer.

Le lendemain matin, après une merveilleuse nuit d'amour, la première nouvelle qu'ils entendirent à la radio fut l'arrestation de la bande de malfaiteurs qui écumait la région depuis un mois.

— Si cela ne t'ennuie pas, Frank, j'aimerais passer chez M. Murray. Il mérite que je lui fasse des excuses pour ne pas l'avoir cru.

Frank hocha la tête.

— Lui aussi sera soulagé d'apprendre que ces gredins sont sous les verrous.

M. Murray les accueillit avec un grand sourire.

— Comment vont mes tourtereaux ? s'exclama-t-il.

Abbey et Frank échangèrent un regard surpris.

— Eh oui, mademoiselle, rien ne m'échappe.

— Comment vous sentez-vous, monsieur Murray ?

— Je suis en pleine forme. Et vous ? Comment va votre cheville ?

En voyant leur air ahuri, M. Murray éclata de rire et

leur expliqua que la veille, la télévision avait relaté tous les détails de la folle équipée d'Abbey.

Quarante-huit heures plus tard, alors qu'Abbey, remise de ses émotions, reprenait ses fonctions, un faire-part de mariage arriva sur son bureau : celui d'Ellie et de John Browning, l'anesthésiste.

Encore une fois, elle se reprocha sa stupidité. Si Ellie se trouvait si souvent au bloc, c'était pour y rencontrer l'anesthésiste. Les conquêtes de Frank n'avaient jamais existé que dans sa propre imagination.

Au même instant, elle reconnut sa voix impérieuse qui demandait à la voir de toute urgence.

— Oui, docteur Darby ? dit-elle, depuis le seuil de son bureau, avant même que Jane ait eu le temps de répondre.

Frank s'approcha et la serra dans ses bras.

— Je pars en Inde dans un mois pour quinze jours. Veux-tu m'accompagner ? Tu as droit à des congés pour ta lune de miel, non ?

— Je peux m'arranger..., murmura-t-elle, les yeux brillants de joie. Je serai ton assistante.

VOTRE PROCHAIN RENDEZ-VOUS AVEC LES BEST-SELLERS HARLEQUIN

Le 1er septembre, découvrez trois nouveaux Best-Sellers Harlequin.

LIAISONS SECRÈTES, de Rona Jaffe (N° 45)
Issue d'une famille juive new-yorkaise qui respecte les traditions, Olivia Miller, deux fois divorcée, a du mal à faire accepter aux siens sa vie sentimentale agitée, d'autant que Roger, son troisième compagnon, rechigne à remplir ses obligations sociales envers les Miller. Qu'importe, Olivia est sûre d'avoir enfin trouvé l'homme de sa vie. Mais un jour, alors que la jeune femme est allée rejoindre le «clan», Roger, que le spectre de la cinquantaine angoisse, noue une liaison avec une belle inconnue...
Mi-saga mi-roman intimiste, cette superbe histoire traite avec finesse de la difficulté de vivre et d'aimer.

CRIME ET IMPOSTURE, de Laura Van Wormer (N° 46)
Libby Winslow, écrivain à succès, est retenue comme juré dans une affaire de meurtre, avec d'autres citoyens américains recrutés sur un interrogatoire en règle. Dans l'enceinte du tribunal où tous les membres du jury sont rassemblés, Libby se lie d'amitié avec Alexander McCalley, un homme très séduisant, qui se dit architecte. Mais il ne suffit pas d'être juré pour être au-dessus de tout soupçon, et quand Libby s'avise que le tribunal aurait tout intérêt à vérifier soigneusement l'identité de ses recrues, il est déjà trop tard...
Une passionnante incursion dans les coulisses de la justice new-yorkaise.

LA MÉPRISE, de Cynthia Victor (N° 47)
Blessée par balle au cours d'une de ses enquêtes, Carlin Squire, jeune femme policier, est sous le choc. Un choc encore plus grand quand elle découvre que le chirurgien chargé de l'opérer n'est autre que Ben Dameroff, son ami d'enfance, son premier et seul véritable amour... Le passé, soudain, se confond avec le présent — pour le meilleur... mais aussi pour le pire. Car pour s'aimer de nouveau, Ben et Carlin sont obligés de faire enfin la vérité sur le terrible drame qui les a séparés vingt ans plus tôt, quitte à réveiller des fantômes indésirables et à raviver des sentiments de culpabilité, de haine et de rancune, qui auraient dû demeurer dans l'ombre...

Composé sur le serveur d'EURONUMÉRIQUE, À MONTROUGE
PAR LES ÉDITIONS HARLEQUIN
Achevé d'imprimer en juillet 1996
sur les presses de la Société Nouvelle Firmin-Didot
à Mesnil-sur-l'Estrée (Eure)
Dépôt légal : août 1996
N° d'imprimeur : 35108 — N° d'éditeur : 6218

Imprimé en France